JN311368

庫JA
〈JA1102〉

グイン・サーガ外伝㉕

宿命の宝冠

宵野ゆめ
天狼プロダクション監修

早川書房
7150

THE CROWN OF CHAOS
by
Yume Yoino
under the supervision
of
Tenro Production
2013

カバーイラスト／丹野 忍

目次

初出『グイン・サーガ・ワールド』1、2、3、4
（2011年5月、8月、11月、2012年2月）

宿命の宝冠

第一話　左手の喪章

パロの存亡をいっときあやうくし、
そののちこんどはそれみずからも破れ去り
亡国のうきめをみたモンゴールが、
昨今どうやらまたしてもゴーラ三大公領をさわがせ、
旧モンゴール領には戦旗がはためいている。
また、ユラニアはケイロニアに屈して和平交渉の最中であり、
クムは対モンゴールの戦火のただなかにあり――
はるか沿海州にまで、あるいはその累は及ぶやもしれぬときき及ぶ。

三十四巻「愛の嵐」より

1

——昏《くら》い。

くらすぎて、先が見通せない。

陰うつな色あいで、世界——天と海のあわいにあるものすべてが塗りこめられている。天翔るルアーのチャリオットが、海神ドライドンの領国のへりに達するのにはまだ間があるのに。

この昏さをもたらしているのは海上にたちこめた霧だ。濃密なることニンフの胸からあふれた乳のごとし、あやしきこと神世の英雄をとり籠めた霧怪のごとし。乳白に消し炭を混ぜこみつき混ぜ、大気をねずみ色に濁らせている。

船は濃霧の中をすすんでいた。

流線型で三本マストの、霧によって本来のスピードをそがれているが、沿海州きっての快足をほこる交易船ルーカス号である。船腹に描かれた国章は、沿海州の花とも白鳥とも謳われる女王国レンティアのものだ。

船はゆく、レントの海を。自由貿易都市のロスをたち、途中資材の補充と荷下ろしのためタリア伯爵領に停泊したあとは、カムリ岬をめぐりレンティアの母港をめざす。この時代この航路は十日あまりで中原の人と物資を沿海州へはこぶことができた。

霧でじっとり濡れたルーカス号の甲板には、かじ取りとその補佐をつとめる若者の他に、ふたつの人影があった。

他の者は霧を避け船室にはいっているのに、物好きな船客もいたものだ。うち一人は船室の出入り口についた手すりにつかまり、ほんとうの物好き——全身を冷たい霧に濡らし、甲板の舳先にちかい位置に立ちつくしている者——をながめている。

かれこれ二十分《タルザン》はそうしていたので、ながめている者の身に付けている黒っぽいマントもふかく下ろしたフードにも水がしみてしまっている。やはり物好きだ。成人の男としては小柄、体格は逞しいどころかかなり貧弱。手すりを握る手の指も短くまるまっちく、子供みたいだ。

「――いつまで、そうしているつもりだ？」

ひくい響きの印象的な声音。落ちついた問いかけは、舳先ちかくに立つ者からだった。

声をかけられた黒マントは、

「……あ、お気付きでした？」

おどろいたようなその声は子供のものではなかった。

相手は後ろをふり向かず、首肯した。すらりとした長身で、暗い灰色のマントを巻き付けている。長髪が無造作に背にふりかかっていた。濡れて色が濃くなっているが、乾いている時それは赤みがかった艶やかな金髪だった。

「お前、船内でもわたしを見ていたな」

「……へっ」

「変な、あやしいやつと思ったのか？」

「い、いいえ」

「正真に思ったままを口にしたらいい。妙に思ったろう？　今もずいぶん長くこうして……」

自嘲するような響きを聴きとって、フードのおくで下がり眉があがる。

「……海面をにらんでいたのは、もしや海に恨みをもたれているのかと考えておりました。お身内が船で嵐に遭ってしまわれ……そのせいで……」

「――」

すこしの間があって、困惑とも愁嘆からともとれる、あえかなため息が濡れた。

「そなた、吟遊詩人ではないようだな」

「ちがいますとも」

ここでやっと相手はふり返った。だが霧のせいで顔かたちさえはっきりしない。

「巡礼でもなかろう？　何をなりわいにしている」

「…………」

数瞬の間をあけて、弁明するかのように身分を明かす。

「史実を学んでおります。ギルドではなく、学究の機関に籍をおいて」

苦笑とともに（学究とはまた、固くるしい云い方をする）、

「歴史家の卵で、私塾にはいっておると？」

「パロ王立学問所の……末席をたまわっています」

「パロの？」ほんのすこし声がたかくなる。

「そんなやつがなぜ沿海州まで、しかもロス廻りの交易船に乗り込んで――さては聖王家に遣わされた密偵か？」

声音にさいぜんの落ちつきがもどっていた。言葉にはささいな敵意も不信もこめられてはいなかったのだが……。

「み、密偵なんて、めっそうもございません！」

慌てふためいた学生は、手すりから両手をはなし大きく振った。

その時、にぶく、何かが船底をこするような物音がした。すかさずギギー、左舷におおきく傾く。

「あわわわ！」

小柄な影はつんのめるように、とっとっとっと二歩三歩、四歩目で濡れた甲板に足をすべらせる。

「ひゃぁー」

時ならぬ悲鳴に、かじ取りと助手も身構えたが間に合わない。

「たすけ――ッ！」

つるつるっと一気に船べりまですべっていく。そのまま霧のうずまく海へどぼん――と思いきや。さっきの相手がすんでのところで滑落を止めてくれたのだ。マントから伸びたほそみだが強靭な左手が、まるまっちい手指をしっかり摑みとめていた。

岩礁を越して平衡をとりもどした甲板で、学生はフードをはねあげ深く身をふたつに折った。

「ありがとうございます。命びろいしました」

「大げさなやつだ。水練にはたしょう冷たいが、心の臓が止まった話は聞いたことがないし、この海域にサメ《ガーヴ》などおらん」

「……ぼく全然泳げないんです」

　このせりふに信じられんとばかり、柳眉が寄せられる。

「泳げない？　そう聞こえたが今、パロの学生」

「……はい。生まれも育ちもクリスタルのアムブラで、下町では川で泳ごうと思う者はおりませんですし。苦手なのはぼくだけじゃない。同窓生のみんなも……陛下だって泳ぎはきっと苦手……」語尾《しり》はごにょごにょ。

「陛下だと？　聖王レムス殿のことを云っているのか」

「ええまあ、そうですけど……」

「お前、面白いやつだな。パロ人とはきざで鼻持ちならぬ、サルビオ入り行水を欠かさぬやからとばかり思っていたが。王立学問所に籍をおいてパロ国王をダシにするとは、なかなかの快男児だな」

「ぼ、ぼくなんか快男児なわけ……それにダシなんておそれ多い。ものの喩えです。クリスタル公は文武両道を極めてらっしゃるけど、レムス陛下はそんな方じゃなくて……」

「ほう、ではどんな方なのだ？」

興味をそそられた声音。ずいと接近してきたまなざしの強さ。物質的脅威さえおぼえ、学生は脅かされた小動物のような目を向ける。そこでハッと気づく。

（まるで、レントの……）

海の色に染めぬかれたような――濃すぎる霧にその「青の中の青」をおおい隠されている、レント本来のすばらしい――まっ青な瞳があった。

その瞳に気を呑まれた、もっというと魅せられた状態の若者に、

「君の名は？」

「た――」反射的に、大教授かやんごとない相手にするように威儀をただす。

「タム・エンゾと申します」

「齢は？」

「二十歳になります」

「そうか、タム。君のおかげで気が晴れた。礼をいう」

「お礼なんて、逆……」云いかけてから、気づいた。

「霧が晴れたって？」

下がり眉のせいでとぼけた獣をおもわせる顔がこわばる、相手の笑い顔をまぢかくして。

（なんて……）

濃霧のシェードに暈《ぼか》されていたのは瞳の色だけではなかった。クリスタルの目抜き通りでもめったにゆきあわない美形だった。いや、パロ美人の喩えは正しくはなかった。たおやかとか優美とか、吟遊詩人がなめらかにころがす形容詞はふさわしくない。くっきりと切れ上がった双眸、青の中の青――ドライドン掌中の珠をはめこんだような瞳の光は一筋縄でいかない気性をうかがわせる。

それに独特なひくい声質、おちつき払った物腰のせいかもしれないが、年齢もおしはかれない。自分より年はかなり上なのだろうか？

沿海州人であろうことは、パロ人とちがう濃い肌色と、何より体にしみこんだ潮の香りがものがたっている。ドライドンを信仰する者に共通した匂いだ。

千の貌をもつというレントの海に培《つちか》われた、したたかな魂、ゆたかな諧謔精神。迷信ぶかいくせに賭事のテーブルでおそれ気もなく神の名を口にする矛盾したところ。アムブラのタムは船旅のあいだにそんな沿海州人の気質には面食らわされたが、それこそ実地の学習といえた。意志がつよくあけすけで議論好き、云うならまつりごとや為政者その人を名指しで揶揄《やゆ》することもいとわない人種なのだ沿海州人とは。

……けど、この人はまたちがう。もっとずっと異質な《何か》を背負っている。

中原の宝石とうたわれ、文化と魔道をほこる「三千年の都」――パロ・クリスタルから旅してきた青年は直感的におもった。その何かをして運命とは、霊能力の持ちあわせのない一介の学生に思いつくはずもなかったが、この時たしかに、その人の第一印象は心の特別な場所にきざまれた。

若者のその心を察してか？　それとも、想いはまったく違うところへ向かっていたのか？

その人はつと視線を海へ、船の舳先──今まで睨むように見据えていた彼方にむけなおすと、しずんだ声音でつぶやいた。

「この辺りでこれほど濃い霧はめずらしい。わたしも初めてだ。あやしいとさえ……いや、もしかしたらこの霧はレントの海の神そのひとが、国の華であり、白鳥のごとき艦の主人《あるじ》の死を悼んでのものかもしれぬ、そう考えていたのだ」


入港をしらせるドラが打ち鳴らされる。

レンティア最大、そして沿海州でも五指にはいる規模のルアーナ港である。霧は陸地ではだいぶ薄らいでいたが、かわって黄昏《たそがれ》の濃い紫いろが波止場をおしつつんでいる。

ルーカス号が錨をおろした時、陽は完全に水平線に没していた。

船の乗組員は船にとどまっているが、一般の船客は続々と陸《おか》へあがっていく。

船客の多くは商人であった。モンゴールの特産品であるヴァシャ果や、鉄鉱石めあてに東廻りの航路につくのである。そんな貿易商たちに混じって、小柄なマントとフード姿――パロの学生タム・エンゾも船から降りたところだ。

タムはきょろきょろしていた。はじめての沿海州、はじめての――ルアーナ港に夜通し焚かれる灯にうかぶ町のけしきがものめずらしくて……ではなかった。ルーカス号の甲板で言葉をかわした青い瞳《め》の船客の姿をさがしていたのだ。

彼が寝起きしていた大部屋の客ではなかった。下船のさい他の部屋ものぞいたがいない。もっと格上の――貴賓室の客なのかもしれない。旅装は簡素だったが、言葉づかいも雰囲気も庶民のそれではなかった。甲板ではさっさと行かれてしまい、名前を訊きそこねたのがかえすがえすも残念だ。

乗組員のひとりだろうか？　沿海州の船乗りなら、ぶじ母港にもどってこられたことをドライドンに感謝し、こんどは陸での安全を草原の神モスに祈り祝福をうけるため一夜船にあって身を清めねばならないと聞いている。

(もう一度、船にもどってみるか)

ふり返った目の先に、饅頭みたいにふっくらした顔があった。

「どうしなすった、学生さん。忘れ物でも思いだしたかの」

「いいえ、忘れ物をしたわけではありません。ガントンさん」

船室がいっしょだったライゴール人である。一夜斎戒の習わしを教えてくれたのはこの中年の商人だ。向こうから話しかけてきたので、パロ出身であること遊学中ということも話した。

　ガントンのぽってりした口もとには残念そうな、もっというと不満げな表情がある。

「霧のおかげでずいぶん時間をとられましたな。それにしても、レンティア一のルアーナの港がなんとも嘆かわしい、このさびれようは何かの呪いのようだ。イリスの四点鐘が鳴りやんだ後でも、いや夜半すぎてこそ港は水を得た魚であるべき——と、そうは思いませんか？」

「……はあ」

　同意をもとめられても初めての土地だし……答えに窮してしまう。

「学生さんも、もの足らんじゃろ？　陸にあがって呼び込み一人寄ってこないのでは」

「呼び込みって、今夜の宿のですか？」

　天然で訊きかえすタムに、金の指輪が食い込んだ小指がクイッと立てられる。

「呼び込みちうたら、もちろんコレじゃよ」

「コレって？」

「コレちうたら決まっとるじゃろ。またまた〜しらっぱくれて。それとも清廉な身をたっとび、売色を罪とする——お家はミロク教徒ですかな」

「ちがいますよ。うちは代々ヤヌス教です」

（ぼく自身は学問の神カシスの信徒ですけどね）胸のうちでつけ加える。

「そうじゃったそうじゃった。パロのご出身だ。商売の神バスをあがめるわしらとは生まれからしてちがう」

「ぼくの実家もそうですよ。カラム水を商っている——って船で云いましたよね」

「そうじゃった〜」自分の頬をピシャリとたたく。

商売の繁盛だけでなく飽食も司るバスの徒のいい加減さに、一本気なタムはムッとしながらも、何千モータッドをへだてた実家のことを思い出さずにいられない。

商人の子でありながら王立学問所にまなぶことを許された自慢の息子が、遊学といえば聞こえはいいが、黒竜戦役後いまだ政情さだまらぬ世界を一人で旅すると云いだして家族の反対にあわぬはずがない。出国ぎりぎりまで母親の泣きおとしにあったのだ。

「ぜったいに許しません。そんな危険にとびこませるのに、お前を生んだんじゃない」

涙をいっぱいにためた瞳を思いだすつど、若い心に痛みが走る。

（………さま）

そんな時タムは、神気立った美貌——現世のカシスといってよい偶像を自分のうちに呼びだすのだ。子供っぽい指がなかば無意識に胸にかけた「旅のお護り」をまさぐり、ぎゅっと握りしめる。

旅の習慣になっていた行為を、饅頭の切り込みみたいな瞼《まぶた》の奥で見とがめ、ガントンはにやりとした。品のない笑い方である。

「さては〜学生さん、お国にいい人を置いてきたんじゃな。出立の前夜には、パロ美人とこってりしっぽり愁嘆場を演じなさったな？　やはりクリスタルそだちの色男はちがう。じゃもんで、ルアーナ港の色宿の呼びこみなんぞお呼びでないと――」

「そ、そんなんじゃありません」

タムは真っ赤になって否定した。かのうるわしき摂政の君なら、この手の矛先をかわすのは「朝食前のカラム水」、はぐらかす科白《せりふ》もめくらましの妙手にも困りはしないだろうが、まねできるはずがない。どころか二十歳の彼、色恋に関して潔癖のきらいがあったのだ。

「ぼ、ぼくにそんな女性はおりません。生まれてから今までひとりだって……神かけていないんだっ」

周章狼狽するあまり、こんなところで神の名をだしている。いやいや、沿海州の気風にすこしく染まっていたのだろうか？

――フ、フフフッ。

まるで微風が過《よぎ》るようだった。聴きおぼえのある声の響きに、思わずそちらへ目をむけると、離れたところを赤みがかった金髪がふわりとなびいていた。

……あ。

ルーカス号の甲板で出逢った人だ！

なのにタムは呼びとめることができなかった。その名もしらぬ、うつくしい人を。足早にいってしまう後ろ姿を……

「学生さんどうしなすった？　いきなり」

もうガントンの声は耳に入っていなかった。

タムは駈けだした。最初の、そしてたった今の失敗をとりもどす勢いで。

その行動こそ、すべての始まりだった。若者が、自分でもそれと解らぬまま——人生最大の冒険に出帆するきっかけ——常にない行動にかりたてられ、夢にみたこともない運命にまきこまれる。一瞬のできごとが、すべての始まりだったのだ。

が、その最初から蹴つまずいた。

さきほどまで辺りを紫めかせていた黄昏はいっそう濃くなり、文明国の港らしい石畳をくろぐろと塗りつぶしていた。夜半もルアーナ港に出入りする船と港湾警護のために焚かれる灯のおかげで、まったくの闇ではなかったがそれでも文明国中の文明国パロの若者をまどわすのにじゅうぶんな暗さだった。

わざわいの種はヴァシャだった。それと目指す相手の足のながさと速さに焦ったせいもある。船乗りの吐き捨てたヴァシャ皮にタムはクツをすべらせ、もののみごとにすっ転んだ。

「……ッテテ」

石畳に膝をうちつけ、痛みで星がとんだ。それでもすぐ立ち上がり夕闇を見はるかす。船員ギルドの集会所――夜番の男たちが、魚の揚げたのをはさんだパンを片手にドライドン賭博に興じている――から漏れる光に美髪がきらめいていた。

その先の区画には、港に付随する宿屋や食堂、居酒屋があつまっているようだ。ガントンの云うような色を売る店もあるのかもしれない。それにしても闇が濃い。繁華街とは信じられぬくらさだ。ガントンはそれを怪しむようなことも云っていたが、今のタムに不審がっている余裕はなかった。

それぐらい心が急いて――ひきつけられたのだ。わずかな言葉しか交わしていないのに。色恋というよりいっそ、ヤーン――運命その人にあやつられるかのように。

打撲傷になったにちがいない。ズキズキする足をひきずって、タムは暗くせまい路地にはいっていく。まっとうな旅行者なら二の足をふみそうな裏通りだ。

営業している店は一軒とてなく、通行する者もない。もちろん灯も。ただかそけき星光のような金の髪が前方にみえるだけ。しかしその距離はちぢまらない――どころかひき離されていく。

と、忽然とみえなくなった。

わき道にはいったと考えるべきだが。この時タムは闇夜の海で、みちしるべの星をうしなったかじ取りの気分におちいった。

ふいに背筋がふるえた、心細さで。異国の、闇の中にひとりで立っているそのことがにわかに意識され……

まるで、不安がしのび込むのを待っていたようだ。

闇が笑った。

そんなはずはない。だがいったん怖くなると、あやしい気配のしたほうを確かめることもできない。恐怖心が体を凍りつかせていた。大蛇を前にして、すくみあがった草ウサギ《トーリス》のようなものだ。

「ひひひ」

こんどは聞きわけられた。妖魅のたぐいではない、人間だ、男のわらい声だ。

「へヘッ」

人ゆえの生ぐさい息づかいを感じた、はっきりと。

路地裏にひそんで獲物の通りがかるのを待っていた——蜘蛛のように。

複数の、あやしい男たちにタムは取り巻かれていた。

「き、君たちは何なんだ！」

タムは勇気をふりしぼって誰何《すいか》する。

最悪の事態を想像した。ごろつき、夜盗、かどわかし……裏町の闇にひそむ……脳裡で最悪に最悪が塗りかさねられた。

「ぼくに、何を……」

　ふいに伸びてきた手に口をふさがれた。すかさず布きれのようなものを押し込まれる。同時に背後から羽交い締めにされた。護身用の短剣に手を伸ばすヒマすらなかった。まちがいなく悪党だ！　わかっても今はたすけを呼ぶこともならぬ。

　恐怖より理不尽な目にあう悔しさで、タムの胸は張り裂けそうになる。

　男たちはタムのマントをひきはぎ、全身をまさぐりだした。ベルトにつけた物入れを探りだされたところで意図は明白になった。

　そして——肌着の下、じかに胸にかけているお護りにきづかれた。

「銀だ！　銀製のメダルだぜ」

　声は若かった。タムにそこまでは考えられなかったが裏町のチンピラだろう。

「おっ、なんか入ってる」

　装身具は一見してメダルのようだが、ツメをおすとフタが開くしかけになっている。

「なんだ、お宝じゃねえや」

　ごろつきがつまみだしたのは小さくたたみ込んだ紙片だった。

「う、うー！」

　のどの奥までボロきれをつっこまれ、二人がかりで手足をおさえつけられながらタムは猛然と暴れた。それだけは渡せない、渡すわけにはいかない。大事な、旅の——あの方に托された、自分の命とおなじぐらい大事なものだったから。

（……さま！）

必死に手足をばたつかせながら、タムはヤヌスの神に祈った。学問の神カシスにも。そして――聖王家の一員にして摂政、黒竜戦争における救国の英雄、アムブラの学生から国王以上の人気をあつめる――クリスタル大公に。

（ナリスさまのお手紙だけは――）

取り上げないでくれ！

血を吐くような祈りもむなしかった。若いごろつきは手紙を、パロの精巧な銀細工ともども「兄ィ」とべつの男にわたしてしまった。

「何だ、このたくってるのは？」

「兄ィ、字が読めるってえばったじゃねぇか」

「バカ！　オレが習ったのはルーンだ。こいつはどっか野蛮人の国の字にちがいあんめえ」

流麗な手蹟《て》はまぎれもなく上級のルーン語であったが。

「うーうー！」

「それにしても、うっせえなコイツ」

「ちょいと黙らせろい」

「へい」

ごろつきは拳を見舞った。

「……うぐっ」

みぞおちに受けた一撃に、タムは意識を根こそぎうばわれた。

2

レントの目覚め。

この世界で、最もうつくしい夜明けの景色だ。

と云って譲らぬのはむろん沿海州の人間ではあるのだが、港の、夜を徹して灯される松明《たいまつ》がひとつずつ消され、かぎりなく黒にちかかった藍色の海に、ニンフのまとううすぎぬのような朝もやが漂い、大気が青紫からばら色を帯びてゆく様を目にしたなら、自国びいきとは決めつけられぬだろう。

それはすばらしい景観であった。

ルアーナ港に碇泊するルーカス号はじめ、ライジアやゴアの島々、南方の航路をめぐる貿易船、レント水軍――レンティアの海軍――の船にも、暁の女神の魔法がふりかけられる。

朝もやは、ニンフの脱ぎすてた衣のように海の青さに溶けさっていく。かがやくばかりの水面。前日の霧はうそのように晴れていた。

三年――この海を見せなかったら、沿海州の人間は死んでしまう。まことしやかに云われるほど、この景色はレントの民の貴い宝であった。


朝まだきから、港は陸揚げされる魚やら外つ国の産物やらでごった返している。

港湾ギルドの者、魚介の仲買いや卸売り業者、それにライゴール――レンティアの領内にがっちり顎門《あぎと》を食いこませるように存在し、沿海州連合に自由貿易都市として名をつらねる――豚の頭と布袋腹のバスを主神といただくライゴールの、強欲と抜け目ない商売っぷりで知られる商人もすくなからず混じっている。

石畳の上を魚や貝類を満載した荷車がひっきりなしに行き交う。

ピチピチはねる魚、水を吹きあげる貝を並べた港の市場。荷卸しや運搬など力仕事に従事する者の胃袋をみたす食堂があったり、ガティの生地で魚やえびのすり身だんごをくるんで蒸した饅頭《ムールー》の屋台に人が集まっている。

魚市場で漁師兼魚屋が活き魚をならべている。生け簀《す》でおよいでいるのを網で掬って、客の目の前でさばくのだ。

まな板に乗った魚にしのびよる魔のような影。まっ黒い手がにゅっとのび魚屋の目と鼻の先から魚をさらいとる。

「このッ、泥棒猫《ミャオ》！」

魚屋は血相をかえて怒鳴ったが、黒猫は獲物をくわえ逃げ去ったあとだ。

猫がまっしぐらに駆けこんだのは市場の裏手にある狭苦しい路地だった。

宿でも食堂でもなさそうな造りの家の前で、三つ編みを頭に巻きつけた少女がカンの実をむいている。

猫は少女の前にくわえてきたもの——脂ののった魚をごろんと置いた。

「にゃー」

「お土産のつもりなの？　クロちゃん」

「にゃー」

「この魚、うちの先生の好物なのよね」

少女はふしぎそうにつぶやく、カンの実を手に。猫がこの魚にカンのすっぱい汁をかけた料理を知るはずもないが。クロは前脚をぺろぺろ舐めている。猫をみつめ、少女はため息をひとつつく。

「でも先生、夕べっから様子がヘンなんだ。アイツ——お客がきたせいでさ」

少女のいうことが解る——猫はそんな賢《かしこ》そうな顔つきをしている。

「聞いておくれかい？　夕べ、イリスの四点鐘が鳴りやんだ刻《とき》だよ、そいつが訪ねてきたのは。どういう関わりがあるかしらないけど……先生と。みやげを持ってきたわけじゃないし、無愛想だし、暗いし、口きかないし——なのにナナ先生ったら」

「マナ、マーナ！」

「あ、先生だ。クロちゃんありがと、おかげで市場いかなくて済んだ。あとで、頭とはらわたあげるからね」

マナと呼ばれた少女は、魚を尻尾から持つと立ち上がった。

家にはいるなり主人に云われた。

「腹がへった。メシにしてくれ」

「はい、先生。すぐに」

「すまないね」

にっこりほほ笑んだ顔はぞんがい若かった。三十になるかならず。すらりとして、肌は浅黒く精悍——目鼻だちはととのっている。のばした黒髪を首の後ろで結んでいた。

しかし、いでたちときたら、堅気の人間の眉をひそめさせるようなものだった。じょろりと床にひきずる、色宿の女が着るような、真紅の絹の羽織りもの、その下は寝衣としかおもえないようすものである。

「よさそうな魚じゃないか」

「ついさっき市場から届いたばかりなんです。刺し身にしようと思って」

「そりゃあいい。カンをしぼるのを忘れずにな」

「もちろんです、先生」

云ってから、少女は上目づかいに——相手より頭ひとつ小柄なので当然そうなるが——先生と呼ぶ男の黒い瞳をのぞきこむ。

「お客さんのぶんも、ですか」

「もちろんさ」

「は、は…い。先生」

「マナ？」

浅黒い顔が一瞬もの問いたげになったが、少女は急ぎ足で厨房のある奥へいってしまったので、不満げな返事と表情のわけを問われはしなかった。

そう、彼女が黒猫にうったえたかったのは夜半に「先生」をたずねてきた者におぼえた、ちいさな胸をあぶり焦がすような感情だった。

そんなヤツを家に招きいれた、一家の主人であり師事する男に腹立たしささえおぼえていた。はじめて知った感情をもてあましていた。

しかも皮肉なことに、その客人は絵描きの卵である少女に特別な目をそそがれる

《美》のもちぬしだったのだ。

食事を居間にはこんでいくと、客人は窓に椅子をひきよせ陽よけの覆いの間から外をながめていた。厚ぼったいマントをぬぎ、えりのたかいシャツに革の胴着《ヴェスト》、ぴったりした足どおし、飾り気のない男のいでたちがかえって彫刻のような容姿をきわだたせている。

（まるでルアー……）

あおじろいイリスの美ではなかった。豊満したたるニンフの美でもない。

烈しく、猛々しい青瞳の美青年、黄金の炎にふちどられた太陽神ルアーみたいだと少女はおもった。

（その割りに暗いけど）

夕べからほとんど声をきいていない。来たときぼそぼそ挨拶していた以外。長旅で疲れているのだろうか？　やって来る少し前、港でドラが鳴っていたから、その船から降りてきたのかもしれない。それにしても無口をとおりこして無愛想だ。ナナ先生もふだんよくしゃべるのに相手に合わせたみたいに黙りこんで、夜食をたのまれ運んでいくとふたりしてまるで――、

（お葬式みたい）

美青年はその時も今のように窓際の椅子にすわっていた。まるでそのまま一夜を過ご

したというように。独り身の絵描きと、内弟子兼下働きの少女のいえに、寝部屋はひとつずつしかない。夜具も自分でつから分しか……。

（どうやって眠ったんだろ？）

（まさか先生といっしょのベッドで……）

そこまで考えると、胸のチリチリが一気にボッと燃えあがる。それが少女のもてあます感情の正体——嫉妬だったのだ。その、まさかこそ。

「魚市場からの直送だ。しかもマナの料理の腕は一流なんだ」

主人は機嫌よく、大皿に盛りつけられた刺し身を客人にすすめる。

「マナは弟子だ。みどころがあるから、教えながら手伝いをさせている」

持ち上げられても、少女は全然うれしくなかった。

客人はイスをテーブルにもどしていた。彫像のようにととのった、だが硬いおいそれと話しかけづらい美ぼうを、少女は上目づかいで睨みつけていた。

「紹介がまだだったな、こちらは——」

「ゾルードだ」

そう云った客を、マナは目をおおきくして見つめた。

ゾルード！　ゾルードといったら死を司る女神のことじゃないか。憎しみの氷のゆびを持つ呪われたヤーンの娘。それがこの人の名前だと云うのか？　それに今の声音……

低いけど男のものじゃない。でもドライドンの司る海を、女が一人で旅できるのだろうか？

「また、そんなこと云って……」

先生が苦笑いする。黒い瞳が、海のように青い瞳にそそがれる。ゾルードと名乗った客は、そしらぬ顔で皿のものを口にはこんでいる。夜食には手をつけていなかったせいか瞬く間に平らげてしまう。胃袋は男並み——いや絶対、先生より食べている！

「美味しかった。ほんとうに料理上手だ、ごちそうさま」

礼儀はわきまえていた。それに食事の作法がきれいだ。早食いの大食い——なのにその手つきは貴族顔まけに優雅だった。

「マナ、お前のおかげでお姫さまの腹と心はずいぶんなだめられたようだ」

青い瞳は浅黒い顔をギロっとにらむ。

「ナイジェル！」

ふだん先生がいやがっている名で呼んだから、少女はまた目をまるくする。

「ははは。いっとくがマナはトラキアの領から来たんだ、二年前に」

「………」

客人はだまって青い瞳を燃えたたせている。

マナは、ルアーにしろゾルードにしろ、とにかく常人とへだたった美ぼうを食いいるようにみつめた。さっき近よりがたく感じたのは、絵描きを志す少女が心中あこがれている伝説の大画家トートスの絵のような、威厳がそう感じさせたのかとさえ思う。

（まさか、ほんとうに貴族？）

ナナ先生――ナイジェル・ナギが、レンティア王室のお抱え絵師だったことは少女も知っていた。女王ヨオ・イロナの怒りをかって画家のギルドからも追い出されたのだと。その城の中で知りあったのだろうか？

男の格好がこんなに似合ってしまって、貴族のお姫さま？

めくるめく想いでマナはくらくらした。

客の目が自分に向けられていたことに気付かず。

「――ナイジェル」

まるで合図のように青い瞳の持ち主が云う。

「マナ。いいというまで俺の部屋に入らないでいてくれるか？」

ますますふだんと違う口調に、マナは戸惑いをおぼえつつ食器をさげて出ていった。

その後しばらくの間、ナイジェルは口をひらかなかった。

ゾルードと名乗った客もだ。

「みゃー、みゃー」

窓の向こうから、猫に似た鳴き声が聞こえてくるまで。

「レンティミャオ《ウミネコ》だ」

そう彼が云うと、青い瞳にものを懐かしむような光が浮かんだ。

「三年――か？」

こっくり金髪の頭が傾けられる。

「沿海州の者なら誰も、三年海をみずにはいられない。あの云いつたえは本当だったんだな」

目の前の相手ではなく、自分自身に云いきかせるようだった。

「……もう、云ってくれるだろう？　どうして帰ってきた。いやその前に、あの時どうして出ていったか？　今までどこでどうしていたのか、そこから話してもらおうじゃないか――アウロラ姫」

「ナイジェル」

ひくい声音は、美貌をくもらせる表情とおなじでしずんでいたが、聴く者が聴けばすばらしく響きの深いアルトだった。

「あの時のことは、済まないと思っている。……謝る」

「謝ってもらって、ゆるしてやれることと、やれないことがある――お城の偉い博士に、いや、もっと偉いあんたのおっかさんにそうは習わなかったのかい？」

それでも男の言葉はやさしいとさえいえた。瞳には沿海州の男らしい情ごわさがあったが。

「ナイジェル……」

はっとしたように向けられる青い瞳に、黒い瞳からはなたれたまなざしは深かった。

「アウロラ」

ふたりは見つめあった。

もしマナがへやを覗いてしまったら、ちいさな胸をこがす――エリスのつかさどる嫉妬の炎は決定的になっただろう。

ふたりの間には《何か》があった。それを、男女間――いや同性の間であってもたまさか生じる恋着のきずなと疑うことはたやすい。深い、特別な関係ではないのかと。そのただならなさゆえ、二者の間に不吉――悲劇の萌《きざ》しをみてとることも……。

ヤーンの三巻き半の尻尾にかけて――人と人、本来孤独なふたつの星をひきよせ、からみあわせる何かの法則がこの世界には存在する。それらの星宿が稀有であればそれだけ皮肉も深まる――と、ねじれた宿命《さだめ》を語り部は嘆くのだ。

ナイジェルとアウロラ、ふたりの間にあるものはまさにそれだった。本来知りあうこともない、それだけかけ離れた星の下に――身分ちがいに生まれついていた。画才をみいだされ高名な絵師に学び王室づきとなったが、元はいやしい職工の家に生まれたナイジェルと――赤みがかった金の美髪とレントの海のような青い瞳をもつアウロラ。

アウロラは、レンティアの女王ヨオ・イロナの娘――第一王女だったのだから。

「ロス廻りできたってことは、今までモンゴールにでも居たのか？」

「いや、ケイロニアだ」

「ケイロニア――」

ナイジェルは眉をあげた。北方に位置する大国は、この時代中原一の軍事力をそなえていた。その気にさえなれば中原統合戦争の覇者となることも夢ではないだろう。強猛なる牙をそなえたしずかなる獅子――それが他国者からみたケイロニアだ。

「ケイロニアにいたと云うのか？」

「ああ。首都サイロンに入り、国事の中枢である黒曜宮のひざもと――タリッド区に寄宿していた」

「よくもまあ、そんな遠国に……すんなり入国できたな」

「正規の道中手形をもっていた。それにケイロニアは義に篤い文明国だ。密偵や罪をおかし逃げ込んできた者でないかぎり、どの国から流入してもとがめられはせぬ」

云いきった青い瞳の持ち主をナイジェルはじぃっと見つめた。そして呆れたように、

「後ろぐらいところの毛ほどもない、物見遊山の旅人だったってんだ？」

「まちがっているか？」

「いいや。――それでは、その北方の町で三年も何をしていたんですか？　敬拝するア

ウロラ殿下におかれましては」

揶揄する調子に、弓形の眉がよせられる。

「タリス通りに近い下宿屋に住まい、町の子らに読み書きや……剣術もおしえた」

「へーぇ、一国の王女さまが剣術師範のまねごとをねえ」

「まねごとではない。実用の剣だ。政情不安の折りではあるし、なによりケイロニアは尚武をとうとぶ国柄だ。平民も護身と身体鍛練に剣の要をわきまえていた」

「鍛練に身分は関係ない――か、あんたの持論だったな。よくおぼえてるぜ。じゃ、その――左手で剣をとったというのか？」

指さされ、アウロラは美貌をこわばらせた。

「あんたは、金輪際利手《ききて》の左で剣はとらない。そう云って俺に、絵を――絵を入れさせた。そのことを忘れてはいないだろうな？」

「――むろん。左ではとっておらぬ。教えたのは右手だ」

「今の説明で俺がすっきりしたと思われたら困るけどな。あんたは自分の行動がどんだけ周囲に打撃をあたえたか考えてみたことがあるのか？　この三年――旅の空で」

「………」

うすく整った、いくぶん冷たい印象をあたえるくちびるが微かにうごいた。

「聞こえないね」男は小指で耳をほじる。

「……すまぬ」

「怒ってはいない。そんだけやむにやまれぬ気持ちにかられたってんだろ？　ただ、書き置き一通で、出ていかれた者の気持ちを考えてくれたことがあるのかと――いやすまない。どうもあんた相手だとくどくなっちまうな。本音いうと港からまっさきに来てくれて舞い上がるほどうれしかった……」

「ナイジェル？」

男の瞳にある熱をみかえす――それは天然宝石の透明さをもっている。

それを目にする者は、安堵しつつも悩ましげという複雑な表情になる。

(やはりお姫さまはお姫さまか？　三年たっても……変わってねえな。ケイロニアにゃ眼がねにかなう男はいなかったってか)

「あんたは――アウロラ、特別な星のもとに生まれているんだ。レンティアの王女様なんだ。こう云ったら怒るかもしれないがたとえ国をおんでても、異国にあってさえその事実は変えられない。たとえ――おっかさんの女王様から、勘当をくらってもな」

「その――母上が亡くなった」

「へ」

――なんだって？　絵師ははげしい驚嘆を浮かべた。

「そ、そん…な……ことが……。女王……ヨオ・イロナ様が死んだなんて、なんの布告もない。だいいち病気という話もきいてない……」

「私だって信じられないけれど……信じたくないが真実なのだ。国王逝去の布告に関しては、王室のしきたりで戦時あるいは戦時に準ずる期間は他国に知られ、干渉をうけぬよう、ひと月——場合によってはもっと長く、新王が冠をいただくまでの間ふせられるのだ」

「って云っても、俺らにとって唯一大事な女王陛下だぜ。自国民にも隠すものなのか？」

「——しきたりなのだ、レンティア王室の」

アウロラの歯切れは悪い。

「だが、なんで知ってるんだ。他国にいたんだろ？　ケイロニアに。どうやって知った？」

「私の滞在していたタリッドには、魔道師、占い師の多くあつまる区画があった。占いなど、ましてや人の子がヤーンのごとく未来を見通すなど、わたしは信じていなかったが……。その日の夕刻、タルム広場で私を呼び止めた占い師はすべてをただしく言い当てた。私の素性も、国をでた訳もだ。ルカと名乗る者、人品骨柄いやしからぬ——白魔道師とみた」

アウロラの、この説明はいささか不足といわねばならぬ。この時代、サイロンのタリッド地区――からのよろしくない繁華街――もはずれにちかい「まじない小路」と呼ばれる通りには、いつの頃からか魔道師、占い師、予言をする者、その他ありとあらゆるあやしげな生業《なりわい》の者たちがすみつくようになった。ケイロニアという光あふれる国のふところに、闇にぞくする輩《やから》がよりあつまることで成立させた魔道の共栄圏だ。国でないから王こそ存在しないけれど、其処に棲む者たちはそれぞれ法力をもって、住まいや路地に結界を張りめぐらし閉じた空間をつくりだしていた。

ナイジェルをしんから驚かせたのは、その魔道と云うもの、魔道にたずさわる者をアウロラが信じたという点だった。沿海州に生まれドライドンを信仰する者はいちがいに迷信ぶかい、だがそれはレントの海の広大さ深さにたいして敬けんなのであって、魔道の国パロや、大国ケイロニアにもそうして確然と存在してはいても、魔道もその体系に生きる魔道師も、うしろぐらいうさん臭いものと思っていたからだ。

「魔道師……ってまじない師のことだろ？　あやしげな手妻を弄し人を惑わしたりまるめこんだりするやつらじゃないか、信用できるのか？」

「寄宿屋のおかみに頼まれ探していた、逃げた青ガメのいる池もルカはいいあてた」

「カメって、なあ……」

「――ナイジェル、聞いてくれ。タリッド、まじない小路のルカの家に私はまねかれたのだ。テーブルには、巨大な、すきとおった占い球が置かれていた。いえの主に云われるまま、その水晶球に念をこらすと、内部にうつしだされたのはレンティア王城――まちがいなく白大理石の広間だった。その奥まった一室にねむるお母様のお姿だった。痩せてあおじろいお顔にはイリスの光と、ゾルードの翳《かげ》のヴェールが交互に……」

「死に顔だったのか？」

「見せられたのは臨終まえのお姿だ。その時ルカは云った、ヤーンがしろしめしその娘のゾルードがはかりとる時間の紘にかけて、レンティア女王の命は半月もたぬだろうと……」

アウロラは言葉をとぎらせた。沈痛な表情をナイジェルはじっとみつめた。

（……サイロンにいたんだ。街道をケイロニアからゴーラ領へぬけ、ロスから母港直帰の船に乗っても半月以内でもどるのは、無理な話だ）

実の母の死に目にあえなかった娘の悲嘆――だけではなかった。端整な顔にきざまれた複雑な表情がものがたっている。

ヨオ・イロナ女王は統治者としてつよい個性と主張とで、沿海州各国のみならずパロやモンゴールにも一目おかれていた。口さがない者からは「女怪」と呼ばれていたが。それだけの人物をうしなったのだ。王室の中心にあってロイヤルファミリーを支えてきた巨きな柱をなくした、王族の打撃がそこにあったのだ。

「それに――」アウロラは、凍てついた海の目でつづけた。

「海にでている王族、あるいは水軍の将校に悲報をしらせるため、ルアーナ港湾の七つの大松明——夜通し焚かれるその左端だけを消し、本来七つの灯火を六つにするという方法がとられる。通常ルアーの没したあと灯される松明だが、濃霧のためだろう、ルーカス号の甲板から確認できた。七番目の大灯火は消されていた。レンティア女王の喪に服して……」

3

「それが本当なら、城に帰らないといけないな。そのつもりで海路をたどったんだろ？故郷の海へと」

氷の瞳の王女はしばらく黙っていたが、きつく思えるほど輪郭の鋭くひきしまった面を折るようにして首肯《うなず》いた。

「……そうだ」

うなだれた首をもたげた時、アウロラの瞳はうるんでいた。涙ではなかった、思慕や悼みだけでないその人間のもっと本質にねざす熱がそこにあった。

「それが《宿命》だと、云われたのだ」

「……って誰にだよ」かれは鼻にしわを寄せた。

「ルカだ。まじない小路の占い師——世捨人ルカにだ」

「なんだ、その世捨人ってのは？　魔道師がなんぼのもんかしらないがハスに構えて、ずいぶんかっこつけた野郎だな」

ナイジェルは顔もしらない魔道師を痛烈な言葉で揶揄した。

「人の未来を云いあてるのはそれを生業とする者でも勇気がいる。それが真実ならなおのこと、常人の恨みをかい権力者からは排斥をうける。予知の力は両刃《もろは》の剣だ、危険を承知し隠遁者として暮らす……。そのルカから諭された。王族なら王の死にあって逃げてはいけない、おのれのゆくべき未来——宿命からはと」

「どういう意味だ？　俺にはよく解らないが、とにかく城にもどるってんだろ」

「その通りだ」

「どんなにやりあったって、勘当を申しわたされたにしろ……おっかさんだ。帰ってやって、その寝顔と対面するってことだよな？」

ナイジェルをみつめるアウロラの表情がかげった。

「……城にもどらないといけないな」

ナイジェルはもういちど云うと、紅絹《もみ》を翻《ひるがえ》した。

ハッとしたように、青い瞳はまぢかにきた黒い瞳をみかえした。

「さっきも云ったが、先に俺に会いに来てくれたと——舞い上がるぐらいうれしかった」

「ナイジェル……」

アウロラは云いよどんだ。

沿海州に生まれそだった女なら、相手にどんな思い込みがあろうと、いや思い込みが深ければそれだけ、自分につごうのよいほうへ向かわせるのはなかば本能といってよい。若い生娘でも騒ぎたてたり、強気で突っぱねたりすることが下手なやり方だとわきまえているものだ。

だが海の瞳の持ち主はちがった。気強さは莫連女《ばくれんおんな》がたばになっても敵《かな》いそうもないが、うちに秘された魂は成人の女ともおもわれぬ、純クリスタルの透明さ——初心《うぶ》さでトートの矢をそなえる者を逆につきさし、おし禁《とど》めていた。

遊女からの借り着のような、はでやかな絹から伸びた男の手は指さきさえも触れえなかった、その左手に。

ごくりと唾をのんだナイジェルは、何かに急きたてられたように……否、おのれの内にわき起こった衝動をごまかすため早口になった。

「あの時の——絵ができあがった時の約束は、まもってくれてるんだろうな？」

「やくそく……ああ。約定はたがえておらぬ」

絵描きはまた唾をのみ、乾いたくちびるを舌のさきで湿らせた。

「し、証明できるか？　今ここで」

「そなたが望むなら、この場で証明しよう」

（できるのか？）

上衣の留め金にかかった王女の手をみつめる男の口から、

（あ……）

虚を衝かれた――呻きがもれた。

いさぎよいとさえ云えた。アウロラは胴着を脱ぎすてシャツの釦《ボタン》をはずしだした。所作《しぐさ》は乱暴だが、港町をねじろにするスレッカラシとはおのずと異っていた。色を売りにする女ならすこしは思わせぶりな――気をひくしぐさを見せるだろうが、これではまるで水練をしようという少年だ。ナイジェルは内心あきれてもいたのだが、肌着もとって小麦色の肌があらわになった時、こんどこそあさましく喉を鳴らしていた。

レンティア水軍の兵士のように胸は綿のサラシできつく巻きしめられていたが、少年の裸であろうはずもない。成人の艶と豊麗のきざしさえひそめた上半身であった。鉄鉱石をはめ込んだ指輪に鎖をとおし首にかけている以外アクセサリーはつけていない。

ナイジェルは目をほそめていた。事実まぶしいものを見せられたような――イラナの水浴をのぞき見て罰せられたマリオンの気分におちいってもいたのだ。

ほそめた絵師の目が、淡く金色をおびた肌をすべる。その視線は、なめらかな肌を……触れようとして触れられなかった左の、二の腕でとまった。瑕《きず》ひとつない膚《はだえ》に描かれた絵で。裸の體《からだ》にふしぎな——あでやかなアクセントを添えていたのは、ちいさな女の顔だ。

神気のたつような貌、光輪にも似た真紅の花びらで輪郭をふちどられ、瞼を伏せ、ねむれる美女のような……やはり女神にしかみえない。イラナか、暁の女神アウラか——いずれにしろきわめて美しい、すばらしい出来栄えのいれずみだった。

「どうだ？」

約束はたがえておらぬだろうと、青い瞳は男を射かえした。

「きれいだ」ため息が零れた。

「……きれいなものだ。瑕ひとつない」

「もっと、証明がいるか？」

サラシに手をやるアウロラの瞳に残酷な光がきらめいた。相手の顔にさしている翳を気にかけてもいない。

「いや、じゅうぶんだ。あんたは自分をきずつけなくなった。解るさ。ケイロニアの暮らしは合ってたんだな。読み書きや、剣を教えるのって楽しかったかい？」

「楽しかった。国がちがおうと、子供の目はかわらない――キラキラして、どの子もとてもかわいいと思った。……好きだった」

（では――大人は、男はどうだったよ？）

喉からでかかったセリフをのみ込み、《絵》の描かれた左腕から視線をひきはがす。

そして、ふわりと、羽織っていた紅の長着で目に毒な體をおおいかくした。

（もう、じゅうぶんだ）と言いたげな瞳には苦しげな光がある。

禁欲と縁のなさそうな男がやせ我慢する表情だった。


「先生っ、ナナ先生たいへん！」

甲高いこえが響いた。

「コラッ、呼ぶまではいってくるなと云ったろう！」

少女がへやに飛び込んできた時、あせったナイジェルは怒鳴っていた。

アウロラのほうはシャツの上の釦までかけ終えて、澄ましたものだ。

「すみません……で、でも本当にたいへんなんです」

「たいへんなこととは何だい？　マナ」

落ちついたこえで訊きなおす。

「運河で自殺さわぎになってて……」

「自殺？」

アウロラが眉間をよせる。

「若い男の人が身投げするって、きかないんです」

「死にたい奴ぁ、死なせとけ」

ナイジェルは吐き捨てるように云った。

「その運河とは？」

「おもて通りの……あ、見にいきますか？　お客さん」

「ゾルードだ、マナ。いかな理由があろうと、自ら命を断つのを捨てては置けん」

云いきった横顔をナイジェルはまじまじと見つめた。

（捨て置けんって……また変われば変わるもんだ。わがいとしの王女様ときた日にゃ）


マナの案内で、アウロラは自殺さわぎの起きている運河のほとりへ向かった。ナイジェルもしかたなしについていく。港からつづく大きな通りと道を隔て、荷物の運搬用に水路が掘られていた。川堤の石は増水時にそなえ、けっこうな高さまで積み上げてある。

黒っぽいマントを着たその男は、堤の一角に設けられた物見台の屋根にのぼってじっと川面をみつめている。

「モローのお爺さんが説得してるわ」

「界隈のご長老さ。昔は水軍で射手でならしたというのがじいさんの大の自慢だ」

歩きながらナイジェルが説明する。

「お若いのー、早まってはァ、いけませんぞぉーい」

老爺《ろうや》は頭に毛の一本もないかわり白いひげを胸まで垂らし萎んだような短軀。ひどく間のびした調子で呼びかける。

説得の声が耳にはいっても聞いているのか否か、自殺志願者は眼下を見つめたきり微動だにしていない。風でフードが脱げ、まだ若い二十歳かそこらの顔があらわれた。

青い瞳が鋭くほそめられた。

「――たしか、タムと云った」

「へ？」

ナイジェルが問い返そうとした時すでにアウロラは物見台につづく階段に足をかけていた。

「来ないで！　こっち来たら飛びこむから」

悲鳴のような声が投げかけられる。

「あ、あなたは……」

驚きで固まった、下り眉の、とぼけた獣に似た顔だちはパロの遊学生のものだ。

「また会ったな、学生。そこで何をしている？　高い所が好きなのか？」

石にきざまれた段をのぼりながら、アルトの声は平静だ。

「好きでのぼったんじゃない。ぼくこれから死ぬんですっ」

「死ぬ？　またどうして、別れてから一日も経ってないがその間になにがあったというのだ？」

「こないでっ！」

アウロラは石段の途中で足を止めた。

「君に何があったか？　それだけでも私に話してくれないか」

「ぼ、ぼくの……」

「君の――タム、何だ？　大切なものでも失ったか？」

ハッと、胸をつかれたようにパロ人の目がみひらかれた。

「あなたには、関係な……い」

「関係なくはない。ここの港――レンティアの人の生き死にはな」

敢然と云いはなった瞳のはげしい――毅然とした光輝。タムはどんぐりのような眼をみひらいた。

（あの、人助けのおひと……髪も目鼻だちも、似てる似てると思ったら）

自殺騒ぎを聞きつけ堤にあつまった者の間でつぶやきがもれた。

（似ておる、そっくりだ。ゆく方しれずのアウロラ姫と）

(じいさん何ボケたこと云ってる？　上の姫さまは海の神様に勾引《かどわ》かされて……)

(アウロラ様じゃよ。水軍の閲兵式におでましになったのを見ている)

(なんだって……！)

よそ者の生き死により、そっちでやじ馬たちはさわぎだす。

いっぽう物見台では、アルトの声がつよく響いていた。

「タム、なくしたものとは肉親の命か？」

「ちが……」

「母上はご存命か？」

畳みかけられ、びくっとタムは身をちぢめた。

「息災でらっしゃる？　それはよかった」

アウロラはにっこりした。その笑みに若者の視線がもぎとられる。

「母上はやさしい方なんだろう？」

「そ、そんなこと……」あなたには関係ない、タムは云い返そうとしたが、出立前夜の母親の泣き顔をおもいだして言葉にならない。

「どんな理由があろうと、君に死なれたら母上は嘆くぞ」

「……」

「君をそこへ追いやったわけをきかせてくれ」

「……ぼくの、ぼくの不注意で奪われてしまったんです」

「何を？」

「……手紙」

「よほど大事な手紙だったのだね。大事な人からもらったものか？」

「そうです。とても大事な方からの手紙……今のぼくや家族があるのも、市の英雄のあの方のおかげ……。その方に托された、大事な旅のお護り……なのにとられ……なくしてしまった」

「どんなに大事なものでも、人ひとりの――君の命にはかえられないよ」

「あなたは知らないから、なにも。ぼくの気持ちなんて解りっこない……」

「国の……子の命より大事な宝はない。母からそう教えられた。君の失くしたものは解らないが、君が持っているものはうらやましい。祖国にもどれば母上と会えるのだから。私の母はこの世にない」

タムはハッとした。青い瞳に、濡れた……きつい美貌に似合わない悲愁の翳を見せられて。

「あ……」

「アウロラだ、タム・エンゾ」

アウロラは真実の名を云った。

「アウ…ロ…ラさん」

暁の女神の名と海神の珠玉の瞳。女名を名乗るにはつよすぎる光。——意志。タムはめまいをおぼえた。初対面でのつよい印象がよみがえって。霧につつまれたレントの海上にあって、そしてルアーナ港で闇路へと彼をいざなった、その人のはっする磁力のようなもの。まるで、吟遊詩人にかたられる《宿命》の——

眩暈《めまい》がはげしさを増した。

「……あ」

小柄なからだがグラリと傾いだ。船上でもないのに、そのままとっとと後ろへ。物見台のふちを越え足が宙を踏む。

「あ、あぁ——」

ちょうどその時石段を飛びあがったアウロラの目の前でタムは落下した。天を向き両手ばんざいのかっこうで。ジャッボォ——ン。派手に水しぶきがあがる。

やじ馬の間にオォ…と脱力したどよめきが上がった。

アウロラは肩をすくめた。

「結局、落ちちゃった。あらっクロちゃんも見物しにきたの？」

「にゃー」

「ったく世話ねえったら……あの落ち方じゃ死ねねぇぜ。それにこれだけ人目をあつめちゃ……」

　ため息まじりでナイジェルの云うとおり、水中でじたばたするタムは港町の男衆にたすけあげられ、濡れたものをとり除かれ、肌着いちまいで髪から水をしたたらせ地べたにへたりこんだ。

「なんだってんだアイツ、人騒がせにもほどが……」

　傍らにきた青い瞳にむかっていう。

「ナイジェル、着るものを貸してやれ。くしゃみをしている」

「やだ」

　大人げなく云ってから気付いたように、「あのちんちくりんと知りあいか？」

「船でいっしょになった。パロからの遊学生だと云っていた」

「学生……パロのか」

「なつかしいか」

「そんな昔のこた、わすれたよ」

　口調はぞんざいだが、ガタガタふるえている痩せた肩を絹でくるんでやる。

「あなたは……？」タムは絵描きを見あげてきいた。

「ナイジェル・ナギ、しがない絵描きさ。あの——お方の知己ってやつ」

「アウロラさん……どういう方なんです？」

「すくなくとも――俺やあんたとはちがう星の下《もと》に生まれている。はじめに云っておくがな」耳朶《みみたぶ》にくちをつけ吹きこむように「惚れるな」

初対面の人間にずいぶん乱暴だが、鉄は熱いうちに打てとばかりに。

「にゃー」

黒猫が濡れトルクにすり寄ろうとする。

「おまえまで濡れちゃうよ。あら？」

マナは猫が首にかけているものに気づいた。野良猫に首輪？ ではなく婦人のする細い銀の鎖である。鎖にはメダルがぶるさがっていて……

「それは…！」タムは叫ぶなり、黒猫からメダルをひったくろうとした。

「ふんぎゃー」

不作法きわまりない相手に腹をたて、猫は容赦なくばりばりっときた。

「うあっ！ やめてくれ。そりゃクム製で、彫り代のカタなんだ」

ナイジェルは高価な紅絹を狂猛なツメからまもろうとして――二人と一匹の三つどもえとなった。結果、ナイジェルは顔にひっかきキズをつけながらも羽織ものをとりもどし、首根っこをつかまれたクロは忿懣《ふんまん》やるかたない形相で「ぶふー」

タムのほうはメダルの中をあらためると、

「おお、ヤヌスよ！ 千回でも感謝いたします」

パロ・クリスタルの方角をふし拝むいきおいだ。

「大事なものとは、それか？」

アウロラもさすがに今の騒ぎにあきれ返っている。

「……はい。奪われたとおもいこんで……いろいろお騒がせしてすみません」

護符がもどってきたとたん、ここまでの行動が恥ずかしくなってきたらしく蚊の鳴くような声になる。

「君は夜盗にあったんじゃないか？　船を降りてから」

羞恥に染まったうなじがこくんとする。

「ならば、謝らねばならぬのは私のほうだ」

なぜ——タムは顔に疑問符をうかべ高貴な顔だちをみあげる。

タムと目をみかわすアウロラの背後から、声がかけられた。

「——姫さま」

アウロラの肩にもとどかぬ、ちいさく萎びた爺だった。

「アウロラ姫さまでござらっしゃろう。モローと申します、長らく水軍におりました。アルカンド沖での海賊との戦では一番矢の名誉にあずかりました。退役の折には、ヨオ・イロナ陛下じきじきに労《ねぎら》いのお言葉をたまわっております。姫さまは……まだおちいさかった姫さまは、母王さまのとなりで、わしに笑いかけてくださっしゃった。あの笑顔終生わすれはせん。お可愛らしかった姫さまが海神にかどわかされたなど、今日の今日まで信じておらなんだ。やはり、こうしてご無事で……」

老人の目はうるんでいた。

「ご老人……すまぬ、私はあなたのいわれる人物ではない。レンティア王の長姫はドライドンに不敬をはたらき、自らの身をもって罪とがをつぐなったと聞く。海に身を捧げた者が陸地をふたたび踏むことはない。レントの理《ことわり》だ。私はゾルード、顔だちは似ているかもしれんがまったくの別人だ。母は色宿のおんな、北の海を渡って来た船乗りとの間に私をもうけた。ルアーナの紅灯に群れる莫連のひとりに過ぎぬ」

「う、嘘じゃ。いまのは作り話だ！　その瞳こそが真実《まこと》、ドライドンが掌中の珠をあたえしレンティア一の姫さまの——青の中の青じゃからな！」

口角にあわをため云いつのる爺の肩を後ろから叩く者がいる。

「ご老人ほんとうさ。こいつはゾルードっていう、切った張ったでその日がくれる正真正銘のスレッカラシ、お姫さまだなんてとんでもねえ話さ」

ナイジェルはことさら与太がかった口をきく。くだけた格好《なり》とあそび人の風貌がそれを演技と思わせない。

「し、信じぬぞ……姫さま、アウロラさま……じゃ」

頑なにくりかえし念じる爺は頑固の神《ヘル》と化したかのようだ。

「そういうことだから。な、爺さん」ナイジェルはもういちど萎びた肩をたたく。

「モローさん、私はこれで失礼するが。これからも達者でいてくれ」

ふたりしてそのまま爺に背を向ける。

(俺としたことが、後味わりぃぜ)

ナイジェルはアウロラにささやいた。

「それと、あの——パロの学生はどうする？」

「あのままにはしておけぬ。旅行者が夜盗にあうとは、ルアーナ港湾の治安の悪さは予想以上だ。……責任をかんじる」

「自警団につれてく前に、熱いフロが必要か——で、ルアーナの夜をいけなくしてるのは、ごろつきや物盗りだけじゃない」

ナイジェルは改まったまじめな口調になった。

「帰ったら、まずそのことを話そうと思っていた。ここんとこどうもキナくさい、あやしげな噂がたってたんだ」

「きな臭い——噂？」

アウロラは眉間をけわしく寄せる。

「あんたも船でゆきあっただろ、何十年にいちどってぐらい濃い霧に。昔話の怪談にあるような——じっさいその怪談とおなじことになってさ」

「霧の怪談とは？」

「レントの海の霧怪に、大の男がかどわかされたというんだ。もう何人も」

「なんだと――」

海の瞳に、くわっと焔がたちのぼった。

＊　＊　＊

刻《とき》をはかって落とす砂時計の砂を、ひとつかみさかのぼらせてみよう。

アウロラを乗せた船が母港に着いた夜のこと。

港湾とは市街地をへだてている、ひらけた土地の小高い丘。レンティアの王城はその丘の上にそびえている。

つれなきイリスよ――吟遊詩人ならキタラを抱いてなげき歌うだろうか？　新月の宵、白亜の城館は黒一色にぬりこめられていた。

「ふふふふふ」

あまったるい笑い……。ことさら甘く、砂糖菓子をふくんだように、のど声で笑っている。

「うふ、あは。ふふふふ」

心から楽しそうな響き。

とても楽しくておもしろい遊戯《ゲーム》に興じているかのようだ。

王城の尖塔――もっとも高くするどい、針葉樹の尖端をおもわせる塔の窓からきこえてくる。しゅすとレース二重のとばりの奥から、没薬《もつやく》を焚きしめた香とともに。

「ああ、やっと……やっとだ。ながかった」

あまい声音だが興奮もしているようだ。よほど楽しい遊びの最中らしい。

「やっと帰ってきた、わたしの――ああっ！」

興奮しきっている。甘いこえがかすれ、息づかいに熱がこもる。……くるおしい熱。

闇をみたす没薬の薫煙もすこうし濃くなったような。

「のお、そなたもうれしいだろう？」

「いいえ」

異《ちが》う声音――みじかくぶっきらぼうな。

「うそ、うれしいくせに」

ピシリと何かを打つような音、ツッとみじかい苦鳴がひきだされる。

「嘘を云うと、お仕置きだぞ。トーヤ」

「ティ…ラさま……ウッ」

狂熱にかられた者は、苦鳴の主をおもんぱかるふうもなかった。

「すべてのことが、思い通りはこばれる。すばらしい！　いまこの時――あの人が帰りついた。わたしの――姉さま、レンティア唯一の王女、アウロラが、やっと帰ってきた！」

濃い闇と、濃密な没薬のにおい――みだらを潜めた笑いと熱っぽい息づかい、ひきだされる苦鳴とは搦みあいもつれあって、いつ果てるともなく続いていた……

4

港町は裏通り、絵描きにしていれずみ師ナイジェルのいえの浴室である。

運河におち濡れて冷えきった体をタムは湯壺にしずめていた。

「お湯かげん、どうですか？」

ついたての向こうから少女の声がする。

「うちの先生、お風呂にはこだわりがあるんだって。貴族のとこみたいでしょ？　ここ来てはじめあたしもビックリ」

熱いのと冷水、交互につかる式の風呂は、パロでも貴族かよほど裕福でないと備わっていない。湯はタムのからだだけでなく心もぬくめてくれた。

「ありがとう、とてもいい湯です」

マナはレンティアの生まれではなかった。隣国のトラキア自治州の出だった。農家の九人兄弟姉妹の末に生まれ、貧農の子だくさんによくある話でルアーナの大きな旅籠《はたご》に奉公にだされた。だがこの娘、仕事そっちのけで落書きに精をだし、主人にみつかって「とんでもないアマっ子だ！」たたき出された。ゆくあてもないのにしょうこりなく塀に落書きをしていたらこんどはナイジェルに目をとめられた。「味のある、なかなかいい線をだす」そのまま、内弟子兼家事手伝いになったと云う。

ヤヌスのはからいか？　パロの摂政にしてクリスタル大公直筆の「手紙」だけは手許にもどってきたが、身ぐるみはがされた異邦人への同情心からだろうか、少女の今の身の上話は、とタムはおもう。

「あたしパロのひとってはじめて！　ナナ先生、パロ人のおふろにはサルビオの香水がつきものってゆうんだけどそれ本当？」

同情より好奇心からのようだ。

「それは貴族の習慣で、うちは商家だからそんなことな…い」

少女といえど異性にはちがいないわけで、女に免疫のないかれは言葉につまった。

「ふーん、そうなんだ。パロ男ってどいつも香水くさいかとおもってた」

「そ、そんなこと……。だいいちサルビオはくさくなんかない、とってもよい香りだよ」

タムはクリスタル大公の袖口からただよう香りを思いだし抗弁した。初対面でアウロラからもおなじようなことを云われたのも憶えているが情報源が同一人物とまでは思いもつかない。

「そうだ、わすれてた」

少女ははずんだ声で云うと、いきなりついたてを廻ってきた。

「きゃー」

ひっくり返ったような悲鳴はタムのだ。

よく温まって湯からあがったところを、見られたのだから。

「きっ…、にゅ……、だ…めっ……！」

「なにゆってるの？　これで、体こすると風邪ひかないから」

マナのさしだす――カンの皮をつめたぬの袋を受けとる余裕は、ない。とっさに湯おけで体の中心を隠したけれど、間に合わなかったかも。

「き、君っ、に、入浴中にはいってきちゃだめだ！」

タムの顔はひきつり、まっかっか。

「あれっタムさん、もしかしてはずかしがってる？」

「はずかしいかって、はずかしいにきまってる！　き、君だって、嫁入り前のむすめがこんな……」

「ふーん、はずかしいんだ」

少女のほうは顔いろひとつかえていない。どころか、背のたりない痩せっぽちから視線をそらさない。

「これでもナナ先生のいちばん弟子よ、あたし。いろんな人、いろんな裸をみてきてる。それも修業なんだって。先生に絵をいれてもらいにくる船乗りは、描いてあげるとうれしがるよ」

「ぼ、ぼくは……うれしくない、ぜんっぜん」

「ふーん、そうなの。パロの人だから？」

「たぶん……いや、そう……かもしれないけど」

異性に裸体をさらしてしまった衝撃で、つねの思考は働かなかったが、「今いるのはレンティア、パロや学問所とは勝手がちがうのだ」とおのれに云いきかせ、どうにか理性を立てなおす。相手は沿海州人で自分とはちがう考えかた信仰を持つのだと……

「君、マナさん、いくつなんだい？」

「十三。次の紫の月——ドライドン祭がきたら十四になる！」

十三歳の自分は、王立学問所入試にそなえアレクサンドロスの書の丸暗記にせっせとはげんでいた。そのものさしで計ってしまう。

「そのぉ……パロでは、若い女性はおしとやかでうちにこもってて、異性たる男性とはなれなれしくしない。ましてや、はだかをジロジロみるのは不作法とされている」

「ぶさほう？」

マナはキタイ人のような切れ長の目をみはると、ぷっと吹きだした。

「そんなことゆったら界隈の笑いものよ。ルアーナの色宿にはあたしぐらいの年の子いっぱいいるし。あたしだって――しってるし」

「えっ、知ってるって何を？」

「きまってるでしょ。奉公にだされた――十一のとき、旅籠のおかみさんの知り合いってゆうおじさん。あれの後こづかいくれた」

（そ、それって売春では？）

タムにそれを口にすることはできなかった。少女に売淫が純潔と貞淑の女神ゼアへの罪にあたるという意識などなさそうに見えた――それだけではなかった。

「もらった銭《ター》で、筆と絵の具を買ったけど……」そこで初めて目をふせる。

その目元をみつめながら、ぼう然としながら、タムのうちにドラのように響いているのは、ここは沿海州だ異国なのだ――今まで自分の知らなかった世界なのだという思いだ。

自分が知らないからって、ことさら罪や禁忌とするのもちがっていると思い直したからだ。

（……かんがえてみれば、レディ・アルミナも同じ年ごろだ）

パロ王レムス一世の許婚である、ちかぢかクリスタルパレス入りがうわさされるアグラーヤの王女は彼女と大差ない少女だった。

（がいして沿海州女性って早熟なのかなあ）

この婚姻によって沿海州アグラーヤとパロ聖王家とに姻戚関係がむすばれること、それより何より自分がおくてなことは棚に上げて……。

そんなパロの遊学生に、主人のナイジェルは手厚かった。

びしょ濡れになり、そのうえあちこち破かれた衣服の替えに、古着だが身の丈にあったものが用意されていた。やじ馬連のなかに古着屋をみつけ交渉してくれたのだ。清潔なシャツと足どおし、藍色のヴェストにはクム風の刺繍がほどこされしゃれている。

「けっこう似合うじゃないか。どこからみても沿海州の快男児だ」

片目をつむった絵師のほうは、色宿にい続けみたいなだらしない格好でいるが。

「本当にありがとうございます。ぼくみたいな他国者にこんなよくしてくださって。なんとお礼もうしあげてよいか……」

「そんな気をまわすこたないって。俺たちゃアイミタガイなんだし。ま、感謝するなら、あの方にしたらいい」

　ナイジェルは、窓辺に椅子をひきよせ、遠くへ目をやっている美髪の主を指して云った。

「あのぉ…ナイジェルさん、ひとつお伺いしていいですか？」

　タムは小声でささやく。

「ナイジェルさんって、美青年愛《ルブリウス》の方ですか？」

「なに急に――とっぱずれたこと云いやがる？」

　ナイジェルは目を大きくみひらき、呆れた――信じられないという顔をした。

「ぼくの考えすぎですか？　でも、運河でアウロラさんを好きになるなと真剣に戒められたのが印象にのこってて……。ぼくにルブリウスの趣味はないので、そう推測されるあなたこそアウロラさんがお好きで、それで、ああおっしゃったのかなと」

「タム――あんた、あれを男だとおもってたの？」

「へ」

　タムは、空のかなたに視線をおよがせているルアーのような横顔をみなおし、おそるおそる云った。

「……女性、なのですか」

（世が世なら、お城の地下の拷問係にこってりしぼられるところだぜ）

「今、なんて?」

「今までなに勉強してたかしらねえけど、沿海州きたらちったぁ色気のほうも修業すべきだって。ことおんなに関しては、と云ったんだ」

「……すみません」

(ったく、しんじられねー)言葉にはしなかったが、若者を恥じいらせるにじゅうぶんな、運河の水よりつめたく、刺すように辛辣な視線をそそいだ。

「タム、君から」――アルトの声。

アウロラがふたりに目をむけなおしていた。

「金品と通行許可証を強奪した者については、ルアーナの自警団とわが国警邏《けいら》とに届けをださねばならぬ」

「ええ、はい。せめて、遊学に学問所が用立ててくれた二十ランの半分でもとりもどせたらと思います……」

一ランあれば家族が半月やっていける、というご時世だ。大金である。しかも国庫からでている金をふいにしてしまった自責の念、二十歳の、若者ゆえの潔癖に挫折感が加担して世をはかなみもしたのだ。

「気落ちしているようだな」

「……はい。見ず知らずの地で用心を怠った、自分のうかつさが悔やまれてなりません」

闇ふかき港町裏通り、美髪のきらめきにいざないよせられたとは云えなかった。

「用心していても、いったん災厄――の女神にみこまれたら逃れられない、と云うぜ」

ナイジェルに肩をたたかれる。

「災厄《ティア》の女神ですか……」

それもヤーンの娘、ゾルードの姉妹の名である。

タムをみつめるアウロラの目はくらい、霧にかげった海のようだ。甲板で出逢ったときの印象をおもいださせた。

「食事ができました」

マナが料理をはこんできた。

テーブルいっぱいに海の幸がならべられた。すきとおった美しい刺し身。焼いたのや、揚げたてにカンのすっぱい汁をかけたもの。新鮮な貝類。色あざやかな海草のサラダ。夜盗によって有り金のこらず奪われ、一昼夜飲まず食わずのタムならずとも生唾のこみあげてくるごちそうだ。

ナイジェルが陶器のつぼを持ち出してくる。

「気分をもちあげるにゃ、これにかぎる」

タムに云ったのではなかった。暗くしずんでみえたアウロラの瞳が春のレントのようにやわらいだ。つぼの中身は火酒《かしゅ》であった。

火酒――その名のとおり、飲めばたちどころに、のどから胃の腑までやきつくす焔の酒。沿海州の船乗りにこよなく愛されている。とろりとあまいパロのハチミツ酒とは、高貴にしてたおやかなるサリアの公子と、レントの海賊王子ほども対照的だ。

その酒をアウロラもナイジェルも水のようにながしこんでいる。

「タムさんも、どうぞ」

マナが酒つぼを手にすすめるので、つられたようにタムは杯をさしつけた。

ひとくち啜っただけでカアーッとしてくる。それぐらい強い。もともとあまり酒につよくないタムは、そのひとくちで真っ赤になった。なのに稚くとも沿海州女、マナときたら「これ、お料理にあうでしょ」巧みにすすめるものだから、ついつい杯をかさねさせられてしまう。

酩酊したタムの目は、料理をとりわけてくれる少女を通過して、赤みがかった金髪にふちどられた美貌にすいよせられる。

火酒にも染められぬ象牙の肌、ほんとうにルアーのような……いや女神にたとえないとまたナイジェルさんにおこられると、酔っているのでとりとめないが。色気も飾りけもまるでなく、研がれたような輪郭は端麗な青年のものにしかみえない。それにタム・エンゾの美――美人の基準とは、この遊学の精神面でのパトロンである、学問所の大先輩にしてカシスと美の神サリアの寵愛を一身にうけたる摂政の君アルド・ナリスにほかならなかったのだ。

（ほんとうに美しいのって、男性のほうにでるものだと——）刷り込まれていたぐらいだ。

「なーに、みとれてんだよ」

「……ッツ」

ナイジェルに頬っぺたをつねられる。

「親がかりの学生が、その目をするのは百年はやい」

つねくるのもそうだが、ナイジェルのタムにとる態度は親身というよりなれなれしい。

それをなぜと思わぬ若者も天然すぎるが。

「いえ、あの……と、とても、おうつくしく感じたからですっ！」

その云い方たるや、まるっきり学問所で発表するときの調子であった。

「ぷふっ」

吹きだしたのはルアーの彫像そのひとだ。

「あ……」また笑われちゃったと、タムは下をむく。

だから、その笑いを目にしたのは画家のほうだった。

「アウロラ……」

ナイジェルはぼう然と、笑う王女をみつめていた。おどろかされ、うちのめされた面持ちで。レントの瞳《あお》にはじける光、ほころぶ花びらのようなくちびるをみつめている、魅せられた者の目をして……。

「アウロラ――」

「なんだ、ナイジェル？」

「いや、なんでも……」

「――ふむ。ところで、例の件だが」

今の極上の笑みは、拭いとられたようにきえていた。サリアかニンフかとおもわせて、うすぎぬの 被《ヴェール》 をはらいのければ戦士の顔というふうだ。

画家は少ししらけ顔で、刺し身をつっつきながら、

「――かどわかしの件か」

「そうだ。霧怪《フルゴル》と云っていたが、まさか本気で信じてはおるまい？」

「ああ、俺はな。だが自警団の隊長も、お城のほうこそ、う、うのみにしてるようだぜ」

「うのみ、とは？」

「あんたの、妹君の卦をだ」

アウロラは眉間にしわを寄せる。

「ティ、ティ、ティエラがそう占ったと？」

「そうなんだが、考えてみるとおかしな話だな。レンティアの——大事な働き手で、いざとなりゃ水軍の漕ぎ手にできる男衆が行方しれずになって、ろくな調べもなく妖怪のしわざと決めつけるなんざ、女王様の采配とはとうていおもえねえ」

「陛下なら警邏まかせにせず、内務に命じ密偵をもって真相をつきとめさせるだろう」

「……やはり、どこかぐあいが悪かったんだな」

暗い声でつぶやいたナイジェルだが、するどい視線にあってだまりこむ。タムをおもんぱかってのことだったが、その時、パロの遊学生は完全につぶれて、テーブルにつっぷしていた。

「しょうがねえなあ。マナ、向こうのへやへ連れてって寝かせてやんな」

「あーい、先生。ちょっとタムさん、自分であるきなってば、さ」

ふにゃふにゃたよりない学生の、尻をたたいて別室にいかせる。

「で、耳にはいってきたのは、顔見知りの若いやつが霧怪にかどわかされ、そのおふくろさんが泣きながら浜を探しまわってるというひでえ話でさ」

「——わかった」

声音は厳しかった。

「城にもどるんだな？」

アウロラは首肯く、ふかく。

「帰りづらいのはわかる。勘当くらったことになってるんだろ？　王太子の兄さんにも他の者にも」

「出国のさい私から母上に申しあげた、もはや一生涯レンティアの地はふまぬ。たといレントの海賊になりはてようと国の港には寄らぬだろうと」

「……すごいタンカだな。しかし海賊にはならず、内陸――ケイロニアへ行ったとは痛快なはなしだ」黒い瞳につよい光がある。

「特別な理由があったのか？」

「わからぬ。ただ……」

「ただって、何だ？」

「国をで、行く先の定まらぬ頃、ケイロニアの、気になる人物の噂をきいた」

「気になる人物って男か？」

ナイジェルは鼻にしわを寄せた――不愉快そうに。

「そのようだな」

アウロラの口の端には笑みがあった。

「グインという名の――戦士だ」

「グイン？　名前はそれだけか」

「らしい。一介の傭兵として、老将ダルシウスに仕官し、武功をかさね、ついにはケイロニア皇帝――アキレウスの信をえた。豹頭の男だ」

「豹……そんなような噂ならきいたことがある。戦士なのか？　俺は魔道師かなにかだろうと思っていた」

「黒魔道師によって豹頭をかぶせられ、当人は生まれも、その以前に伺候した王の名も――いっさいの記憶をなくしているらしい」

「は、ずいぶんと、あやしげな経歴の戦士もあったもんだ」

「アキレウス帝には重くもちいられ、先ごろダルシウスの次の黒竜将軍に任じられた」

「豹あたまの将軍とは……」

ナイジェルはあきれ顔。

「ケイロニア人とはもの好きだな、その皇帝が毛色ちがいを好むのか？」

「……どうやら、男子世継ぎのいない帝は、グイン新将軍を皇女シルヴィアの婿にむかえる腹づもりらしい」

「うへぇ、そりゃ本当にもの好きだ」おおげさに肩をすくめてみせてから、こっそりつぶやく。(そりゃそれで、俺には安心というものだが)

「む、いま何と？」

「ああいや。で、アウロラ姫さまは、豹頭将軍――いやさ豹頭の戦士みたさにはるばるケイロニアまで行ったのかい」

「……かもしれぬ」

そう答えたアウロラは姫とよばれたことも気にとめぬふうである。それだけ、心のうちに結んだ《像》は特別だったということだ。

「黄色い地に黒の斑紋もあざやかな毛皮、するどい牙をそなえた野獣の口、赤い焔のような舌、トパーズ色の目——ほんものの豹頭に、その筋肉たるやその身とおなじ重さの純金に替えておしくはない美事な戦士の軀。それが黒竜将軍にのみゆるされる漆黒の、かぶとや、すねあてを着け、広刃の大剣を帯びているのだぞ、どうだ？」

熱のこもったせりふに、ナイジェルはため息でかえした。

「そいつぁ……俺もみてみたい。クム最高の娼婦よか、豹の頭をした大将にはそそられるね。もし描けるものなら描いてみたい」

ごちそうも酒もあらかた片づいてからだ。

「それで王女様が、そんな格好でお城にもどるつもりじゃねえよな？」

「ナイジェル？」

「まずはフロだろ？　ナイジェル・ナギ自慢のパロ式王侯風呂で、全身——」つと手をのばしつやはあるが少しもつれた金髪を、こめかみから耳朶へゆびで梳《す》きながすようにする。

「耳のうしろまできっちり磨きたてる必要がある。どうせ髪も肌もろくすっぽ手入れしてないいんだろ？　あいにくと浴室奴隷はいねえが、必要とあらばマナにいって手伝わせる」

アウロラはこの提案にあごを引いた。

「それは……ひ、ひとりでできるから」

「本当か？　絵描きの目はきびしいぞ」

「……耳の後ろも、あらう」

そのようなわけでアウロラも入浴をおえ、湯上がりに用意されていた「ナイジェル・ナギの心尽くし」は古着でなどなかった。

「きっちり、化けられたかい？　第一王女殿下」

ついたての向こうにいる者へ、揶揄《からか》うような調子で云う。

「まさか、着かたを忘れちまったんじゃねえよな」

「——着た」

というのが答えで、もっとあでやかな答え——まなこを打ちすえるような姿がついたてを廻って出てきた。

（アウロラ……）

自分で用意した衣装なのに、それをまとった姿にこえをなくしている。

その絹のドレスは、レントの海の夜明けをおもわせる薄墨にあわい青紫をとかしこんだ色あいで染められ、ほっそりしたウエストから胸もとへ、花びらのかたちにカッティングされた布地が幾重にもかさねられ、着る者をロザリアの花の精であるかのようにみせていた。

袖は手首までくるぴったりしたもの。スカートのほうも成人の女にしては細すぎるアウロラの腰の線をきわだたせて、裾にかけて人魚の尾びれのように広がっていた。

外套は黒ともつかぬ濃紫のびろうど、ライゴールのちみつなびろうど製で、その袖口と前立と足首まである裾にもくず真珠を金糸でぬいとった繊巧《せんこう》な装飾がほどこされている。

パロの貴婦人のようにはゆい上げず、マナの仕事だろうか？　金の美髪は両耳からひと房ずつ編みこんだだけで濃色のびろうどに垂らされていた。

（……アウロラ）

その《絵》をかれはきざみこむように見つめてから、云った。

「これならお城のうるさがたも文句のつけようないだろ。満点の王女様だ。ん、どこかきついのか？」

アウロラは腕をあげさげしている。

「いや、あんがい動きやすい」

「ったく、みばより実用か……」醒めたつぶやきのあと、「大事なものを返しておく」

「大事なものとは？」

　青い瞳にけげんそうな光が灯る。

「三年前あんたがおん出てったとき置いてったもんさ」

「……あれは、代価のつもりだった」

「は、いれずみのカタにだって？　こんな——ぶっそうな、宝石のひとつもはまってない。色気もなにもあったもんじゃゃ——」

「両刃《もろは》の剣だ」

　アウロラはムッとしたように云った。

「こいつは持ち主の手にもどるべきものなんだ」

　ほらよっと、革の鞘におさまったものを剣帯ごとなげわたす。

　アウロラは愛剣《両刃の剣》をあやまたず受け取った、右の手で。

　剣帯をドレスの上から腰にまわし、左側に吊る。一タールちかい大剣である。

「お城であんたを護ってくれるお護り——だったよな？」

「ナイジェル」

「俺は付き添えないから……。俺は、アウロラ——あなたに瑕をつけてしまったから」

「私が望んだことだ」

アウロラはくちびるをゆがめたが、瞳に焔をよみがえらせ云いはなった。

「自分の弱さゆえ逃げようとした、剣から、王室の一員としての責任からも。星宿から逃れることはできぬのに、それもしらず逃げつづけた。まじない小路でルカに諭されるまで。逃げてはならぬ、そう世捨人ルカは云った、宿命の——宝冠からはと」

第二話　妖霧と疾風

1

――夢を、みていた。

朝のひかり、はじまりの合図《ルアー》が寝室にさしこむ。

天蓋つきの寝台《ベッド》――四隅を柱で支えられた大きな寝台の天上からは、しゅすとレースが二重に吊りめぐらされている――で目を覚ましたアウロラは、しばし朦《ぼお》っとしていた。

寝起きといえど、そのような状態でいるのはめずらしい。つねの眠りは深く、目覚めは潔かった。野生の獣か、休息から平生へとすみやかに切りかわる戦士のように。そうあろうとつとめてきた。三年前の出奔《しゅっぽん》から……否、少女とよばれる時代を終える頃から自らを律してきた。夢の精にわずらわされない眠り、健やかで質のいい戦士の休息がとれるよう。このことを元王室おかかえ画家が知ったら「ったく、色気がなさすぎる」と鼻にしわを寄せたにちがいないが。

（……ナイジェル？）

どんな夢だったか、よく知る人物がでてきた気がするがそれが誰かも思い出せないが、ふと、くにに帰りついてまっさきに訪ねた絵描きの顔がうかんだ。

ルアーナ港にちかいナイジェルの住いからレンティア王城「ニンフの恩寵」に帰りついたのは夜も更けてから。国民には「神隠し」にあったことになっている王女が、夜陰にまぎれ開門をもとめてきたのだ、衛士は腰をぬかさんばかりに驚いた。すぐに官房長官と侍従長にしらせがいったおかげで、いらぬ騒ぎにならず入城はかなった。

手短に帰国のわけを話すと侍従長のセシリアはわっと泣きだした。レンティア王室を取り仕切ってきた貴婦人だが、長年つかえた女主人の急逝によってか、ずいぶんと心よわくなっていた。

「姫さま……アウロラ姫様にお帰りいただき、これでやっと陛下もお心やすらかに……お眠りあそばすと……」

出奔のまえ、ひんぱんに女王に長姫の縁談をもちこみ、わずらわしい事態をまねいた張本人だが、おびただしい涙で化粧が剝げおちた顔は世間の中年女とかわりなかった。

逝去は二日前だと云う。アウロラはまっさきに亡き母との対面を願ったがかなえられなかった。侍従長は「なにもかも急のことで……」泣いてばかりで肝心なところが要領をえない。いかなる病によってか？　直接の死因は病気なのか、事故はなかったか、毒殺の疑いのあるなしさえはっきりしない。遺骸は地下霊安室に安置されている。ただし長姫といえども単独での対面はまかりならない。それも王室のしきたりである。王太子イーゴ・ネアン殿下が、離宮からこちらへ向かってらっしゃいます。母君とは兄上様とご一緒に対面されてくださいませの一点ばりであった。

アウロラは苛立ちをおぼえたが、王室のしきたりを守ることを天命とするようなセシリアと寡黙な官房長官レヴィンは、レンティア岬の沖合いにある二大巨岩にひとしかった。

「今宵はもう遅うございます、イーゴ殿下のご来城は早くとも明朝以降にございます」

夜食にひとつぼのハチミツ酒をあてがわれては、自分の館にひきとるしかなかった。

レンティア王城――「ニンフの恩寵」

そびえたつ堅牢な城郭にとりまかれ、中心には白亜の偉容をほこる女王の居城。複雑な中郭と入り組んだ中庭は当然ながら防衛のためだ。宮廷貴族、女官、近衛の騎士、下級兵士、小間使いに小姓――千人からが暮らす小都市である。第一王子イーゴをのぞく三人の王子王女の暮らしはこの広大な城郭のうちにあった。

アウロラの館は海がわにあった。他の建物がそうであるように石壁にはしっくいが厚く塗りかさねられ、調度品は重々しく、沿海州庶民の開放的な暮らし向きとは雲泥のちがい。寝台には千年杉がつかわれ、体がしずみこむような絹綿がしきつめられている。重厚で格式ばっていて、ことあるごとに唱えられる「王室のしきたり」とともにアウロラにからみつき、ときにひと呼吸すらさまたげた。

なのにいま天蓋の下《もと》にあって、この三年ついたことのない深いため息を胸腔《きょうこう》からおしだしている。

(——もどってきた)

寝室の壁には絵が一枚かかっている。描かれているのは海のけしきだ。全体はくすんだ色調で、レント海の鮮やかなブルーはさがしてもない。グレーの波頭がまるでダガーの刃のようである。ナイジェルのまえの王室画家が描いたもので、この絵を娘のへやにかけさせたのは女王ヨオ・イロナそのひとである。

荒涼とした——北方ノルンのものかもしれぬ——海のけしきを目にすると、「生まれ城にもどってきた」思いはことさらつよまった。アウロラは絹の寝衣《しんい》につつまれた胸に手をあてた、左の手を。三年前の出奔——その前夜あったことが痛みをともなって去来する。

ほんとうに痛みがうずいた気がして左の二の腕に目をおとす。練り絹をすかして咲く紅蓮の花、膚《はだえ》に刻まれた烙印のような絵を。それはヤヌスやサリア、神々に対しておかした罪なのか？　それとも——

（母上――お母さま……）

二十一歳の王女のうちに、消しさることのできない瑕《きず》の痛みと共に、出奔の夜の母王の顔がよみがえっていた。


「おはようございます」

扉の向こうからだ。寝衣にガウンを羽織ったアウロラは入室をゆるした。

壺をのせた銀盆を手にし――白のチュニックに水色のスカーフ、ひざ丈の足通し――城の小姓のいでたちをした、青年になろうかという少年だった。

「ユト」

名をよばれ、沿海州人にしては色のしろい顔に得意げな表情をうかべる。

「アウロラ様、ゆうべはよくお眠りいただけましたか？」

「そうだな」

ナイジェルの籐に敷きワラのベッドのほうが寝心地はよかったが、てきとうに答える。

「それは、よかったです」

薄茶の瞳に弾んだ光、それが皮切りだった――アウロラ様におかれましては、突然すぎです。ひと言いってくださったら、お戻りになるならお戻りになると。そりゃあ、むずかしい相談かもしれませんけどね。わたくしお帰りだときいたとたん一タールはとびあがって、セラとつかってる二段寝台にもうすこしで頭をぶつけるところでした。大げさとおもわれますか？　それぐらいビックリしたのなんのって。それにゆうべはなんの心づもりもなかったから、何かゆきとどかなかったか足りないものがなかったか心配だったんですが、お伺いするまえに、姫さまにはおやすみになられて……自分は心のこりで心のこりでよく眠れないぐらいでした。ほんとうに姫様におかれては、いなくなるのも突然だし……いつもいつだって突然すぎでございますよ。

まるで油壺におちて転げまわるトルクのようだ、つるつるつるとよくまあというぐらい舌がまわる。

ユトはしゃべりながら慣れた手つきでベッドをととのえ小卓をしつらえ、壺からとろりと金がかった桃いろの飲み物をクリスタルの杯にそそぎいれ、うやうやしく主人に供する。アウロラは杯を手にして、ぼうっとした光を瞳《め》にうかべる。

「いかがなさいました？　お好きな果実水《エクター》、とれたて新鮮なのをしぼりました。ああ、もちろんお毒味やくはこのわたくしめが――」

「あいかわらずよくしゃべると、感心していただけだ」

「何をおっしゃいますか！　姫様にはなして聞かせたいのはこの百倍あります。それに――何もおっしゃらずにいなくなってしまわれたから、いくら議長との縁談がおいやだからって……おかげで、わたくしがどれだけお城で肩身のせまいおもいを……いいえ！

今日の今日までこの胸にひめた一切合切、わたくしが詩人だったら一篇の詩にしてうたって……何です？　アウロラ様そんなへんな目で？」

「よかったと」

「何がですか」

「よかった、おまえが私づきの小姓で」その心は（吟遊詩人でなかったことを、ドライドンに千度感謝しよう。これ以上しゃべられては堪らん）だったわけだが。

「――姫様、以前にもまして口が重くなられましたね？」

「そうか」

　なんの気なくこたえ、金の桃《エロル》のジュースにくちをつける。

「……お恨みもうしあげます」ユトは上目づかいで、「わたくしに何もおっしゃってくれず、お城をでておしまいになって。小姓組のリロイやアンテ……セラにまでひどいことを云われたんです」

　これに弓なりの眉があがる。

「む、それはあい済まなかった。あの時は、あー……そ、そうだった！　私は常にないほど慌てとりみだ……ああいや、私の小姓はおまえだけ、ユトおまえが適任者だ。今もそう思っている。云いたい者にはいわせておけばよい」

「って今の？　今おっしゃったのはアウロラ様、わたくしのこと気にいってらっしゃるって、そういうこと？　今そうおっしゃったんですか？」

「――そう云った」

その答えを聞いて、ユトは満面に得意の笑みをうかべる。つられたように、端麗だがノルンの海のように冷たい印象をあたえる王女のくちもとも緩む。

「そうでしょう、そうでしょう！　アウロラ様のような方におつかえできるのは、ニンフの恩寵ひろしといえどユーグリエット・アン・ラファールただひとり。ええ、そうでございますとも」

ユトはおしゃべりが難点だが、よく気のつくはたらき者で表裏のない性格だ。十二で城にあがり十四でアウロラ付きに抜擢された。今年十八、小姓としてはとうはたっているが、侍従長から小姓頭に連絡がいき寝ていたところを叩き起こされてもいやな顔ひとつせず、日常づかいのものも不足なく揃えてくれた。出奔したアウロラの行き先について問質《といただ》されたとき折檻をうけなかったか懸念したがそれもなかった。ただし小姓仲間には「行き先をきかされてない、なーんにも知らないんだって？　日ごろアウロラ様のお気に入りってえばってたが、ぜーんぶおまえひとりの妄想じゃないか。大事なことは相談されないって、つまりその程度ってことだろ？」自尊心をさんざんにへし折られ、それはそれでつらい思いをさせたようだ。

三年の間にユトの女主人への忠誠心はゆらいでいない。なにしろうら若い王女の身の廻りの世話を任じられる小姓だ。レンティア王室にしか存在しない特別な職制なのだから。

そのユトに女王ヨオ・イロナの死因を問質すことは憚《はばか》られた。いや、ひとつでも不審な点があればまっ先に報告してくる性格だ。小姓は何もしらないと考えていいだろう。

その時カタッという物音がひびいた。

「誰だ？　ぶれいであろう！」

ユトはとっさに護身用の短剣に手をやる。扉をあけ廊下をうかがう動作には意外とスキがない。

「誰なのでしょう？　誰にしたってすばやいやつだ……廊下のはしに影さえなかった。これを置いて去ったようです」

扉口に置かれていたというのは、一枝のルノリアだった。

手わたされた大輪の真紅の花にアウロラは顔をちかづける。

「お花は、贈り物のつもりでしょうか？　まさかとはおもいますが、イロン・バウム様からとか……」

「それはないだろう」

イロン・バウムはすぐ上の兄で王位継承第二位。女王の摂政を自任し「ニンフの恩寵」の実権をにぎっていた。野心家のうえきわめて実務的、ロマンチックなことなど思いつきもしない性格だと――稚いころから思っていた。その兄王子から「話があるので俺の館へ来てくれ」と官房長官経由で申し入れがきている。

アウロラはルアーのバラとよばれるルノリアの、あでやかな香を聴きながら、その花言葉をかんがえていた。

（わたしを見つめて、か？）


イロン兄との会見はしょうじき気がすすまなかった。出奔の理由を問質されるにちがいない。それ以前に四人の王子王女には、血のつながった兄妹でありながら微妙な距離があった。王冠を継ぐ身である、庶民はもちろん一般貴族とも隔たりはあろうが、ことレンティア王室――ヨオ・イロナ女王の四人の子らの関係性にはきわめて特殊なものがあったのだ。

それにイロンの「実務性」には彼の人となりが映しだされている。性格や価値観がその生い立ちとも深くむすびついている。おなじ母から生まれたアウロラがそうおもう、それこそ一般の兄妹にはない隔たりの証《あかし》であったが……。

もし相談できる兄王子がいれば、三年前の出奔もなかったかもしれない。ナイジェルに意見されることも……。

中庭をあゆむアウロラのいでたちは、生成《きな》りの絹のブラウスにぴったりした足通しに乗馬どきの長靴《ブーツ》、貴族の青年のようだ。帯剣はしていなかった。やはりうごき易いのがいちばん、行動に男も女もないとアウロラはおもっていた。段差にあゆみを止めさせられたのは十七歳の誕生日で、すくなくともその日まで、母王から「いつも女らしく、女のかっこうをしておれ」と云われたこともなかった。

（ながい裳裾《スカート》は、ひっかけて破いてしまうかもしれぬし）

天然でそうなったらしい茨のアーチをくぐりぬけ言訳のようにおもう。今はそれぐらいは意識している。男女の装いの差異について。

たとえば――手にした一枝に目を落としおもう。

真紅の大輪のルノリア。あでやかな芳香……美女の代名詞でもあるこの花を愛するから女らしい繊細とするのは真理といえぬ。花を――自然の美をめでるのに男も女もないではないか？

そのルノリアの繁みが目の前にひろがっていた。カラヴィア原産の花樹が野生のもののはずはない。地味を選び、手のかかるルノリアを――とはいえまだどれも蕾の状態だが――かくもみごとに丹精した庭園は、ほかにはパロのカリナエ宮にしかあるまい。

たしかに――ここは、敵襲にそなえ迷路じみた、するどいトゲのある庭木が侵入をはばむほかの造園とはことなっている。文明国らしい、こまやかな庭師の手が入っている。あるじにひたすら愛でられ、見つめられる――それが存在理由のみごとに美しい園。それはパロの貴公子も嘆賞を惜しむまい。

ルノリアは葉もまた赤みがかっている。緑紅にもゆる枝葉におしつつまれ、ゆるやかなスロープがついていた。下方に白亜の階段がつづき、その向こうに運河がひきこまれ河水は彼方で湾へ――レントの海へそそぎ込んでいる。

スロープの中央に立ったアウロラは、庭園のかたに瞳《め》をもどし――大木に向かって、

「そこに居るのだろう？　バルバス」

すがたなき庭師の名を呼んだ。

ちいさくいらえがあって、巨木からするすると降りつたってきた。まるで大猿のような姿に青い瞳がほそめられる。

ほんとうにガブールの類人猿《エイプ》か、半獣神シレノスの従者《バルバス》かという巨きな少年だった。

（またすこし育ったかな？）

身の丈はゆうに二タールを超え、背肩幅、胸の厚み、腕や大腿についた筋肉もずっしりと長身に遜色ない量感をそなえている。これでユトより稚《おさな》いとはにわかに信じられぬだろう。

巨人はスロープの下方でひざまずいた。小山のようだが格好は庭師のもの。腰には枝切りや剪定ばさみ七つ道具をしこんだ物入れつきベルト。なにより彼を特徴づけているのは赤褐色の蓬髪《ほうはつ》――もじゃもじゃの赤毛がもみあげから頰から顎まで伸びさかって、

バルバスというより熊《バル》そのものにもみえる。

アウロラは手にしたルノリアをかざして、

「これを――ありがとう。今年さいしょの花だろうに」

やわらかなアルト、じつに――ナイジェルあたりに聴かせたらどんな顔をするか見ものなほど――優しいひびきだった。

「ひめさま、おかえりなさい」

稚い、控え目な声音が答える。

アウロラいがいの者には「バル」とだけ呼ばれる。かれは十七年前ニンフの恩寵の城門まえに捨てられていた嬰児《えいじ》だった。拾いあげた者によると夜中じゅう力いっぱい泣いていたという。巨《おお》きく剛健な赤ん坊は城で育てられることになった。女の王に治められるそのせいか、レンティアという〓くにはもともと孤児や捨て子に手厚かった。立派に成長した暁には衛士になっても水軍の漕ぎ手になってくれてもいい、まちがいなく役に立つだろう。

かれはわずか十一歳で、城の大門である跳ね橋――太い丸太を鋼《はがね》でつなぎあわせた――の上げ下ろしを一人でできた。この怪力ならひとりで門を護れるのでは？　衛士は下級役人に、役人はさらに人事の長に進言し――ついには内務大臣の知るところとなり、出自もしれぬ捨て子に王城の正規兵とする沙汰書がくだされる。光栄とおもわねばならぬところだが、少年はもはや産毛とはいえない赤毛のもえだした顔をゆがめ目に涙さえため、「おねがいです。おねがいします、大臣《おとど》さま。へいたいにしないでください、せんそうになんかなったら——おれ、こあい。こあいからいやです」

城の大人たちは、その涙を怖れゆえと思い、兵役のがれととって、少年を図体ばかり大きな臆病者とあきれた。大臣にいたってはけしからん童《わっぱ》だと、軍船の鋼を張った船倉に鎖と鉄球とでしばりつけ漕ぎ奴隷とする決定書をしたためた。それにヨオ・イロナが承認印を押すまさにその日だった。中庭でアウロラとバルが邂逅《かいこう》したのは。

十五歳になったアウロラは母王から自分の館をたまわり、探険がてら庭を散策していて大木をゴボウのようにひき抜く大柄な少年に目をとめた。落雷その他の理由で立ち枯れた木をとり除いたあとよくたがやし、施肥《せひ》をしていた。バルの親代わりをしていたのが老庭師で足腰がよわっていたため、替わって庭しごとについていた。荷車に山のように、新しく植える——赤みがかった緑の葉の苗木を積んでいた。

「それは、陛下のお云いつけか？」

植え付け作業に興味をそそられ、熊のような少年にこえをかけた。

「じょおおさま、お庭をきれいにせよとおおせです。上のひめさま、おひめさまの青いレントのめ、たのしませるお庭にせよとおおせです」

「ふむ、それが楽しくなる木なのか？　魔法のような木じゃな」

造園にも、花そのものにもさして興味のなかったアウロラである。ルノリアについて知識がなかった。

かれはアウロラの顔を見かえすと、

「まほう？　まどう――のくにから来た花です、るのりあ。じ、じ、じじさいいました。まっ赤なおおきな、るあーのように、うつくしい花さくのじゃ、いいました」

「うつくしい？」

アウロラは訊きかえした。十五歳、ニンフの恩寵を一身にそそがれたような美少女だったが、花の美を理解し感動する感性に欠けていた。

「おれ、みたことないです。じじさ、うつくしい花じゃいいます。おれの手で咲かせたいです。アウロラさま……ひめさまの青いめにみてもらうため、咲かせたいのです」

庭師見習いの少年はアウロラのことを知っていた。ひょっとしたら中庭にお出ましになると知って、その日ルノリアを植えてみせたのかもしれない。歎願のつもりで。

その歎願をアウロラは了解した。花の美は十全に解せないアウロラだったが、少年の胸のうちを思いやることはできた。庭の花樹をあいする心を、兵役のがれとはとらなかった。

「咲かせたらよい。わたしもみてみたい。そなたの仕事とせよ。アウロラをたのしませる赤くおおきなルアーの花、まことうつくしいのだな？」

「はい、うつくしいです」少年はうなずいてからアウロラをみあげた。もじゃもじゃの赤毛のしたには澄んだきれいな瞳《め》があった。アウロラはその瞳にすむものを理解したとおもった。

「そなた、うつくしいものが好きなのじゃな」

かれは深く深くうなずいた。

「はい。アウロラさま、ひめさま――うつくしい。おれ、だい好きです」

それから三年のち、ルノリアの苗木はさいしょの花をつけた。三年ごとしか花をつけない――中原一気むずかしい花樹といわれるルノリア、それからさらに三年たった今、中庭のルノリアは、無数の、真紅の、宝石にひとしい蕾《つぼみ》をつけている。

「これがいっせいに開花したなら――じつに楽しみだ。きっと世界でいちばんの庭になるだろう。バルバス、そなたの仕事をこの目でみとどけられ、うれしいぞ。かえってきてよかった」アウロラは心から云った。

ルノリアの怪童はひざまずいたまま、庭の正統なあるじをじっと見つめていた。

＊　＊　＊

「とんだ――美女と野獣《イリスとバルバス》の図だ。姦淫《ルアーとイリス》の図でないのがまだしもだが」

白亜の城、天につきささりそうな尖塔の窓辺――

遠眼鏡を手に身をのりだし、紅唇をけしからぬうす笑いにゆがめている。

「ここで覗いていても解ることなのに、姉さま……異性たる男の心がまるで解っておらぬのか。それとも乙女のままなのか？　三年ものあいだ異国をさすらい、ルアーナのいかがわしい通りにでいりしながらいまだ未通とは、はは、あの方らしいか……。それともかかわった男がみな、トートの矢の持ち腐れだったのか？」

自分のせりふに、けたけたけたけた。

「お言葉がすぎます、ティエラ様」

「トーヤ、下品すぎると言いたいのか？」

「ごぶれい申しあげた」

ぶっきらぼうだが女のこえだ。騎士の甲冑を身につけている。

「どうぞ」

女騎士から手わたされた杯には、黒っぽいイド状《ジェリー》のものがふるりと揺れる。うけとる指は骨のように白く繊細で、俗っぽいせりふや卑猥な笑いには似合わない。

「おまえも思うたことはあるだろう？　あの方について、マリオンの純情を関知せぬゼアの巫女か、いっそルアーの石像ではないかと」

クム風のエキゾチックな意匠の寝椅子《ディヴァン》にもたれかかり、けたけた笑いながらあやしい暗黒色のジェリーをくちにはこぶ。

「んあ？　邪魔だな」

いっしょにくちに入った、自分の髪をはきだし眉をしかめる。そのながい髪も眉もまつ毛までプラチナブロンドをとおりこし乳白色をしていた。

「おお、不味《まず》い！　ああ、こんな強精剤《クスリ》にたよらずにいられる身になりたいものだよ」

（……ティエラ）

女騎士ユン・トーヤは、大柄なからだに王室近衛の青銀のウロコを打ちだした甲冑をつけ、同情というにはなやましげな目を──王位継承第四位、ヨオ・イロナの末っ子、まっしろい膚と真紅の瞳をもつ──白子にそそいでいた。

2

「いてーよォ。いてーったら、いてーってばよォ。おか──ちゃーん」

まるで子どものせりふだが、こえは大人の男のものだ。さいぜんより二ザンは、泣きっぱなしに泣かされていいる。

ルアーナは裏町通りの絵師の自宅兼仕事場である。

「その母親に顔向けできないことをしてんだ。ちったあ我慢しろ」と云うのは主人のナイジェル・ナギだ。

（な、なな、何して？　何されてこんな……ま、まさか、おぞましいことでも？）

港の市場に買いだしに行かされ、新鮮な魚やら貝類やらを両手いっぱい下げてもどってきたパロの遊学生タム・エンゾはいえの真ん前で固まった。

なんら怪しむべきところのない沿海州庶民の家で、拷問のおこなわれる必然性などどこにもないが、何せつい先日夜盗にケツの毛までぬかれたばかりで、心の傷がなおりきっていない。それでなくともたいそう読書家のかれは正規の歴史以外の、たとえばパロ王家の闇の歴史も知識としては仕入れていたりするのでつい想像をたくましくしてしまう。

「にゃーお」まっ先にでむかえたのは裏町の野良猫クロである。

「タムさん、おかえりー」

ひょいと買い物籠をとりあげたのは、ナイジェルの内弟子のマナだ。

「よーし、つけあわせの海草もわすれてない。初めてのおつかいは合格とする」

えらそうだがタムより七歳下の少女だ。

その間も男の泣き声はつづいている。

「マナちゃん、あの……あれって？」おそるおそる訊く。

「あれって何よ」

「……泣いてるけど？」

「乾物《かわきもの》売りのバヤンさん」

「バヤンさん……な、なんで泣いてるんだろ」

「うおっ！　イテーッ！」さらなる絶叫があがる。

うそ寒そうな表情のタムに、マナは暗黒神《ドーリア》の妹みたいに、あくまっぽい笑みをむける。

「うふふ。なにしてるとおもう？」

「お、おぞましいことなのか？」ちがうと云ってくれ——祈るおもいのタム。

「自分の目でたしかめるのがいちばんだと思うけど？　タムさんゆったじゃない。旅の体験こそじつがく、こーがくとかなんとか」

「ほんとうかい？　マナちゃん。あの騒ぎよう……見学すると後学になるというのは」

「うん。——たぶん」

タムがパロ王立学問所で専門とする史学および地誌学、テーマとしている「パロ王家の発祥とヤヌス信仰、その現代中原各国への影響」に、大の男が背中に絵《いれずみ》を入れられ泣きわめくのが参考になるのかは疑問をのこすところであるが。

くったりディヴァンにうつ伏した若い男のよこで、道具をしまったナイジェルは一服をつけている。例によって色宿の女のまとうような紅絹《もみ》のはおりもの、人の膚に針をうつのはこれでたいした重労働らしく浅黒い裸の胸に汗がうかんでいる。

元王室おかかえ肖像画家のその姿になぜだかタムはどぎまぎする。崇敬してやまぬクリスタル公アルド・ナリスと、対極にあるといっていいやくざな男の素《す》に……。

「学生、興味あるのか？　絵《これ》に」

「――はい。これで描くのですね？」

おそるおそる指さす、寄せ木細工の小箱に几帳面にならべられたいれずみ用の針を。

「そうだよ」ナイジェルの目には奇妙にやさしい光があった。

「ちょうど白熊の星を描きいれるところだ」

「白熊《ポーラースター》の星ですか？」

「はやりの絵柄よ。もともとドライドンって船乗りには人気なんだけど、これに北の導きの星を組み合わせたのはナナ先生。ルアーナじゃ今季いちばんの人気よ！」

マナの説明にタムはぼうっとつぶやいた。

「北の導き……」

沿海州――レンティア航路と呼ばれるのは東廻り、主要寄港地は自由貿易都市のロス。

それに対し白熊の星を指標とするのは、西方アルカンドからノルン海へいたる航路だ。

最大の港は当然ながらケイロニアのアンテーヌ、この地はケイロニアでも特別な位置づけがなされている。人種からしてタルーアンの血をひくというアンテーヌ族だ。統治するは十二選帝侯の筆頭、皇帝に次ぐ権力者であるアウルス・フェロン——という関連知識が一瞬のうちにひきだされるところがこの青年の非凡なところではある。

　タムはバヤンのせなかの《絵》をしげしげのぞきこんだ。

　頭に七つの海をしろしめす冠、手には青い宝玉、うずまく乳白の髪と青緑のひげ、竜のうろこに覆われた大兵肥満の海神ドライドン。その頭上にかがやき冴える青白い星。

「どうして北の……白熊の星なんです？」

「絵描きの、カルラアの天啓《インスピレーション》に理由なんてねえさ」というのがナイジェルのこたえであった。

　それにしても精密な描写力とあでやかな色彩。絵師としてのうでは一流だ。ナイジェルは膚に刺した染料の発色をよくするためと云って、バヤンを自宅の自称パロ式王侯風呂に浸からせ、だめおしの苦鳴をあげさせた。しかも帰りぎわには「もうあと一回こい、総仕上げをするから。うんと痛いが我慢しねえと絵は完成しねえ」耳うちしてふるえあがらせていた。

　若者が帰っていったあと、タムはナイジェルに訊いた。

「なんでさっき——バヤンさんに、お母さんに顔むけできないって云ったんですか？」

「当然だろ？　なに不足もなく産んでもらっといて、こんなバチあたりもない。膚をよごすわけだからな」

　美術作品のようなみごとないれずみをものしながら、「膚をよごす」と云う絵師にタムはぽうっとした目をむけた。

「カシスの──医学、医薬をもつかさどる神──おしえに反するからですか？」

「──そうだな。いやヤヌス十二神をもつくり給いし、この世に人間をもたらしたその、いものへの冒瀆じゃねえかと毎度おれはおもってるよ」

　ますます見直さずにおれない、なりはやくざでも深い言葉の響きに。

「ヤヌス以前の神って何のことです……」

「きまってんだろ。俺も、おまえさんだって、生んでもらったから今がある」

「それって……お母さんのこと？」

「そういうことだ」

　つと目を逸らし煙管《キセル》にくちをつける。フゥとけむをはきだし、

「今日の……バヤン、体格はりっぱだが根性なしだ。こんな稼業しててこう云うのもなんだが、痛い痛いとありゃさわぎすぎだ」

「って痛そうでしたよ。ぜったい痛い……こんなの刺したら」

　タムはこわごわ、するどい針を何十本もたばねた器具を、まるまっちい指の先でつんつん突つく。

「そうか？　けどおもうのさ、バヤンにかぎらず、男ってやつぁあんがいしんは苦痛によわいもんだ。いざってなると女のほうがつええ、心がくじけねえと……」

ナイジェルの目にあったのは追憶するような光だったが、これを見てタムは下をむいてしまった。いまのせりふで思いだしたからだ。アルド・ナリスの手蹟《しゅせき》いりメダルをうばわれたことで、心が折れ——そのことじたい失態の責任転嫁だったかもしれぬが——安易に自殺をえらぼうとしたそのことを。だから、ナイジェルがいま誰をおもいそう云ったか？　なやましい響きの訳など、考えられなかった。


テーブルには、新鮮な魚の幸がならんでいた。

港猫クロのおかげでクリスタル公の手紙はもどってきたが、有り金一切がっさいとパロ政府発行の正式な手形をうしなったタムである。警邏《けいら》に届けはしたものの暗やみの中の襲撃、夜盗の人相もわかっていない。今のままで路銀をとりもどすのは不可能とおもわれ、沿海州遊学の旅は中断を余儀なくされている。

「実家にもどる」とだけ云って出ていくとき、アウロラは「港の治安悪化による被害者だ。夜盗のめぼしがつかぬのなら何らかの補償をうけてしかるべき立場なのだ」左手でタムの肩を力づけるように叩いた。ナイジェルは寝台にディヴァンを提供してくれた。

「すまねえな、狭くって。ま、ゆんべは俺がソッチに……ああいや、寝台にゃよすががのこってるから今夜はゆずれねえ。数すくない余ろくなんだ」多少意味不明の箇所もあるのだが。

それにマナが腕をふるう沿海州料理ときたら――

「そんな、おいしい？　タムさんたら、なみだ目になってる」

「う、うん。とっても……すごく美味しいです」

「おおかた、かーちゃんの手料理をおもいだしたんだろ」

軽口をたたくナイジェルはさっきとは別人――昼まえから火酒《かしゅ》がはいっている。

「……はい」ほんとは知りあって日が浅いのに、いろいろしてくれる人情味にほろっときたのだ。「こんなによくしてもらって、感謝の言葉もありません」

「いいってこと、まえにアイミタガイっていったろ？」

身投げを企てた運河で、おなじせりふを聞かされたけれどやはり意味は不明で……。

「でもこのままご厄介になりつづけでは、ぼくとしては心ぐるしくてなりません。犯人がつかまらぬまでも、どうにかしてくにと実家に連絡をとり、かえりの旅費を工面してもらって、お世話になった代金《ぶん》もきちんとお返ししたいと……」

「タムさんてかたーい！」

「まったくだ。ケツもかじれぬエロルの息子って、このことだな」

「エロって……」

「エロルって金色の桃のこと。トラキアとレンティアのくに境にいっぱい生えてる。パロにはないんだ？　今ちょうど収穫まっさかり」マナはトラキアの農家の出なのだ。

「熟したのはあまくてそりゃうめーんだ。けどコレが若いとかてーのなんの。なもんで未熟でくえねえ若いやつにたとえて云うんだ」

「そうなんですか？　沿海州独自の云いまわしなんですね。勉強になります」

「ってそうゆうとこが固いっつーんだよ？　やっぱおまえ、トートの矢のほうもまだのあ——童貞だ？」

「（ぐさっ）……！」

ナイジェルに図星をさされ、王立学問所の優等生でなお云うならアムブラ一のカラム問屋のぼんぼんは言葉をなくす。

「ふーん、そうなんだ。やっぱね」

マナの目つきのほうがいたたまれなかったかも。タムはにわかに実家の母のエプロンが恋しくなった。

タムがナイジェルとマナの肴になっていたのとほぼ同時刻、市街から離れたレンティア王城の館のひとつで、アウロラは庶民なら晩餐とまごう料理を前にしていた。

テーブルの向かいについているのはイロン・バウム、四歳うえの兄だ。髪こそきれいな金髪だが背のほうはさして――アウロラのほうが長身――ずんぐりした体つきをしている。

一見してふうさいの上がらぬ似ていない兄王子は、国政という舞台では重要な役割をになっている。女王ヨオ・イロナその人に次ぐ実力者といってよい。王太子と決定したイーゴの背中をみて育ったかれは、稚い頃から自分の立場をわきまえ十五歳で元服すると、母王に「わたくしは、女王陛下をたすけ――ひいてはくにの舵とり役につきたく存じます」とみずから摂政を志願した。当時の摂政は現内務大臣で、女王の二度目の夫――イロンの実の父であった。そのような訳でニンフの恩寵のうちでは「冠よりも実をとった王子」と云われていた。

イロンの館は女王の居城につぐ規模であったが、飾り気というものがまるでない。これなら美意識を欠いた主人にかわって、小姓やほかの使用人が「姫さまには、これが似合う」と意匠をこらしたアウロラの館のほうが百倍王族が住まうにふさわしかった。なにしろこの館では賓客をむかえる広間なのに床に大理石はつかわれず、壁は石材がむきだし、なんだか兵舎のようなのである。

もっともアウロラは居心地わるく感じなかった。盛りつけにこだわらない兵士が食欲をみたすような大皿のならぶ朝餐――遅めのひるを兼ねた朝食、この時代沿海州では王室も庶民も一日二食がふつうだ――はアッサリした味つけで朝の胃袋にはありがたかった。

「何はともあれ、第一王女が無事に帰還したことを、ドライドンに感謝しよう」

イロンは杯をさしあげ、きまり文句の祝辞をとなえた。杯に酒は入っていない。昼まえだからではない。アウロラはぶどう酒のはいった杯を手にしている。かれは下戸なのである。

予想に反し出奔理由は問質されなかった。ただしケイロニアに滞在していたと告げると、むずかしい顔をされた。

「何かきにいらぬことがおありか？」

「——そうだな。ケイロニアは世界情勢におおいなる位置を占める、大国だ。いろいろ中では入りくんでいると聞いている。権謀術数をろうする輩《やから》もいることだろう」

これにアウロラは眉をぴくっとさせる。

「ケイロニアに三年も滞在した——そのことで、お前が二心《ふたごころ》を——今までと異なる考えや信仰をもたされ、わが国への敵がい心をうえつけられはしなかったかを、俺の立場だとまず懸念する」

「は、はあ？　はは、それとは、つまり——」アウロラはまばたきひとつしない兄を見かえし、笑いとばすべきか一瞬なやんだが「ばかな」とだけかえした。

「何かの術で心を替えさせられ、ケイロニア皇帝家あるいは選帝侯の間者《かんじゃ》にしたてられた、ということはないと誓えるのだな、アウロラ」

　名前でよばれ、すこしくホッとする。まえからの呼び方である。出奔前夜にあったことで、イロン兄は特に懸念を抱いていないようだ。

「当たり前だ、兄上。ドライドンにかけて」

　そこでイロンはにやりとした。

「可能性だ。――いまの世は、あらゆる可能性をかんがみねばならぬ。まつりごとを執る身は愉快でない吟遊詩人でなければならぬものだからな」

　それは青年の頃からイロンの口ぐせだった。政局には最悪を予想してあたれ。この兄とくらべたら時々自分が楽天的におもえるぐらいだ。

「ときに、アウロラ。ルーカス号でもどったのなら、昨夜はどこに泊まった？」

　その上、人事――ことに個々人の行動におどろくほど気がまわる。

「……船で、一夜斎戒をした」

　アウロラは、するどい視線を受けとめ、うそを云った。

「――そうか」

　それ以上の言及はされず、しぜん眉じりを下げていた。

　イロンの表情に変化はなかった、まつげの短い瞼がしばしばたたいた以外。

「兄上、私からもお訊きしたい。まず母上だ。母上はなぜ……こんな急に……女王陛下の死に際して、まことあやしむ点はなかったのか？」

いきおい込んでアウロラは最大の疑問をぶつける。

これに対するイロン・バウムの返答は彼らしくなく歯切れがわるい。

女王ヨオ・イロナはここのところ気分がすぐれぬと臥せることが多くなっていたが、もともと無類のくいしんぼうで酒量もすくなくなかったので、肥りすぎが主だった原因だろう、御典医は更年期の障《さわ》りがあるのかもしれないとみていた。しかし病状は悪化の一途をたどり病みおとろえ……枕もあがらぬ状態におちいった。そしてついに一昨日早朝、侍従長のセシリアがお加減をうかがいにいったところ、すでに寝台でつめたくなっていた……。

母王の最期の様子をきかされ、苦痛をおぼえずにいられなかった。

「まこと病死なのか、特殊な毒をつかわれたという可能性は？」ケイロニアでニオベーの毒のうわさをきいていた。「御典医フレイール師の診たては、どうだったのだ？」

「診たてたのはフレイール師ではない。老師は昨年他界した。娘で後継のタニス・リンが検死し、なんらあやしむべき点はないと」

「フレイール先生、亡くなっていたのか……」かくしゃくとした老婦人だったのに。

「——毒の可能性はない。俺もまったく疑わなかったわけじゃない。要人暗殺のため少量ずつ長期にわたってつかわれる毒があることも知っておる。タニス女医には病状をなんども質問した。女医ははっきりと決めつけられぬが、このところ陛下は深酒をされていた。過ぎたる飲酒は臓腑を毒する……さしあたって原因はそれしか考えられぬと」

「このところ、深酒……を？」

　そのときアウロラは、左腕に、鮮烈な痛み――百のいれずみ針の痛みをたしかに感じた。

「どうした、アウロラ？　なにか思いあたることでもあるか？」

　のぞきこまれてしまう。

「いや、わからない……。わたしにわかるはず……お母さま、せめてひと目お逢いして……」

　こえが震えた。なんとしても死に目にあいたかった。逢って、ひと言なりともあの不孝――三年前の暴挙をお詫びせねばならなかったのだ。それもかなわなくなった今、千々に乱れるおもいはレントの嵐の先触れのように胸をどよもしてやまぬ。

「ん？　アウロラ、顔いろがよくない、気分がわるくなったか？　今のおまえに母上のことはつらかったか……それにまずと云ったが、他にも懸念があるのか？」

　妹の内面の《嵐》を察知してか？　イロン・バウムのおもんぱかるような云い方は、アウロラのそれがいかにすさまじい破壊衝動の兆しか知るからだ。

　――と。

「失礼もうしあげます」小姓頭であった。

「ただ今、イーゴ・ネアン王太子殿下ご来駕《らいが》あそばし、イロン殿下ならびにアウロラ殿下とご会食を希望されております」

「イーゴ――殿下が、か？」

イロンの顔に舌打ちしかねない表情がうかんだ。


イーゴ・ネアン第一王子は、アウロラがルノリアの園をさまよっていた頃、ニンフの恩寵に至ったらしい。セシリアとレヴィン官房長官を従え悠揚《ゆうよう》せまらずやってきた。

「ごきげんよう、イロン・バウム弟よ。アウロラ・イラナ・レンティアナそなたとはずいぶんひさしぶりだが、変わりなくうるわしく――よろこばしい」

すらりとした長身、暗褐色の髪に焦げ茶いろの瞳。顔だちのほうは、整っているといえば麗人麗質を星の数もたらしたパロ王家の血をひいている面目のたつぐらいには美形といってよいだろう。

ヨオ・イロナの長男、生まれながらの王太子である。

レンティア宮廷の事情にたしょう通じていれば、二十八歳になるこの男の厄介さをして、内心の舌打ちぐらいヤーンよ大目に見たまえと思うにちがいない。

「つまらない食卓へとお運びいただき恐悦至極です、殿下」イロンはこのたね違いの兄王子に、常にへりくだった態度で接する。

「まことつまらぬな。彩りも、盛りつけひとつとっても。わが離宮《パレス》なら厩番《うまや》でも、これより手のかかった料理を食しておろうぞ」

「ネアン兄上、おひるはお済みか？」とはアウロラ。

「うむ。道すがら好もしい荘園があったので、弁当をつかった」というのが答えで、なぜ王城到着が遅かったかこれで知れた。のんびり馬車旅行をたのしんできたようだ。

平生《ふだん》は王城の地より馬で半日の距離にある離宮――パロ風にパレスと呼ばれるがクリスタルがつかわれているわけではない――に住まう。離宮といえど国家予算をかたむけた豪華なもので、イーゴの父親であり女王の最初の夫、クリティアス・アウス・ア・ルーランみずから設計にたずさわっていた。細部にいたるまでクリスタル・パレスが手本とされている。

このクリティアスだが、じつにパロ人らしい貴公子であった。眉目秀麗《びもくしゅうれい》、つややかな黒髪、建築以外にも美学美術の教養をそなえ、キタラも弾きこなした。血筋のほうも――《レンティアの花》とうたわれた若く美しいヨオ・イロナの花婿に、ゆくゆくは摂政役をはたすのに――申し分ないもののはずであった。はずであった、いや、はずであったはこの婚姻における レンティアがわの意向と、パロ聖王家の思惑には埋めがたいミゾがあったわけで……。

レンティア王室が世継ぎの王女の良人に待望したのは当然ながら聖王家嫡出の男子、

第三十六代聖王アルドロス二世（現レムス一世の祖父である）が王妃イピゲネイアの間にもうけた三人の王子のひとりであった。

当時パロ国内は荒れていた。王位をめぐって長男アルシスと弟のアル・リースがあい争い、宮臣も二派にわかれ内乱の様相をていした。結果アル・リース軍が勝ちをおさめアルドロス三世となるが、内乱による損失《ダメージ》にあてる義捐金を遠く沿海州にまでもとめた。

パロの困窮ぶりを知り、ヨオ・イロナの母ドロテア・レンティアナ女王は対外貿易であげた巨万の富を援助すると表明、みかえりに聖王子を愛娘の花婿に欲しいと、莫大な支度金をちらつかせ申しいれたのだ。

数年後、内乱の痛手の癒えたパロからはるばる下ってきたのは、アルドロス二世の胤《たね》にはちがいないが、前王がクリスタル・パレスの女官《デビ》に手をつけうませた、カラヴィアの地方官に養子にだされていたクリティアスであった……。

時すでにドロテアは鬼籍にはいっており、《青い血の掟》をまもりぬく聖王家一流のペテンだったものか？　パロ国内では準男爵でしかない若者と、新女王ヨオ・イロナは最初のサリアの誓いをむすんだのだ。

中原一の花婿のはずがまがいもの。この事実は、レンティアの王冠を得てほどたたぬヨオ・イロナの人生にいかなるしみをつけたのか？

しかも良人《おっと》が聖王子ならざる事実をヨオ・イロナが知ったのは、新婚の枕を交わした後でありすでにネアンを懐妊していたという……。

　ペテンの立て役者となったクリティアス、しかし体内に《青い血》はながれていた。父なる聖王に理性をなくさせた美しきデビは、かれを産みおとすと世を去っていたが、母ゆずりの透きとおるような白肌の貴公子は、沿海州の濃いいろの肌の人種からみれば、美麗で稀有な細工もののようにうつった。その闇の瞳、惑わしそれじたいのように揺れる切れ長のまなざし、すべてに——パロという三千年にわたる歴史と魔道《ひとまどわし》が加担し割まされた。いや、割引かれたが正しかったかもしれぬ。ヤーンの、選ばれた人物を糸の先端にして織り上げるという、入り組んだ《運命》のもようにおいては。

　ペテンの主謀アルドロス三世はドロテア前女王と密書をとりかわし、この婚姻によって生まれた第一子をレンティア王とする確約をとりつけていた。遠い異国につかわした異母弟が国父として敬われるようにとの兄心か、青い血の一滴を小国ではあるが中原への物資供給《パイプライン》のひとつを握る海運国にとかしこもうという腹づもりがあったものか——黒竜戦役勃発時、聖王が王妃ともどもモンゴール兵の手にかかった今しりうるすべもないが。

　こうしてイーゴ・ネアンは産声をあげた。

　聖王なる伯父のねまわしによる、生まれながらのレンティア王太子。

　国父となったクリティアス元準男爵のくだした決定とは——沿海州人なら王も漁師も

なくそれを当たり前とする、母親が赤子に自分の乳をふくませる育児を「パロではそうはしない」ひと言のもとに却下したことだ。母王の腕から幼い息子をとりあげ、完成したばかりの離宮でパロ人の乳母に育てさせた。

日陰の青い血、肉親の幸《さち》うすきクリティアス。かれが「これぞ正しく聖王家方式」と信じ実践しようとした育児は、皮肉にも、沿海州出身のターニア妃をむかえ、その手料理で「家庭の味」を知ったアルドロス王が、愛児（聖双生児リンダとレムスである）を父母の手でそだてる決定をした——パロ最新の育児法に、完全に逆行していた。

では、イーゴを乳母にまかせ、クリティアス自身はどうしていたか？　である。

若く美しい、多方面に才能をもっていたかれに、みずから主催するサロンでの誘惑の機会はあまりにも多かった。ヨオ・イロナと居を別けたかれと関係をもったもの、愛妾といってよい者、一夜かぎりの恋……闇にかくされた庭園での淫らな戯れにいたっては回数もさだかでなかった。

その逸脱こそ正しくパロ風というべきかもしれないが、クリスタルの都より三千モータッド、肌のいろ、海風にさらされた魂のいろさえ異なる人種に、たねつけを一義にささげられた青い血の生人形クリティアス・アウス・ア・ルーラン、サリアなら憐れみを垂れ給うだろうか、その儚い一生に——。

そう、イーゴが三歳の誕生日をむかえる先に、かれは離宮の人工湖で船遊びの最中、船底の穴から浸水し船とともにしずんだ。まったく泳げなかったのだ。

「ほお、今までケイロニアにおったと？　ケイロニアの冬はたいそう寒いそうではないか？　毛皮によいのは、やはり銀ギツネかそれとも雪ヒョウか？　そりとやら云うもの、北の——凍った大地で船の役割をするらしいがまことか？」

イーゴは云った、好奇心に目を輝かせ。イロンとは大ちがい、妹の行動にささいな疑念もはさんでいない。その心の裡《うら》にあるものを詮索するでもなく、物見遊山の旅から帰ってきたとひたすら羨ましがっている。

パロの貴公子から美貌はうけついでいても、その息子に翳り——コンプレックスと云ってよいかもしれぬが——は一片もみいだせはしなかった。

イーゴは風光明媚な内陸地の離宮《パレス》で、パロ人の乳母と女官と家庭教師にとりまかれて育った。パロ貴族のサロンなら尊ばれる美学美術の教養、機知にとんだ会話術、装飾過多な手蹟《カリグラフィー》どれひとつとっても、ときに海賊と一戦をまじえねばならぬ国の男には必要のないものだった。クリティアス自身レイピアさえ嗜《たしな》まなかったせいか、剣や弓、軍略の教師もつけられず、おなじ年頃の少年と戦ごっこをするでもなく、読本の戦にも触れぬまま成人した……。

イロンはかるくせき払いをし、

「王太子殿下、アウロラも帰ってきましたことですし。時期尚早とは存じますが、これよりきわめて重要なお話を——われらの母上、レンティア女王ヨオ・イロナ崩御に際し怠ってはならぬ用心ならびにくにの針路についてお話したく存じます」目付き厳しく、母王の死による帰城をピクニックとはきちがえている兄に申しわたす。

「まずはお人払いを——」

これに慌てたのはアウロラだった。「話がちがう！　母上とのご対面が先と……」

イーゴも泰然としてみえたが、「……ティエラは？　ティエラはいかがした？　また臥せっておるのか？」

「ティエラは——」こんどこそあからさまな舌打ちと、厄介者めがと云いたげな表情がイロンの特徴のない顔によぎった。「あれがここに同席する必要は——資格はないかと存ずる。レンティアの新王が、王位継承の儀で戴く御物は三つ——ドライドンの王笏《おうしゃく》、ニンフの指輪と、ルヴィアタンの心臓を嵌《は》め込んだレントの宝冠、三種の神器《しんき》にございますれば」

ことさらにつよい光を、まばたきせぬ目にやどし、イロンは宣言するように云った。

3

イロン・バウム――みずから摂政を名乗る第二王子。

父親はヨオ・イロナの摂政を二十年にわたりつとめたバウム現内務大臣。女王の二度目の良人であるが、この婚姻が初婚よりも望ましかったかと云えば……サリアは口のはしに冷笑をうかべるかもしれない。

サリア――美と愛と快楽をつかさどる、夫婦生活の門出をサルビオの薫香をもって言祝《ことほ》ぐ女神。麗《うるわ》しきヤヌスの娘。《サリアの小箱》は女性の神秘とどうじに……尽きはてぬ懊悩を象徴する御物である。結婚《サリア》の誓いは生涯いちどきり、夫婦《ふたり》を未来永劫むすびつける絆……これよりクリスタルの王宮で挙げられる理想《リンダとナリス》の婚礼においても、王家の人間をもしばりつける鎖つきの重い足かせとなる可能性はある。

ともあれ、床入れのあと花嫁にして新女王の再三の懇願、ときに命令調の「わらわを扶《たす》けてたもれ」に、パロ生まれ白い肌黒髪の花婿は言葉の意味すら解そうとしなかった。クリティアスは懐妊が確実となると「奥方の御身、ひいてはややに毒でござります」と寝室を別け、王城ひいては政治の表舞台からすみやかに退場してしまった。

レンティア王室は、聖王家から迎えた婿を新摂政に据えることを諦めざるを得なかった。当時もっとも悩まされた海賊の討伐のときには水軍の先頭にたっての指揮。外交面では沿海州会議に首長として出席し評決を自国有利にはこぶため舌戦も余儀なくされる。海に依り、国という船団の最高司令官として果たさねばならぬ荷はそうおうに重く、詩人の弄する実のないレトリックや弓は弓でも音楽をかなでるほうでは話にならない。若きヨオ・イロナの摂政、実父でライゴール出身のエンティノスは大誤算にはげ頭をかきむしりたかったろう。

　イロナ女王は若かったが、一国の王としての器と才は誰しもみとめるところだった。いにしえの大国《ランドヴィア》のながれをくむドロテア・レンティアナ、やはり大国のもう一方の権威をつぐライゴールの旧家に生まれ宰相としても辣腕をふるった、エンティノスのひとつぶ種である。利発な少女にはその知性にみあった教師と、男性的といえる教育がさずけられた。女の王の強い個性をつちかった反面、男を男ともみない傲慢さは後にヴァーレン会議で他国元首を力わざでねじふせた弁舌に証明される。

　とまれ出産という人生の大事業を終えた後、ひと息つくひまもなくまつりごとが待っていた。責任をまったくはたそうとしない良人に意見している時間も惜しい……。

　それでも彼女は、一日のおわりに天蓋つきの寝台で金の美髪を自分の小姓にくしけずらせ、パロ夫の悪口を言い散らさないと眠りの神の慰撫を得られぬ面も持ちあわせていた。この、貴女にかしずく小姓、それこそレンティアのもっとも奇異なしきたりであろう。パロなら、いや沿海州一の大国アグラーヤ、沿海州会議の席につく他のどの国でもみとめられぬ。若い王女の身で、女王に即位してからも、身のまわりの世話を異性にまかすなど……。ただこれ以前には不都合は生じなかった。パロ夫に期待はずれのカラムい水を呑まされた以上に、彼女にそれだけの性的魅力があったということか？「わらわはなんと不幸な女」を夜ごと繰り返しやった相手と、とどのつまり男女の仲になってしまったのだ。

小姓のイルムはさしたる容貌の持ち主でなかったが頭はわるくなかった。むしろ小姓の中では目はしがきき聞き上手、宮廷事情にもよく通じ上役たる大臣のうけもそこそこ。が、いかんせん身分がひくかった。城下の鍛冶屋のむすこだ。

しかもその上、イロナ女王を孕ませてしまった！

ことここに至って正気づいた小姓は蒼白となり、王室の実権をにぎる摂政のエンティノスにふたりの関係を自白した。極刑も覚悟のうえで。

女王の父から「斬首」の沙汰はくだされなかった。禿頭《とくとう》であるが哲人めいてもいた相貌に思索の影をおとし、老摂政は云った。

「いずれにせよ、ヤーンはレンティアに新しい宝をさずけたもうたのだ。わしにもうひとり孫ができるのはよろこばしいことだ。厄介なのはパロ男とむすばれし誓いだけ……」

サリアの誓いを厄介とは、沿海州人らしい考え方と云えるが、この時代王族間の離縁はむずかしく、ことにパロ聖王家では許されていなかった。

エンティノスが小姓イルムを一室にともない密談してからひと月たたず、離宮では不幸な事故がおきた。

黒衣に身をつつんだヨオ・イロナはかわりはてた良人のうえに泣きくずれ、「ニンフよ、そのみむねに稀有で美麗なる宝をだきしめたまえ」葬送の詠唱をとなえた。

彼女が最初の夫を愛したことはまちがいない。女王の寵愛をうけるにふさわしい美貌と、女心を高鳴らせる数々の才能の持ち主だったのだ。

早世したクリティアスと鍛冶屋の息子をくらべたなら……それこそイリスと青ガメ《月とスッポン》の子。小姓のイルムはイロナ女王のこのみではなかった。摂政の父からは新たなサリアの誓いを勧められ、腹の子が確実にそだってきたため婚礼——初回とくらべものにならぬ簡素なものだったが——を挙げたがしぶしぶだった。とはいえ、エンティノスにより政治の心得と摂政名をさずけられた新夫には実務という才があり、これ以上の補佐はのぞめぬほど忠実でつごうはよい。ヨオ・イロナもまた「愛より実をとった」のだ。

こうして女王と新摂政イルム・バウムとの間にイロン・バウムは誕生した。

＊　＊　＊

イロンはレヴィンとセシリアを退出させせると、まだ女王の子四人全員が揃わねばとぶつぶつ云っている兄王子を制して云った。

「まず第一に考えねばならぬのは、新王即位の時期です」

アウロラは黙り込んで、ぶどう酒の杯をかたむけていた。

「葬儀を終えた後でよいではないのか？」冷たいカラム水でのどをうるおすイーゴ。

「兄上――殿下！」

きつい云い方をされ、クリスタルの杯をにぎった白い手いれのいい指がびくっとする。

「今がどのような時かお解りになっていない、兄上は。非常時なのです。いまだ二度にわたる黒竜戦役の余燼《よじん》は中原のそこかしこにくすぶっておる。戦役のさなかアグラーヤ王ボルゴ・ヴァレンは長女アルミナをパロのレムス一世に妻合《めあ》わせたうえ沿海州会議を招集、《敵国》とするモンゴールを海路より封じこめんと沿海州海軍の出動要請をした。会議に出席した女王陛下とわたくしとは、モンゴールを打ち破ったパロとアグラーヤが築くであろう新勢力、さらにヴァラキアのならずもの海賊船団が癒着して沿海州に一大連合たらんとする野望を阻止すべく力をつくしたのです」

「ヴァーレン会議であったことは、うんざりするほど聞いておる」とイーゴ。

「いいえ！　ヴァーレンの頃より各国間の緊張はたかまっていると云っているのです」

「中原統合戦争の懸念ですか？　兄上」

二杯目も飲み干していたが、むしろ海の瞳は冴え冴えとしていた。

「アウロラの云うとおりだ。二次の戦でパロ～アルゴス連合軍に敗退、梟雄《きょうゆう》ヴラド公は病死、後継者のアムネリス公女はクムの大公の虜囚におち国土をゴーラ強国に切り取られ、世界の版図からきえさったと思われたモンゴールですが、ここに来てかの辺境国をとりまく情勢——国家間の力の均衡《バランス》がふたたび変化してきている」

「辺境」

アウロラは興をそそられ、瞳を煌《きら》めかせる。

「そうだ、ゴーラの新興国は辺境にいくつかの砦を建設している。かの——あやしき人跡未踏の砂漠の地と境を接して」愉快でない、吟遊詩人は語意に力をこめた。

イーゴもこの異父弟の語りにはひきこまれたようだ。

「——ノスフェラスだ。広大無辺な不毛の地とも、おびただしい魔物が跳梁《ちょうりょう》する異界とも云われるが、真実のところはおれ……私にはよく解らない。計り知れない版図であるとしか。だがかの土地よりもたらされる品々は海洋貿易によって各国の産物をしる我々沿海州の人間をも驚嘆せしめる」イロンはまじめくさってつづけた。

「あやしい——気味の悪い生物の乾物《ひもの》、まかふしぎな植物のような糸くずを見せられました。ほかにヒルのバケモノや、人語を解する猿の少女もいるそうです。パロの王女は飼いならし侍女にしているとか……これはうわさですが」

「サルの侍女……」イーゴはへんな顔をする。

「いま手にしておられる杯にもノスフェラスの産物はつかわれているのですよ、兄上」

「え──」今までくちをつけていたクリスタルの杯に気味わるそうな目をむける。

「それはつくりもののクリスタル、ギルドの職工がガラス石にノスフェラス産の鉛をまぜこみとかして吹きあげたものです」

「ほ、ほお、そうなのか？」

アウロラも虹をはなつ杯のふちをつくづく眺めた。

「鉱物は他にも鉄鉱石がある。武器はもちろんのこと、軍船の底を補強したり、この城の要にもつかわれている。すべてモンゴール産ですよ、王太子殿下」

アウロラはなかば無意識に、ものごころつく頃から首にかけている鉄鉱石のリングをまさぐっていた。

「──とまあ、ゴーラ貿易の細目については、あらためて小姓頭にリストを作成させますので。今宵おやすみ前にとっくりご検分いただくとして──本筋にもどることにいたします」

ここまですべて前置きと云われ、イーゴはかすかに肩を落とした。知能に問題はないのだが、貿易にしろ武器や軍船の装備にしろなべて実務に興味がむかない性質《たち》なのだ。

翻《ひるがえ》ってイロン、いまの話、いったん青写真をかいて推敲をくわえた上ここぞと出してきたかのよう。もともと周到な男なのだ。

「ここで云いたいのは、中原の、沿海州の暮らしに必要不可欠な物資と資源をモンゴールはかくも多く有しているという事実です。このくには第二次黒竜戦役ののちゴーラに占領され属国となった。しかしゴーラ三公国にはなった密偵より情報あり――この亡国の姫君――クム大公によって湖上の離宮に幽閉され妾婦のあつかいをうけていたアムネリス姫を盗みだし、旗印におしたて、モンゴールの残党と野盗づれとで編成した軍勢をもってトーラスの都に攻めのぼり、あろうことか数でまさるクム兵――クムの銀色鬼を撃破し、トーラスを再占領した者がいたのです」

「それを云うなら奪還ではないのか？　もとをただせば彼女の都だ」

「そう――兄上、野盗づれにひとしい混成軍の将軍がきっすいのモンゴール人で、主家の姫がクム男のおもい者にされることに堪えかね救国の騎士を演じたのなら、私もそう云ったでしょう」

「ちがうのか？」

「はい。わが優秀なる《女王の目と耳》の報告によれば、その将軍――ヤヌスの戦いにおいて残党混成軍を勝利にみちびいたのは若々しい二十代の男で、沿海州の人間にまちがいはないと。肌の色、髪の色、なによりレントの潮の香をはっきりかんじさせたと」

「その猛将、名はわかっておるのか？」

「イシュトヴァーンと云うそうです」

「イシュトヴァーン、たしかに沿海州の名だ」

「ヘカテ女王を救った英雄王の名だ」

　つぶやいたアウロラは、潮騒に似た胸騒ぎをおぼえていた。

「そ、その野蛮な将軍がモンゴールを食いあらした上で、世界情勢に変化——ひいてはレンティアにもわざわいをもたらすと申すか？　そなた」

「その将軍が、とは云っておりません。ただし中原における《星宿》という巨大なものの見方によれば、きわめて星まわりのつよい、強運を託された人物によって一国……否、その国にとどまらぬ幾多の国の政局がうごき、大海のうねりのような戦禍にまきこまれる危険性もありうる。それこそ世界の宿命と云うのだと——」

　イロンのイロンらしくもない云いように、

(兄上、それは魔道の……まじない師の言種《いいぐさ》、考え方だ。ルカ……世捨人ルカがまじない小路で私に告げたのとおなじ……)

　アウロラが憮然と兄の顔をみなおした、まさにその時だった。

「お兄さまがた、お姉さま。このティエラを除け者にされ、こちらでご密談でございましたか？」

　銀鈴をふるようなこえが食堂のうちに響きわたった。

　三人の王子王女は、どうじに顔をあげ声の主に目をやった。

刹那の印象は、白と緋色とレント・ブルー——。

膝裏《ひかがみ》にまでとどく乳白の髪と、紅玉《ルビー》のごとき瞳。それはほっそりした体を群青に竜のぬいとりのあるびろうどのガウンにつつんでいた。

「ティエラ……」

アウロラはつぶやいた。妹とは帰城してこれがはじめてだ。

「お帰りなさいませ、アウロラ姉さま。お変わりなきごようす、何よりでございました」

人形めいて整った顔だち、口もとを骨のようにしろい手でおおう。たった今のあやしい微笑をかくすかのように。

ティエラ——レンティア王室の末子。イロナ女王が、内政と人事に関しては満点のつけられる摂政の夫と《離婚》してまで再婚した、クム男との間にもうけた子である。

「イーゴ・ネアンお兄さま、お久しゅうございます。ご弔問の労ありがたく存じます」

その細身には分量のありすぎるガウンを優雅にさばいて、来駕の礼をとった。

「おお、ティエラ。そなたは大事ないようじゃな？　こたびの不幸《こと》ですこし窶《やつ》れたのではないか？　さあ席《ここ》につくがよい」

「ありがとうございます、お兄さま」

会釈し、淑《しと》やかに、テーブルに着く。袖口からのぞく瀟洒《しょうしゃ》なレース、匂いたつ没薬《もつやく》。

どうしても特性《イディオクティシア》に目をうばわれてしまうが、透きとおった銀のまつ毛をそなえた瞼は切れ長でつりあがっており、その身にクム——中原随一の東方系《キタイ》の血がながれているのはまちがいない。父親はクムの使節団に随行してきた芸人だ。「クムの男は女ほど美しくはない」は定説だが、この芸人は例外であった。妖艶な美貌の持ち主で、快楽の都タイス生まれにふさわしくたいへん色事にたけていた。使節団では慰安の職能をうけおっていた——とも囁《ささや》かれる。

このクムの芸人と、三十路《みそじ》をむかえふくよかも度合いが過ぎてきたイロナ女王は使節団を迎えての園遊の夜に出逢い、闇の降りた中庭でただならぬ関係となった。ただしそれ以前にもイロナは貴族の子弟をつまみ食いしており良人の摂政は黙認していた。しょせん遊びとおもっていた、バウムが機能不全を起こしていたと二説あるのだが……。

その火遊びが遊びでなくなった。使節団が役目を終え芸人も帰国する段になり、慰留せんと閨《ねや》で情人にすがりついたのは女王だった。彼女は彼が《ニンフの恩寵》にとどまる見返りとして、レンティアの貴族の位と女王の夫という待遇を約束した。

亡き父エンティノスが、サリアの誓いを反古《ほご》とすべくかつて想をねった特例措置《ティアの情け》に女王みずから承認の印を押した。実際には多額の慰謝料が支払われ官位はそのまま、バウムはこれを呑んだ。いやもない。もし異論をとなえたら、こんどは自分が城郭の外濠に浮かぶやもしれぬ……。

この――巷の中年がガンダルーナの色子に入れ揚げたにひとしい離婚劇は、きわめつけ愚かしい結末をむかえる。一国の女王と夫婦となってもそこはしょせんクム男、しばしば王城をぬけだしカルラアの尾羽をのばしてしまう。乱痴気さわぎのあくる朝、なかなか起きてこない客を不審におもい淫売宿の女将がのぞくと床で白目をむき冷たくなっていた。

若くして女王の冠をいただきレンティアの白鳥または沿海州の花とその美貌をたたえられ、四人もの王位継承者をくににもたらしたヨオ・イロナの、それが三度目の結婚の顛末だった。

「ティエラ、その……召しものは？」

アウロラの眉をひそめさせたのは、海のブルーに竜神のぬいとり、豪華で古めかしいびろうどのガウンは母王が気に入っていて、外交の表舞台でしばしば着用していたものだからだ。

「形見分けでございます、お姉さま」すまして答える。

ヨオ・イロナがお気に入りの着物をたやすく他者――実の娘でも分けあたえるとはおもえなかった。母王がこの世にいなくなった実感と、おのれ不在の三年間、唯一の王女であった白子に、イロナ女王はかく深く心を傾けたであろう感慨をおぼえずにいられぬ。

恥ずべき死にざまを晒《さら》した夫の子だからと、ヨオ・イロナに疎《うと》まれた事実はないのだが、戸外で陽をあびても身に毒になると──日の大半を尖塔の一室にとじこもって、姉であるアウロラともめったに顔をあわそうとしなかった。

この妹に神秘能力──占いによってことの真実を言い当てる力があるというのは城にいた頃から聞くには聞いていたが、そのころは魔道というものにとんと興味がなく、実際には信じていなかったアウロラである。……海ガメの甲羅をつかうらしいが。

しかし今は、ナイジェルから聞かされた霧怪《フルゴル》の件がある。大の男を溶かしたように消しさる妖霧について、本人に問い質したい気持ちがつよくわき起こった。

「ティエラ──」でかかったせりふに、おしかぶせるように当の本人が云った。

「扉のむこうでおうかがいしました。わがレンティア──ひいては沿海州をも戦禍の渦にまきこむやもしれぬ悪魔のような将軍がいるというお話……」

おそろしげに細い肩をふるわせる。

「そうじゃ、おそろしやのお」このイーゴに緊張感はうすい。

「ぬすみ聞きか？　いやしくも王室の一員が」

「お言葉ですが、イロン兄さま──ご政道にまつわるお話は、兄弟姉妹ご公平におねがいしとう存じます」

異父兄に情報の開示をもとめる態度は堂々たるものだ。

「それこそ……得意の卜占《ぼくせん》で知ったらよかろうが」

イロンはつぶやく、城の実権をにぎる者が一対一では押され気味である。ティエラにはそれだけのものがあった。ぜい弱なみてくれに騙されてはならぬ。緋の瞳にあるのは怜悧な――長子イーゴにこそのぞまれた――智のかがやきである。それでもまだ十八の誕生日も迎えていないのだ。

鋭くとぎすまされた智力は、そうおうの修練と死地をくぐり抜け身につく剣の伎倆のようだ。アウロラにはそう感じられた。智の面ではこの妹に、情報収拾では次兄に勝てるとおもったことはなかったが、剣の道でつちかったおのれの直感は信じていた。腰に愛剣があれば感覚はもっと研ぎ澄まされようが、王太子同席のおりは帯剣はひかえるよう母王から云われていた。

高いがひびきの硬質な、銀のこえがうながすように云う。

「――ですが、摂政のお兄さま。今は外《と》つ国《くに》にたなびく戦の狼煙《のろし》より目の前の問題にあたらねばならぬ時。新王の即位と、偉大なる国母にふさわしき葬礼の算段をかんがえねばなりませぬ」

「ティエラや、それは順がちがうぞ。まずはおたあさまの葬儀である」

「いいえ、王太子殿下――殿下のご即位を沿海州に、中原各国にしらしめることが先決です。わが国の盤石《ばんじゃく》でゆるぎない《今》をみせしめ、太母様の御骸《おんむくろ》を王廟へおはこび申しあげ手篤く葬祭いたす。それこそレンティアのしきたりにございます」

浮かぬ顔でだがイロンも首肯《うなず》く。

「ティエラの申した通りです」

「おお、そうであったか」

イーゴの考えのなさにアウロラも呆れ、いきどおりすらおぼえる。今のまま兄が即位した場合、母王のように剣をささげられるだろうか……。

「アウロラ――アウロラ姉さまはいかがお考えになります？」

そのこえにハッとする。

「聞けば、ケイロニアにご遊学あそばされていたとか。外つ国の情勢にお詳しいのはお姉さまのほうでしょう？　他国のかかえる問題についてや、大国といえども獅子身中にムシはつきもの。ケイロニア皇帝家には何の弱みもないのでしょうか？」

「……あ」

ティエラの瞳は異常なほど輝いている。まるで紅い焔《ほむら》にひきよせられる一羽の蛾になったような気分に――眩暈《めまい》にアウロラはおちいった。

「ケイロ…アには、強大な戦……将軍がいて、アキ…レウス帝は安泰である」

まるでなにかに操られるように、別人のようなこえでこたえていた。

「選帝侯はいかがです？　皇帝でさえ容易にはうごかせぬという重臣にこれといった変

化は？」

「せん……てい？　わからぬ。わたしがいたのはサイロン……タリッド、選帝侯領ではない」

「そうでしたか？　サイロンにご滞在で。ああ、わたくしとしたことが……」

ふいに炉中の火がおちたようだった。つよすぎる輝きがうせ、とたんにアウロラは頭蓋をみまっていた異様な感覚の呪縛から解放された。

（今のはいったい……？）

「いかがしたアウロラ姫、まなこ開けたまま居眠りしておったか？」

イーゴはくすくす、イロンも苦笑をうかべている。

（兄上たちは気づいてもいない、いまの、まるで魔道のような……あやかしに……）

（ティエラ、いったいどんな方策をもって……わたしから何をひきだそうとした？）

綺姫《イディオ》は、そしらぬ顔でカラム水をくちにはこんでいる。

「それでは、戴冠の儀の御物に話をうつそう——よいですか？　殿下」イロンは議長役にもどり「ドライドンの王笏は王城の《白大理石の間》にございますれば」

「王位継承の式にはそれがあれば事足りるのであろう？」

「そうとはされておりますが、しきたりの書によればニンフの指輪をしたる者、王廟の地下にすすみて、王の宿命たるレントの宝冠を戴くべしとあります」

「しかし、イロン……ニンフの指輪は、おたあさまご自身即位にあたって、王廟の地下にもぐった折、闇のなかにころがし、床の亀裂におちこんで紛失されたと――」

「はい。生前のご遺言としてうかがっております。もしもの場合には、新王はドライドンの王笏のみたずさえ王廟にすすむようご指示をたまわっています」

「では、それでよいではないか」

「ならぬのです、なりませぬ！」

きつい云い方をされイーゴはまたもびくりとする。

「しめしが――と申すか、しきたりこそレンティアというくにをあるべき方向にみちびいてきたきわめて重いものだと存じます。このしきたりに従って――即位式を本来あるべき形で執り行なわなかったら、王室そのものに瑕《きず》がつく」

「ならば、どうせよと？　王廟の扉は新王によってただ一度しか開けられぬときく。しかもまっくら闇のなか、このわたしに床にはいつくばり、小指しかとおらぬちいさな指輪をさがしだせと、そなた本気で云っておるのか？」

イーゴは穏和な顔にむっとした表情をうかべる。

「そうは申しません、そのようなことを――（それでは、まるでドールの尻尾切り《できぬ相談》であろうが）王太子殿下《イロン》に申しあげるはずないでしょう？」

すこしは頭をまわせと、こちらはこちらで怒っている。もとより気のあう兄弟《ふたり》でない。

「まあまあ、おふたりとも、そうおこえを荒だてないで。イーゴお兄さま、新王になられる御方にご無理をしいる道理はございませぬでしょう？　摂政殿下は体面を――儀式の次第をおもんぱかってらっしゃるだけ。外見《そとみ》に格好さえつけば――と。ニンフの指輪はその意匠も何石がつかわれているかも詳《つまび》らかでございません。模造の品をあつらえ、それにて儀式をすませるお考えかと存じます」

「いま、ティエラの云ったとおりだ」ぶすっとイロン。

「模造――？」

アウロラはぼぉっとつぶやいた。模造――まがいものをつかう？　クリティアスの息子をまがいものの神器によって《宿命の宝冠》のもとへすすませる。ペテンじたての即位式、それはよくない企てでは？　深層でつよく訴えるものがいた。

「いかがなさいました？　さきほどから、お姉さまらしくないごようすですけど。何かおっしゃりたいのでは？　ご意見がおありなら、忌憚《きたん》なくどうぞ――」

銀の鈴《こえ》がとけて水銀のようにとろけおちる。わずかな毒ともっとかすかだが、あまいしびれがアウロラの耳朶から這いこむ。ミルラの香がうわさにきく黒蓮の麻薬のように神経をおかす……。

「わ……わたしは、まがいものによる儀式には、反対だ。不吉な予感がする」

「まあ！　お姉さま、霊能力もお持ちなの？」すかさず揶揄《やゆ》がとぶ。

「他によい方法があれば、提案したらよかろう」

イロンは仏頂面である。

アウロラは黙りこみ、おのれのうちに問うてみた。

しょうじき思索は得手でなく、機転が利くともいえない。剣士としての思考のみ。沿海州の美しい小国のため、その全艦責任をになう女王へ剣《つるぎ》を捧げる……その志こそすべてであった。そのおのれの精神《こころ》に問う。不吉な胸さわぎの正体を。試合前になにかひとつでも弱み——不足があると、剣は本来の冴えをなくした。もしや、それではないか？　こうして自らに問うて皆目わからぬのは？

不吉とは——？　不安とは、母王を亡くすという一大事に遭って、何か解っておらぬか、それすら解っておらぬからでは？

「——すみませぬ。王太子殿下、摂政殿下——カシスの愛弟子たるいもうとよ。私にはわかりかねる」

「ほ」イーゴ・ネアンは気のぬけた吐息をもらす。

「わからぬのではしかたなかろう。俺の提案をとおすがいいな」

ルビーの瞳の持ち主だけが、姉の顔をくいいるように見つめている。

「いや、イロン兄上、早計しないでくれ。私に解らんのであって、私でない者の頭脳なら、いま胸にうずまく霧のようなものを晴らせるかもしれぬ。いま思いついた」

「なにを、まわりくどいことを……」

　イロンは舌打ち、ティエラは眼差しをつよめる。

「すべてはしきたりにあります。これまでレンティア王の権威をぶじに後の王たちに伝えてきた——しきたりの書のうちに、すべての答えがあるのではないでしょうか？　新王戴冠という重大な儀で、まがいものの指輪をつかうのを不吉とかんじる理由も、かの古代の書物をひもとけば明らかなものにできる。典礼学者のマザラン博士にお訊ねすれば、即日解決すると思います」

　ここでイロン・バウムの表情がくもる。

「王室典礼の生き字引である大図書館館長、マザラン博士は亡くなられている。アウロラ、おまえが出奔した年だった……。毒茸があやまって調理されるという事故がおきた。あれは実にいたましい——悲劇だった。かけがえのない人材をうしない王室も打撃をうけている」

「マザラン博士が……博士もですか？」

　フレイール女医につづいて二人目ではないか？　いやヨオ・イロナ女王その人の死がある——。

　アウロラの胸には、ふたたび濃くつめたい霧がたれこめだしていた。

4

（くれえなあ……）

いったい、ルアーはどこに隠れてしまったやら。

ルアーナ港の埠頭まで、イリヤッドの漁師村から小舟でも一ザンかかるかかからないかという距離なのだが、濃くたちこめた霧は、海と陸地との境界ばかりでなく、時間《とき》さえその昏《くら》さのうちにあいまいに溶かしさってしまったかのようだ。

小舟の漕ぎ手はまだ若い、二十歳ちょっとの青年で、生まれはそのひなびた漁村だが漁師ではなく、漁師から買い付けた魚を乾物にして市場に卸すのが仕事だった。父親もおなじ仕事をしていた。名前はバヤン。

沿海州の男たちは多かれ少なかれ、レントの海とかかわって生きている。漁師、貿易船の水夫《かこ》、水軍の将校、はては海賊船の船長まで。いちように海神ドライドンの加護を信じ、板子一枚下はドール――の海に乗りだしてゆく。もちろんそこに貴賤による差別はない。

ドライドンの加護のもと、乾物売りのバヤンもまた海の男のひとりである、はずなのだが……。この若者、体格は立派でも人と争うのが大の苦手、商売上そう云ってられない場合もあるが、できれば誰かを傷つけるのも自分が傷つくのも避けたい性格だった。

そんな平和主義のバヤンが、いれずみ師の許に通うようになったのには訳がある。

彼には怖がりの面もあって、いつの時かルアーナ港の食堂で、奥から穴ねずみが走り出てきたのにおどろかされ腰をぬかした。それを酒と肴をはこぶ娘に見られてしまったのだ。顔なじみのラーラに、肝っ玉が小さいとさんざんに笑いとばされ、悔しいのと「めん玉ひん剝かせてやる」という気持ちから、自分も粋な白熊の星《ポーラースター》を入れることにした。そうすれば、港に出入りする海の男たちの仲間に見なされるだろうと……。

バヤンはぶるっと身震いした。おもて皮一枚どうこうしたからとて、生来の怖がりがそうそう変えられるものではない。

（……昼まえだというのに、うすきみ悪ィくらさだ）

ルアーの四点鐘もまだなのに、港の大松明が六つまで灯されている。なんでも濃霧のせいで軍船と商船の衝突事故があったそうだ。それぐらい昏い。それに大気中の水分で外套も櫂《かい》をにぎる手もじっとり濡れ、気候がくるったかと思うぐらい――つめたくってしかたない。

（こんなに霧が深いと……海から何があがってきてもふしぎはない。船幽霊とか……）

ついついぞっとしないことを考えてしまう。

頭をふって櫂の操作に集中しようとしたところで、ヒヤリとさせられる。唯一の灯火をおおきな影にさえぎられて。

霧笛を鳴らさず航行してきた船影とわかっても、いやな感じがぬぐえない。

（こんな港ちかくであぶねえったら……）

船種をたしかめようと目をこらしたが、霧のせいでかいもく解らない。というのも妙な話だ。夜光塗料で船名か船主の標章《マーク》をえがく決まりになっている。サルニヤ貝からとった塗料は闇の中でも光かがやく。これぐらいの近さで船腹をさらしていてみえねえはずない。海賊船でないかぎり……それともはじめから描かれていない？

（まさかどっこにも属してない……ゆ、幽霊船とか……）

ありえない！　はげしくうち消したが胸の動悸はおさまらない。膝もがくがくしてきた。いやな感じ——不安が決定的になり、霧とともに胸のおくへはいりこんで芯からつめたくする。

その時——

黒い船の甲板でちかりと光るものがあった。

目はいいほうだ、バヤンはその一瞬、船上にいならぶ漆黒の——ほんとうに黒い——伝説のゴーレムみたいな大男たちの姿をとらえた。

（あわわっ）

かろうじて悲鳴をあげるのは堪《こら》えた。もし気づかれでもしたら、何されるかしれない。あやしい漆黒の幽霊どもから。

（とにかく逃げ……ってか、離れなきゃこの船から）

口から心臓がとびでそうだが、細心の注意をはらって音をたてぬよう舟をうごかす。

そうして五タルザンは必死になってしずかに櫂をあやつった。黒い幽霊船から離れ——

——大松明がちかくなり、そろそろ他の船とゆきあってもいいだろう……。

まるで心に間隙《すき》が生じるその時を待っていたように——

舟がはげしく揺れた。波のせいではなかった。何かが、海中から船を——船体をつかんで揺さぶっている——そんな異常な揺れ方だった。

「おわっ！」

恐慌からのおめきが喉をついてでた。

まさに海中から——

漆黒の濡れた手がのび、舟のふちを摑んでいた！

「うあっ、でたあぁ——ッ！」

船幽霊をじかに目にして我慢のできるはずがない。こんどこそバヤンはたまぎる悲鳴をあげた。

「あーっ、ああ——！　だれかぁ——たすけてくれえッ」

男の野太い叫び、それも助けをもとめる悲痛な声にはちがいなかった。

しかし昏くつめたい霧に溶かしさられるかのように叫び声はじょじょに弱まり、やがてきえた。

＊　＊　＊

漆黒の、艶やかな毛皮のガウンにしなやかで優美な身をつつみ、女王のごとき厳かな瞳《め》で、下僕のはたらきぶりを監視していたものは、ここでひと声鳴いた。

「にゃー」

「……ふぅ」

いれずみ師ナイジェルの家のまえを掃除させられていた痩せっぽち、黒い髪で色白なところだけパロ人らしい、とぼけた獣めいた顔だちの青年は額の汗を手の甲でぬぐった。

「これできれいになったろ？」

港の魚市場をなわばりにするクロにおうかがいをたてるが、

「にゃっ、にゃにゃーん」

黒猫は首を左右に振ると、ひらっと、飛びすさった。

「ひ、ひどっ、ひどすぎるぞ！　おい、コラッ」

もあーとにおい立つ置き土産に、アムブラのタムは泣きそうな声をあげた。

　ただで家に置いてもらうのも気がさすので、「料理以外のいえの用は、なんでも云いつけてください」とは云ったが、学問所の学生である以前に裕福な商家の箱入り息子である。たいしたことは出来ない、というよりたいしたことをやろうとすると、ものを壊したり自分がケガしたりはありがちな話《オチ》。結局、雑用や庭掃除ぐらいしかできなかった。

（ぼく、何しに来たんだっけ……？）

　聖王家でも最もとうといひとり、学問所のどんな先輩より教授よりもカシスそのひとにちかい方に背中を押され旅立った。胸おどらせ、赤い街道を皮切りに、キャラバンに混ざって自由国境地帯を通りぬけ、大平原や森林やとおく連山のけしきも目にし、ついには海へ——海なし国に生まれた者にとって、それは大いなる未知の——夢にまでみた異世界だったのに。

　沿海州遊学。

　その生まれてはじめての船旅であの人とあった。それまでの人生でただいちども出逢ったことのない、感じたことのない特別な何か——レントの潮の香りが加担しいっそうつよく薫った——を感じさせるあの人と。特別というと、さいしょは美青年と思っていたからルブリウス的なものを疑われそうだが、女性と知るいまはやっぱり色恋めいた感情だろうといわれそうだが、それはちがうとヤーンにも誓えるきがする。世のなかのひとは女性をしらないからだと笑うかもしれないが。タムがアウロラに感じたのは——アレクサンドロスの書をはじめとする偉大な本の扉のうちで知り合いになった人物に対するような憧れであり驚嘆——それにふしぎなのだが親近感であったりもしたのである。

（アウロラさん、いつもどってくるんだろう？）

ナイジェルは「面倒ごとをかたしに実家《うち》にもどった」と云っていた。お母さんが亡くなったといってたから、ご葬儀やらお墓のことやら遺品の整理なんかでたいへんなのかもしれない、などと思いやるタムである。

「んん、あ——っ。掃除は終わったのか？」

いえから出てきたナイジェルが伸びをしながら。紅絹《もみ》のはおりものは洗いにだし、藍染めのキタイ風の長衣にかえている。長髪は首のうしろでくくり、サメの歯《ガーヴ》らしきものをつらねたネックレスをかけている。絵師とちかづきになったのはこれがはじめてだが、変わった格好をこのむものだなあ、変わっているけれどサマになってるような、そこが《カルラアの使徒》なんだなあとタムは感心していた。

「ええ、はい。だいたい……」

「なんでそこで赤くなる？」

「え、こんどはなにも失敗なんて……」

猫のふんは穴をほって埋めたし。フロの焚きつけを作ってといわれナタでなく裁ち鋏を持ちだし笑われたばかりだが。だいたいナイジェルもマナにしたって器用というか生活力のかたまりでなんでも出来るので、タムのでる幕はほとんどないのだ。

「厠《かわや》のそうじですね、つぎは」

「なんか、無理してっぽいよな、おまえ。一所懸命……かとおもえば抜けまくってるし。まさか笑いをとろうとしてるわけじゃねえよな？」

ゆびを指されタムはまたもや恥じ入った。猫のふんがヒザについてしまってる。がっくり、あるいはしょぼんと地面に目をおとす。

「いいんだよ、おまえにゃ合ってないんだ、こういうの。パロからの食客つうことでデンとかまえたらいい」

「なんかそれ……すまなくて……」

「つか、退屈なんだろ？」

「へ」

タムはナイジェルの顔をみなおした、黒い瞳、やさしい光、ときに深い光をたたえた──なつかしい気分にさえ誘う。

「それに思うんだな。おまえさん、こんなことしてる──させとくのはもったいない人材じゃないか？　あの手紙──あれってとんでもない大事な──内容もだが、パロの人物から托されたもんじゃないのか？　人ひとり、おまえみたいな若いやつが命とひきかえにしようなんざ、差出人、並の人間《ヤツ》とはおもえねえよ」

——するどい。胸にぐさりとくる。

「ナイジェルさん……」

「いや、詮索しようってんじゃなくって。痛いハラはさぐるのもさぐられるのも好きじゃねーしな。おまえさん見てると、なーんだか、こっちまで……」

次のせりふが気になるところだが、沿海州のハンサム顔をにやりとさせる。

「タムも、アウロラにもどってほしい顔がみたいと思うんだろ？」

「は、はい。その通りです。ナイジェルさん」

「おおーまっちょくに云うね」——うらやましいとは小声で、だが。「いや、けどまじめな話、たいへんなことになってると思うあいつんとこは」

「ナイジェルさん、アウロラさんのこと詳しいんですね」

「これでつきあいは長いんだ。あれが十五……俺はちょうど今のアウロラのとしだった。ギルドから呼びもどされたばかりで……」

「ギルドって、パロの芸術ギルドのこと——ですか？」

学術の機関——ましてやパロと思われれば即座に反応する。なにげなく云ってしまったらしいナイジェルは眉をあげ、だが痛いハラどころか場違いにうっとりした光を目にうかべた。

「この世に、こんだけの宝石が、それもクリスタルの塔ではなく、沿海州レンティアー——

——ニンフの乳色のふところにあったんだ。俺ぁ、四年の修業期間が、師匠の病気のおかげで二年に短縮されたってえヤーンへの恨みつらみなんざ一瞬でわすれたね」

親切な説明はなかったけれど、タムにはわかった、これまで意味不明ながらいれずみ師が親身にしてくれたわけが。かれにはタムとおなじ、異国——それはまちがいなくパロだ——に学んだ経験があったのだ。

「あいつあ、はじめ俺の弟子だったんだよ」

「へ。で、でし——でしたか？」

「ダジャレいってんじゃねーって」わらってから真顔になる。「そうさ、レンティア一の姫さまに、美とはなんぞやをお教えあそばすお役目を、パロ帰りの若手絵師ナイジェル・ナギは女王様からおおせつかったってわけでさ」

「姫さま……」

タムはごくんと唾をのみこむ。ナイジェルの真剣な表情をうけとめて。真剣でなやましい——それぐらいは童貞のかれにも理解できた。そしてそれ以上に重大な、アウロラの素性をついに知って。初めにルーカス号でうけとった特別な印象は、すこしも大げさではなかった。やはり彼女はとてつもない星廻りに生まれていたのだ。レンティア国の王女！　歴史上の名高い人物であるかのような匂いを感じ、史書に読みふける時の感情移入をもとめられたきがしたのだ。そうだ！　それだけの人物だったのだ。

タムは電撃にうたれたようにその場に立ちつくしていた。

背後に、灰色のながい外套にやはり灰色の帽子をまぶかくかぶった人影がいることとなどまったく気づいていない。

その人物は、開門をもとめるようすで——といっても家人がいえの前で話しこんでるわけで、まずふたりに自分がいることを気づかせるためか、かるくせき払いをした。

「えーコホン。ごきげんようございます、ナイジェル・ナギ先生。おひさしゅうございます」

「ありゃ、ありゃりゃりゃ」

ナイジェルはこれは意外なという顔を、帽子をとって会釈してきた相手にむける。

「こりゃーまた珍客が。ごぶさたというかなんというか？　ユーグリエット・ラファールあいかわらず、おまえ背がのびてねえな」

「背のことは余計ですよ。というか伸びてます、この三年でちゃあんとね！」

「そうかい、俺の目算ちがいだったか？　ユトなつかしくなってつい……」

「ついじゃありませんよ。先生こそあいかわらずのおふざけぶりで、本日こちらにまかりこしたのは——ですね」

「もったいづけないで早くいえ、お姫さまのお使いできたんだろ？」

わくわくそわそわに、一片のいらだちがこもっている。

「そうですよ、そうに決まってるじゃありませんか。アウロラ・イラナ・レンティアナ王女殿下一番のお気に入りの小姓ユーグリエット・アン・ラファールです、ほかに誰がたいせつなご伝言をうけたまわると云うのです？」

「わかった、わかったから——とにかくアウロラ姫からのことづけを云え——ってたのむから簡潔明瞭に云うんだぞ、イグレックのユト」

「え——」あきらかに気分を害したというふうに「イグレック、イグレックですって！このわたしのことを、ナイジェル先生といえど聞きずてなりません。サリアの息子、トートもかくやと……ほんとうですからね……アウロラ様に褒められたのは、うそでもハッタリでもありませんからね。愛嬌と気働きではニンフの恩寵で右にでるものなしって……」

「だーからーその長すぎる前置きが、イグレックの舌だといってるんだ」

「あ、あのーお話中ですが、ぼくは厠そうじに行ってもいいですか？」

「いいですとも、誰かしりませんけど、ナイジェル先生の——パッとみたところ才能のなさそうな——庭掃除やネコのふんしまつがいいとこの内弟子くん、厠へでもなんでも行ってきたまえ」

「ぼく内弟子じゃないんだけど……」とはいえユトの云うことは外れてもいないので、しおしおと門に入りかけたタムの耳にきこえてきた——

「アウロラ様からご伝言で、ナイジェル先生のお宅に滞在中であらせられる、パロ王立学問所の俊英にして、未来の大博士、齢十五にしてアレクサンドロスの著作をはじめとする古代ルーン文字によってあらわされた古文書のかずかずを読破され、そらんじられるほどの天才タム・エンゾ殿に、姫さまからのご伝言をお預かりした次第にございます」

　これを聞いてナイジェルはわらうべきか否かと微妙な表情になる。

　タムのほうはぎくっとユトをふりかえりそのまま固まった。

「ユト、その天才タム君が、完全にかたまってしまった。おまえの長舌のせいだから、責任をとって溶かしてやらないと」

「え、タム……って、かたまってるって？　まさか……厠そうじ君がですか？」

「厠そうじは、タム大先生の高尚なご趣味である。ぶれいもの頭がたかい」

　ナイジェルは明らかにおもしろがっている。

「これは、たいへんしつれいを……ぼ、ぼく、このわたくしとしたことが、早とちりのかんちがいをば。まさかぼくよりちび……いえ華奢な風姿であらせられるとは夢にもおもいませんで……」

　ユトは平謝りにあやまる。

「いいえ、ぼくがナイジェルさんちの——猫のふんそうじの係というのはほんとのことですから」

「――それでユト、アウロラ姫はじっさい、タムのことなんて云ってた？　そして何させたいって云ってきた？」

ナイジェルの瞳に面白半分の光はもうなかった。真剣にユトをみすえている。

「はい。アウロラ殿下はおっしゃられています。先年食中毒の事故で亡くなられた図書館長マザラン博士ならびに図書館司書にかわって、王室の大図書館に所蔵された古代の文字で書かれた儀式大全のすべてを読みくだし、姫さまが早晩要りようとされる――レンティア国の戴冠式と《宿命の宝冠》にまつわる、ひいてはレントの海にたちこめる数々の謎をとくカギとなる――タム・エンゾ学士こそ頼れる頭脳であり知恵者なろうと」

「なるほどな」

（相談役にはうってつけかもしれん）とはナイジェル。

「それがまさか、こんなちんちくりんの……いえいえ失礼しちゃってますが、姫さまも誤解させる云い方なすったんですよ、ぼくに」

小姓は言訳のように、パロ王立学問所からの遊学生にむかって云った。

「アウロラ様こうおっしゃったんです。タムさんのこと、レンティアの宝レントの海を覆った、妖霧を晴らす疾風のような快男児って！」

「快男児――かあ」

ナイジェルは感慨ぶかげに、あごをかいている。

《妖霧を晴らす疾風》のほうは、ただただ下り眉のしたで目をみひらくばかりであった。

第三話　狂戦士

1

「ニンフの恩寵」——堅牢きわまりない城郭に囲われたレンティア王族のすまいである。中央にそびえるのが女王の居城。ひときわ広壮な白亜の城、何本もの尖塔が天にむかって高くするどく伸びている。

女王の城の巨大な影に添うように、その館は建てられていた。

古色蒼然たる厚い石壁に外光はさえぎられ、昼でもうす暗いひんやりした空気の中を、タムは、王女アウロラの小姓に先導されてゆきながら、ふしぎなほど見も知らぬ場所に連れていかれる不安をかんじていなかった。

たかい天井、ながい回廊を通りぬけ、大理石の張られた広間にいたった時、パロの遊学生が感じとったのは、稚《おさな》いころから慣れしたしんできたものと再びまみえた安堵——慕わしさでさえあった。空気をみたしているのは、しめやかで、かすかに埃っぽい、古い書物につきもののかびくさい匂い。王室学問所ゆびおりの読書家にしてみたら、もしかしたら娼館にただよう白粉の香にもまさって心をときめかさせる――カシスの神殿の扉につうじる――あの匂いなのだった。

その広さと膨大な蔵書の量にもかかわらず、図書室にはひとりの司書のすがたもないのだが、それを怪しむさきに小姓のユトはさらに奥まった扉を解錠した。

中にいっぽ足をふみいれ、タムはおもわず嘆声をあげた。

「……すごい」

うすぐらかったが見てとれた。天井にとどく背のたかい書架にぎっしり納められた本の題名《タイトル》は――

（ほんとうにすごい、すごいぞ！　ここに納まっている書物《もの》ったら）

かれは遊学の旅におもむいて二度目の、生まれてはじめてレントの海を目にしたのに匹敵する驚嘆と――学究としての本質をつかれる思いとでとめどなく震えた。

（まるで海だ、深くて大きな智の海原……。これだけの書物、しかも全巻そろっているのは、中原諸国でもパロ王立学問所の大図書館――あるいはジェニュアのカシス神殿ぐらいではないだろうか？）

タムが――みかけこそ背のたりない痩せっぽち、パロうまれとはいっても、とぼけた顔だちはとうてい美男子といえないけれど――額にかがやかせているのは、いつわりなく！　カシスのしもべである証《あかし》、なべての書の扉をまえに灯るとされる探求と敬けんの光なのだった。そのかれにして王族ご用達、稀覯本《きこうぼん》を蔵する図書室の真ん中でおぼえたのは、おびただしい書物にとりまかれて覚える——智の神《カシス》そのひとの腕にだきしめられる幸福と高揚感にほかならなかった。

隅にくりぬかれた壁龕《へきがん》には石像のアレクサンドロスが鎮座し、その古代の賢者が著わした重要な文献がずらりとならんでいる。いわく——「築城術」「兵法の書」「治国の書」の三部作、「備忘録」、「歴史」である。

オフィウスの詩集、オルフェオ詩編、アクメット「予言の書」、アルディウスの「ヤーンについて」、アキニウス「植物図鑑」。

アムブラ——この時代最大の私塾——の長であるオー・タン・フェイの「随想集」。

さらに、史学者の卵の目を惹かずにおかないアルフリート・コント著「ヤヌス十二神と宗教」——のちにパロで発禁となり焚書処分とされる問題の書だ。

それら神々しいとさえいえるタイトルは、同時に、レンティア上陸後に悪夢にみたこともないトラブルに見舞われ、港町のいれずみ師のやっかいになるうち落胆から自分をみうしなっていたタムに、本来の——商家の息子でありながら貴族の子弟たちをさしおいて、クリスタル公アルド・ナリスに目をかけられ今回の遊学の精神的なパトロンとして得た——学問所の英才タム・エンゾをとりもどさせたのだ。

ユト――貴族の子弟なのである――ユーグリエット・アン・ラファールは、書架をまえにした遊学生の変化に気づいた。

「タムさん？」

雰囲気かわったぞと首をかしげる。タムより数タルスだけ背のたかいこの小姓には鋭いところがある。主人のアウロラにルアーナのナイジェルの許にむかえにゆかされ、今また外国人であるかれをレンティアの智と情報の奥の院まで案内するという役をおおせつかった。異例中の異例であることはわきまえている。

それに――こっちの方が大問題かも。アウロラのまえに連れていった時、ユトの姫さまがめったなことでは見せないやわらいだ表情を――笑いかけたのだ、このちんちくりんに！

もっともアウロラはその後、タムに手短に《しきたりの書》の読解を依頼すると、レント水軍の将軍タン・ハウゼンが急きょ外洋からもどってきたので、会見にでむいていった。「あとはお前にまかせるから」と云われたユト、信頼されているような、おしつけられたような……内心複雑なものがある。だいいちどうしてパロ人なんかと姫さまは親しくなったのだ？

「姫さまはあなたのことをご友人とおっしゃられてました。つまりそれって……今回の件はご下命ではなく、頼みごとをされたってことですよね？　でも、そもそもどういう経緯《いきさつ》からそのような——アウロラ様とは船旅で知り合われたんですって？」

「ええ、そうです」

ほほ笑んでこたえられ、さらにメラッときたのは云うまでもない。

「でも、ほんとうの係わり——といっていいのかな？　アウロラさんとお近づきになったのは、ぼく……あの方にルアーナの町で救われたんですよ」

「姫さまに、救われた？」

「ええ。——命を」

タムはしんみり云った。——自殺をはかったことをことさら負い目とするのはやめよう。アウロラはじめレンティアの人々と知り合うキッカケにほかならない、と。

「命を、ですか？」

「そうなんです、ユト君。その恩にむくいるためにも、アウロラさ……や、失礼王女様のお役に立てればと思ってます」

ユトは下り眉の下にあるものをのぞきこんだ。まるい瞳にうかんでいるのは生まじめそうな光で、それ以上疑念や嫉妬をかきたてはしなかった。それどころかユトはホッと息をつき、「パロ人は腹の底がしれない——よくいわれることだけど、タムさんはそんなことなさそうだ。目をみればわかります。だいいちアウロラさまが友人とおっしゃってる方なんだ、信じます」

沿海州生まれの明るい瞳の持ち主は、魔道の国に生まれた者の瞳をみつめ、表情をやわらげた。

「それに、大事な事柄が記されているのに、むずかしい言葉で書かれているからって、亡くなったマザラン博士や司書の方たちにまかせっきりで、今まで本を広げようともしなかったのは、城づとめのわたしたちの怠慢だったわけですし」

ユトは、故マザラン図書博士が作成した目録をタムにわたすと、はずかしそうにつけたした。「反省してます」

その目録はなめし紙の綴りで、《しきたりの書》について概要がしるされている。

「そうですね。ですが使われているのはルーン・ジェネリット、ルーン語でも特殊な、もっぱら魔道師の間でもちいられる言語です。ジェネリットがつかわれたのには簡単に読みとかれぬようにとの——暗号の意味あいがあるのでしょう。それだけレンティア国にとって重要な文書であるとおもわれます」

「タムさんには読めるんですよね？　その、ルーン……」

「はい」

「すごいですねえ」ユトはタムの語学力をたたえたのだが。

「学問所では教養科目として選択できるんです。ギルドの魔道師が講師として派遣されますからね」

さらっと云っているが、この時代パロ王立学問所にしかない専門教育である。

「――で、どれが《しきたりの書》なんですか」

小姓のこの質問は無邪気ですらあった。

「ここを占めているのが、そのようですね」

「え……」

ユトの絶句も無理からぬ。タムが指さしていたのは巨大な書架。それがまるごと《しきたりの書》だといわれたのだ。みじかい丸まっちい指で目録をめくり、区分け図と所蔵本のリストを照らし合わせると、タムは云った。

「――うん、予想していた通りです。アウロラさんが知りたがるご葬儀のことや代々の戴冠式についての記録もおさめられています」

「えーおことばですがタムさん、わたしには……《しきたりの書》って一冊だとばかり」

「これだけ歴史のある王室の有識故実《ゆうそくこじつ》が一冊の本に纏《まと》められている、と考えるほうが不自然だと思っていました。少なくとも、神事と葬祭と俗事――と云ってしまうと不遜かな？　王家の権威を維持し、じっさいに主宰する際のこと細かな注意――タブーにも言及しているものなら百科全書並のボリュームがないとむしろおかしい。予想してきました」タムはすずしげに云う。

「へーえ、レンティアの人じゃないのに、お城の――王室のことをしらないはずなのに、なんでも解ってしまってるみたいだ」すごいやーとは感心はんぶん、あとのはんぶんは魔道的なものへの眉唾な気持ちからだ。

「タムさんって、さぞや高名な神官のうちの出なんでしょ？」

「実家は嗜好品の卸し問屋です」

「しこうって？」ユトは高等ななぞをかけられた顔をする。

「それも人の役に立つ大事な仕事だって――」そのカラム水がなければ夜も日もあけなかった貴公子のことを思いださずにいられない。「了解してますけど。それよりユト君、アウロラ姫はたいへんお急ぎのようでした。外国人のぼくに依頼するのはさし迫ったご事情があると推察します。ここで時間をむだにはできません。目録はよくまとまってますが、じっさいに百科全書を読むのには相応の時間がいります。すいませんが――いまからぼくに話しかけないでいてくれますか？　アウロラさんの知りたがっていた《宿命の宝冠》にかかわることがらを読みだし、ご依頼にこたえなければならない」

「――はい、もちろん。タムさんのお邪魔をしないようにします。――で、どれくらい読むのにかかりそうですか？」

タムは書架の本をみなおして、云った。

「資料読みは史学研究室で慣れてますが、初読ですし、二日……三日はかかるかも」

「みっ……」ユトは絶句した。

「時間、かかり過ぎだとおもいます？」これに気弱なタムが顔をだす。

「とんでもありません！　そんな短い時間でこれだけたくさんの……アウロラ様はこうもおっしゃってたから、ご自分ではひと月あっても読みきれないだろうって。イーゴ王太子殿下なんてルーン語とくいというけど、表紙のかたい本は肩がこるので好かんって云われるしまつだし……」

　どうやら沿海州の王子王女はそろって「智の海の航海」は避けたいらしい。タムは可笑《おか》しくなったが口もとをひきしめて云った。

「とはいっても、稀覯本の中にぼく一人にしておくのも都合わるいでしょうし、ユトさんは閲覧室のがわにいてくれますか？」

「わかりました。あ、それとアウロラ様からタムさんの食事のお世話をいいつかってます」

「そうですか。でも……たぶんぼく、本読んでるとほかのこと忘れてしまうから。あとはぜんぶユト君にまかせます」そこでよいしょっと巨大本に手をかける。小柄で華奢《きゃしゃ》なタムにそれは、拷問で抱かされる石板のようですらある。

「タムさん……」

　この人でほんとうに大丈夫なのか？　ユトは今さら心もとなくなる。「パロ人タ、タム・エ、エ、エンゾこそ、レンティアの妖霧を晴らす疾風のような快男児」とアウロラは云いきったのだが……。

その不安を払拭したのは目の前で《しきたりの書》に取りくむすがただった。ものすごい集中力だ。しかもページをめくる丸っちい指のうごきが――速い。尋常でないスピードで、難解なルーンでみっしり埋まった大形のページを繰っていく。

(ほんとうに読んで――頭にはいっているの?)

うたがってしまったぐらいタムは読むのが速かった。

小一ザンかけず一冊を読みおわると、ベルトの物入れから携帯式筆記具――ちいさなインク壺つきペン――をとりだし、かりかり云う音を、図書室の静寂《しじま》にひびかせる。

さよう――

王立学問所で歴史学を専門とする、タムこそ、魔道語をひもとき、おびただしい単語と文脈の海にもぐって難解な書の核心にせまる――女王国レンティアのしきたりにまつわる謎を読み解くにうってつけの――本読み《イリス》のスペシャリストだったのである。

やがて、大理石の床、書架の間に、夜の女神の、紗よりもあわいヴェールがひかれる。壁龕のアレクサンドロス像には灯火のしかけがあったが、タムはへやが闇につつまれだしたのさえ気付かずページを追いつづけていた。

かれの意識を《しきたりの書》――レンティア王の戴冠に必要な三つの神器についての記述――から現世にひっぱりもどしたのは匂いだった。

（これって？）

高貴なパトロンがたまさか漂わせた黒蓮をほうふつさせる香り。専門外だが知識はあった。ミイラ作りが腐敗臭をまぎらわせるのに用いる没薬《ミルラ》だ。

へやの隅にごくかそかな気配をかんじた。

むらさきめく黄昏に、湧きいでたがごとき白い影——

「ユ……？」

夕食によびにきた小姓ではなかった。

乳白の滝のようにこぼれ落ちるながい髪。ほっそりした異形をゆったりしたガウンにつつんだ者は、つと書架へ歩み寄り、骨のように白い手をおよがせ一冊をぬきとる。

「見よ、三人の女神がやってくる」

朗読の響きはさながら銀の鈴だ。

見よ、エリスの息は炎
ティアの髪は生ける蛇《くちなわ》
そしてゾルードの指は憎しみの氷。
見よ、憎悪と不和と死の三姉妹の
ゆくところ、人はたおれ、

凍れる石となりはてて、ただそこには
　永遠の荒野があとにひろがるのだ。

厚い革装本をぱたりと閉じるとそれは真紅の瞳で異邦の青年を見すえた。射るように
――いどむかのように。

「この詩をものしたはたれか、知っておるな？」

銀鈴の音《ね》はたかく澄んでひびいたが、情感というものを欠いていた。

「――パロの詩人王オフィウス、《オクタヴィアの歌》より復讐の女神の段ですね」

「えせ……」

「は？」

「似非ではなさそうだな、パロの大学から遣わされたというのは。そなた――」

「はい、タム・エンゾと申します。姫君さまは？」

「わたしはティエラ、レンティアの王位を継承する者。アウロラは姉だ」

「アウロラさんの？　あ、はじめまして、よろしくお願いします」

タムは丁寧にあたまを下げた。

「トーヤ！　灯をもて」

命令する声だ。

はいってきたのは白い姫君とは対照的な人物だった。大きい、タムより頭ひとつは高い。体格もアウロラよりふたまわりは、たくましい。騎士の甲冑をつけているが女だ。燃えるような赤毛、それ以上に目をひくのが顔の傷で、白っぽい刀傷らしいのが左の頬に斜めにはしっている。

トーヤとよばれた女騎士がアレクサンドロス像のもつ皿に火をいれると、ティエラはつとすべるように――タムはミルラ香をまぢかく嗅いだ。

「ふむ」

タムの頭から足のさきまでまるで検分するようだ。

「パロ人――王家とのゆかりは？」

「王立学問所に籍をおき……遊学の旅の途にありましたが、ルアーナ港でアウロラ殿下に助けられ……」

「いきさつはきいておる。ルアーナで強盗にあったそうな。あらくれの港ごろに童貞の操を奪われて命を絶とうとした」

綺麗な顔には似合わぬ毒があった。真紅の瞳は俗っぽい好奇をかくしもしない。アウロラの妹とはしんじがたかった。

「奪われたのは路銀です」

「隠さずともよい。みだらを強要されたであろう？　パロ少年の玉の肌だ……くっ」

これには、タムも憤《いきどお》りにふるえる。

「し、少年といわれる齢じゃ……ありませんからっ！」

「ティエラさま、おたわむれもそこまでになさいませ」

ここで助け船をだした——主人の言葉なぶりの悪癖をいさめたのかもしれないが——

のは刀傷の女騎士だった。

綺姫《イディオ》はフンとわらうと、

「これはユン・トーヤ、タルーアンのヴァイキングを父に持つゆえ、この体格と赤髪にめぐまれた。顔に意匠をきざんだのは、今生《こんじょう》のイラナ、アウロラ姉上だが」

「えっ……？」

「ティエラさま、そのことは——なりませぬ」

ざらついた声で、もういちど諌《いさ》める。

「よいであろうトーヤ。御前試合で受けた向こう傷だ。ニンフの恩寵を守護せし騎士の勲章にひとしい。そして、その三年前の試合の勝者はそなた。最高騎士はタルーアンのユン・トーヤ！　アウロラの剣はよこしまなる——狂気の剣と陛下おんみずから裁決をくだされた」

トーヤは黙り込み、暗い目を繊巧《せんこう》な人形のような横顔にそそぐ。

アウロラの妹姫はほんとうに整った顔だちをしていた。白すぎる肌、あやしき瞳は自然とあい容れないが、むしろその美を人の心にふかく刻みこむ。

タムは、先刻の品を欠く揶揄《せりふ》と美貌とのギャップにぼう然とした。

「どうやら姉さま、出奔《しゅっぽん》の仔細をかたっておらぬようだな。あの方らしいか？　ではこちらから訊こう、そなたと聖王家とのゆかりは？」

「さ、さっき云って……」

真紅の瞳にひたとみつめられ、タムの中のトーリス《草ウサギ》は身をすくめる。

「目にうつることなど興味はない。わたしは、人間の精神《こころ》の深奥にあり、その者の行動を――ゆく道を決定するそのことがしりたい。聖王家直属の機関から送りこまれた真の目的を――送りこんだ者なら想像はつくが。黒竜戦役のさなか中原を来訪されたヴォルフ大伯父からきいている。旧《ふる》きくすしき王家のもっとも濃い血をかけ合わせし闇の王子、夢想とも奇想ともつかぬあやうき企図を竜卵のごとくあたためる稀代の策士――」

うすく整ったくちびるがつむぎだすのは、ミルラ香とあいまって、タムをぼぉっと……脳を髄《ずい》からとろかせる、それこそ魔道であるかのように。

「パロのふたつぶの真珠のかたわれにして王姉、予言姫リンダ・アルディア・ジェイナと今まさに華燭《かしょく》の典を挙げんとする、美男の摂政――クリスタル公アルド・ナリスであろう？」

タムはハッとした。現《うつ》し世においてもっとも輝かしい名前の響きにひきうたれた思いで。たしかにこの時代の人間にしたら魔道のひとつであったかもしれない、その名にかけられた呪《じゅ》は。

（ナリスさま……）

無意識にすがっていた、沿海州風のこざっぱりしたシャツの下にかけたメダルに。ナリス直筆の手紙をしこんだ銀細工の護符をまさぐり服の上からにぎりしめる。

そのささいな動きが「目にうつることに興味はない」と云いきった者の、妖瞳《ようどう》をほそめさせ口もとを綻ばせたのだった。

＊　＊　＊

そして——

イリスは高みにありて、その青白き光で、王族のすまいも港町の路地裏も平等《ひとしなみ》に照らしだしていた。

漆黒の獣が全身を月光にぬらし、その狭い道を音もなくしなやかに通りぬける。

しずかな夜であった。

入港のドラがうち鳴らされることもない。

ルアーナの者はいっせいに夜遊びをやめてしまったのか？　一年のうち最も大きく華やかな、紫の月のドライドン祭りもちかいというのに、色宿で景気づけにあげるケムリソウ花火のぽんぽんいう音もしてこない。

（ほんとうに、しずかだなァ）

こりゃ女王様がお亡くなりになったことが知れわたって、国のみんなが喪に服しているのか？　それともやっぱり霧の妖怪に溶かされちまうのを怖がって表にでるのをさけているのだろうか？

いれずみ師ナイジェル・ナギは――ナギは代々のお抱え絵師の称号でお城をくびになった今は名乗れない、ルアーナではナナを通り名にしている――イリスを肴に酒杯をかたむけていた。

（女神さまはたいがいべっぴんだけどさァ、俺の好みってったら……）

目にうつるはイリスだが、心にしめる……思いえがくのはひたすらルアーのような面影、そしてレントの瞳の持ち主だった。三年おあずけの後の再会で、病が膏肓《こうこう》に入っていたことを思い知らされた。

（けど、やっぱないよな。あるわきゃない。この世とドールの地獄がとっかわっても。あいつ、あれが俺のものに……隣にちんとおさまる日なんてくるわけがねえ）

吟遊詩人ならばかなわぬ恋《つれなきイリス》と、せつない恋の唄をひとくさり――というところだが。

パロはクリスタルの都にまなんだナイジェルには、あいにくと、キタラのほうの素養はない。それ以前に現実主義者だった。

(……タムのやつ、お城でうまくやれてるかな?)
パロの遊学生が妬《ねた》ましくないとは云いきれないが、今アウロラに必要なのは、あのど
じ間ぬけだとは思う。ルーン語の能力ばかりじゃない。タムは、天然であることをやっ
てのけたのだ。
(あの野郎は、変わり者の姫さまを笑わせやがったからなあ)
タムがアウロラと出合った時の話で、ナイジェルをおどろかせたのはそこだ。
(アウロラを、俺の姫さまを……)
アウロラが十五になった年、パロのギルドから呼びもどされたナイジェルは、その美
学美術の教師を依願された。
輿《こし》入れ前に花の絵のひとつも、ものせるようにとは、やんごとなきの考えそうなこと
だが。母王の意図はちがった。めったない美少女には奇妙な感性の欠落があった。いか
なる神の呪いか、現世のなにが美しく、また何がそうでないか解さない——娘らしい情
緒がつちかわれぬのは心の病であろうか——女王ヨオ・イロナは憂えたのだ。
おのれの才にうぬぼれていた若きナイジェルは、即座にこれをうけおった。
「風変わりな魂に生まれついたとお嘆きあそばされますな陛下。パロ帰りの絵師めが、
ヤヌスの、そしてサリアのつかさどる美についてとくと詳解いたし、そが人の生をいか
に美《うま》しくするか殿下の頬をばら色にほころばせるか、修得いただきましょう」

その目算はくるった。彼が甘かった。少女は素描《デッサン》や美術史は勤勉だったが、その魂は「美における一般常識」を頑《かたく》なにうけいれない。それこそ呪いがかけられたかのように。あげくなぜ花のみ美とよぶ？　なぜその芽をくらう芋虫を気味わるいとするのだ？　教師に食ってかかり、花瓶の花を描くことをこばんだ。ほほ笑ませるどころか、美貌の頬はつねに鋼か氷。しかもしばしば講義の時間をすっぽかし、水軍の者と競泳していたり剣術に熱中していたりで……。

剣術に打ち興じるすがたを覗きみ、心証を害するではすまなかった。絵をならっている時とは別人の、レンティア一の姫さまがそこにいた。小ルアーのような、かがやくばかりの――。そして額の汗をぬぐったアウロラが赤毛のちゃんばら仲間にむけたのが、風変わりな魂の持ち主がいちども美術教師にむけたことのない微笑だった。それは、なんという笑顔だったことか！　その得がたい美がわかるナイジェルには苦痛だった。すでにそれは、トートの矢に突かれた痛みだったが……。

美を教授する相手から、逆にこの世でもっとも貴い《美》をみせつけられたのだ。この時ナイジェルはミイラとりがミイラになる――詩人に「楽園の病」とうたわれるあの病にとりつかれていた。

いにしえのランドヴィアには、愛する姫の一顰一笑《いっぴんいっしょう》に名誉と命をも賭した騎士の伝説がある。ナイジェルも、「変わり者の、俺のアウロラに笑いかけてもらうためなら、自分の何をさしだしてもいい」と思い入れるまでになっていた。

2

ふいに叢雲《むらくも》がよぎって、青白いイリスの裸身を薄衣《うすぎぬ》のように隠した。

ナイジェルは扉口をふり向いた。

「お酌してくれるのか？」

――マナ、とあばかれ、内弟子の少女はばつが悪そうにしている。

「風呂にはいったんだな」

ふだん三つ編みにしてあたまに巻き付けている髪が、洗いたてらしく、梳《す》かれ、しっとり重たげにちいさな肩から胸にまでかかっている。トラキア生まれだが、先祖にキタイ人がいたのか、まっすぐなきれいな髪をしている。

「マナ？」

ナイジェルは目をすがめた。

なんだか様子がちがう。どちらかいうとさばさばした性格で、だからこそ同居させてもいられるのだが。今夜はずいぶん様子がちがう。火酒《かしゅ》に酔ったせいでそう感じるのだろうか？

「先生……」

マナはおもいきったように口をひらいた。

「あ、あたし、ナナ先生に今夜どうしても……」

「どうしても？　何ごとかってえ顔して……おまえなあ、夜這いしにきたとでもいうのか？」

すかさず軽口をたたく。色宿の敵娼《なじみ》から、あの娘をお嫁にするつもりでひきとったんだろと問われれば、よせやい、弟子に手をだすほど落ちぶれちゃいないと切り返すナイジェルだったが。今夜のマナのようすでは冗談ではすまなそうだ。

「……先生のこと、好きだよ。感謝もしてる。旅籠《はたご》をたたき出され、ゆくとこなくって。場末の色宿がせきの山だったあたしに、寝るとこせわしてくれて、絵もおしえてくれた……大好きだよ」

「って、男くどくせりふじゃねえぜ？　おまえ」いくぶん醒めたふうに云う。

「心配なの」

「心配？」

「イリスの鐘がふたあつ鳴った時分だよ。クロかなと思って表をみたら、見たこともない男がうちを伺ってたんだ。……警邏のかっこう、してた」

「なんでまた、お城のもんが、いれずみなんてして欲しがるのか……」

ナイジェルは気にとめるふうもなく杯をくちにしたが、酒はにがかった。

「……ゾルード」

「なんだって？」その名には反応してしまう。

「ゾルードさんって……ひと、あの人ただものじゃなかったんでしょ？　モローのおじいさんがゆってた、お姫さまだって、三年前海神にかどわかされたアウロラ姫にそっくりだ、ご本人にまちがいないって」

「じいさんさいきん、ちぃっとぼけちまってるしな」

「ごまかさないでよ！」

マナは気色ばんで、ナイジェルにおどりかかった。

ガタン！　いきおいで椅子ごとひっくり返された。

「おいおい……ったく、乱暴なあまっこだな」

下じきになって男はぼやいた。ながい黒髪が乱れてふりかかり、無数のからす蛇であるかのように床にうちひろがる。

「ゾルードさんって――」

不吉な女神の名をかりていれずみ師のもとを訪れた、ルアー、みたいな、イラナ、の正体をこんどこそ訊きだそうとした。

「おしえて！　あの人、先生にとってどうゆう？　それにタムさんを迎えにきたのだって……お城の、レンティアのニンフの紋章が馬具についてた。見まちがえっこないよ」

「なあ、詮索好きのあまっこはすかれないぜ」

「教えて！　あたしにはほんとうのこと」

マナの切れ長の目は、沿海州男の情ごわそうな黒い瞳をつかまえた。

ナイジェルは気弱な笑みをうかべた。

「……おまえに隠すつもりはねえさ。けどもし、やっかいなことに巻き込んだりしたら、俺なんかにゃ責任とれねえからさ」

「巻き込むってなんのこと？」

「かどわかしのことだ、ルアーナだけじゃねえ、イリヤッド村のバヤンもゆくえがしれねえって聞いてねえのか」

「聞いたよ、でもそれとこれとは……」

「なんだか色々とキナくさい、あやしいことになってきてる予感がするのさ」

ナイジェルは、イリスにかかる叢雲をあおぎみた。「俺のやな予感、むかしっから当たるんだ」

「だから、かどわかしと、ゾルードって人にどんなかかわりが？」

しかたねえなあとボヤキがまじる。

「白熊の星《ポーラースター》が、北の船乗りを守護するように――」

「なにゆってんだか、わかんない！」

ナイジェルの前髪をつかんでひっぱる。

「いてえ。わかったわかったって、云うから、痛てえのはかんべんな」

降参だと云って、マナに、ゾルードと名乗っていたのが三年前からゆくえしれずだった第一王女であること、遠国に武者修行の旅にでていたが故国の海にかかった「妖しの霧」を晴らすためもどってきたのだと教える。

マナはふーんと、おためごかしじゃないよねという目つきで、

「あんな……ルアーみたいで、このくにのお姫さまなんだ」

「ああ、サリアかヤーンのじじいかが、魂とその容れ物をとっちがえた気はしないでもないが、正真正銘お姫さまだ」

「きれいなのは綺麗……だった……けれど」

ドレスすがたを思いだしたが、嫉妬心はこの際むねにおしこめる。

「……あ！　先生がお城にいた頃の？」

「そうさ。パロ帰り新進気鋭の絵師ナイジェル様は、女王陛下じきじきに第一王女アウロラ姫さまの美術教師に任命されたのさ」

はんぶん自嘲、残りはんぶんは過去の栄光をおもいだして云った。

「それで、船をおりてまっ先にうちをたずねてきたのは、どうしてなの」

「……あー、アウロラ姫から質をとっていた」

「質って？　まさかいれずみのカタのこと」

「おまえもこまけえなあ。とにかく預かってた、剣を一振り」

「剣？」

「ああ、《両刃《もろは》の剣》というんだ。三年前アウロラは、その剣で女王様の御前試合にのぞみ、決勝で相手を傷つけちまった。そのことを気に病んで、利手《ききて》の左では金輪際、剣をとらないと俺に愛剣をあずけて出奔した」

「左利きなの？　そのお姫さま」

「両方つかえるようにしたと云ってたが、剣術はもっぱら左だった。三年前はな」

「右手でも剣がつかえるようにって？　その修行のため旅にでたってこと？　吟遊詩人のおもいつきみたいだけど。それに、それがどーして海神に——ドライドンの神隠しにあたってことになってたの？」

「いろいろあるのさ、やんごとないあたりでは。だいいち異国の王女がひょこひょこ他所《よそ》の国にあらわれてもみろ、それこそ国際問題にならねえか？」

「こくさいもんだい……」

マナはぽかんとする。そうゆうせりふ――この男にだけはにあわない。

「コムズカシイことゆって、ケムにまこうってこんたん？」

「魂胆なんてねーよ」

「それで、なんで今、お城と縁をきったいれずみの先生のとこを、警邏がうろうろするの？」

「さーな」

「かんがえるよ、あたしだって。先生のウデは一流だ、パロで修業した絵師なんて沿海州にそう何人もいない。なのに女王様からお払い箱になった……なんかあった……だいそれたことやらかしたにちがいないって、ずーっと……うたがってたよ」

「やれやれ、信用ねーなぁ」ナイジェルは肩をすくめる。

「ナナ先生、あのルアーみたいなお姫さまに手をだしたんだろ」

「マナ……」

いつもなら、ばか云うんじゃねえあまっこが、黒い瞳に笑いをにじませるところなのに。

「誓ってそいつぁない。ヤヌスに、ヤーン、それに七つの海のどんなガトゥーより偉大なドライドンにかけて、俺はアウロラ姫に手などだしていない」

大まじめに否定する沿海州のハンサムな顔を、少女はきらめく目で射った。

「……やっぱりだ」

「やっぱりって？」

鋭くつっこまれ年上の男がおたつく。

「ほんとうに——真剣に——すきなんだ、惚れてるんだ！　お姫さまに」

＊　＊　＊

「ニンフの恩寵」——中心にそびえる白亜の偉容、レンティアのまつりごとの中枢である女王の居城である。

重臣をあつめての会議につかわれる大広間。さきに大テーブルについて待っていたアウロラは、先ぶれがあってすぐに広間に入ってきた者の顔をみるやいなや、瞳をかがやかせた。

「爺っ！」

「姫さま、アウロラ姫さま、お久しゅうございます」

鋼のような長身、潮風と陽光にさらされた赤銅色《しゃくどういろ》の肌、するどい灰色の瞳の六十代の男。船乗りらしい飾りけのないシャツと革の胴着を身につけている。タン・ハウゼンは、レント水軍の将軍であり、女王より旗艦「レンティアナ」の提督に任命されていた。第一王女に向ける大提督のまなざしにも特別なものがあった。

ハウゼンのあとから、中肉中背の、ライゴール風といえばいいか金糸で刺繡をほどこしたゆるやかなトーガをまとったみるからに文官ふうの男もはいってきた。イルム・バウム内務大臣、女王の二番目の夫であり――

「父上、ご無沙汰しておりました。かくもながき不孝を、なにとぞおゆるしください」

アウロラは、女王付きの小姓だった男に深々と頭をさげる。

「そのように詫びずとも……いや、元気そうでなによりだ。旅行中なにごともなかったことをドライドンに感謝しよう」

三年間の出奔を叱るどころか、バウム内務大臣は一歩ひいた態度をみせる。子供の頃からおなじだった。父バウムの、容姿も性格も何ひとつも相似のない娘に対する接し方は。

次兄のイロンは同席しなかった。数名の小姓と近衛の騎士とがひかえる中での会見となった。

タン・ハウゼンはレント水軍をひきいて南方航路に海賊の掃討にむかっていたところを悲報にふれ帰投したのだ。

「テラニア群島《ルーナの首飾り》を航行中、見張り役が狼煙《のろし》にきづきました」

首飾りとは環礁のことである。外洋をゆく船を呼びもどすのは至難のわざだ。船上で炊くケムリソウの狼煙は、他国の船に「レンティアの異変」をけどられる怖れも大。だがあえて危険をおかしてまで報せたのは、タン・ハウゼンが国家の一大事に欠くべからざる人材だからだ。水軍は海運国の《武》の要《かなめ》であり、その長は外交の舞台でも重要なポジションにあった。沿海州会議では摂政とともに女王を補佐、ご意見番をつとめた。

「しかし、まさか、これほど急にお隠れになるとは……。わしにはまだ信じられぬ」

海の男が沈痛な面持ちでつぶやく。

「そうだ、急すぎた。三日前まで会食もされていたぐらいだが。亡くなる前夜には、だるい背中がいたいので、はやくにやすむとおっしゃられ、それきり……」

そう語るバウム大臣こそ憔悴《しょうすい》の色は濃い。イロナ女王からは、一方的にティアの情け《みくだりはん》をつきつけられはしたが、夫婦のえにしは切れても国政という絆でつながってきた。実務は有能でも小心翼々の男である。女王というカリスマをうしなって、王城の機能がマヒし、国土に見舞うさまざまな災禍《トラブル》に対処できなくなる……破綻の青写真を頭にえがいてしまうと、（可及的すみやかに新たな指揮系統を確立せねば）強迫観念にしめられ、かつて情をかわした女の死をなげく余裕すらなくしていた。

「とにかく情報漏えいを食いとめるため、近習やおそば近くの貴族には、厳しく箝口令《かんこうれい》をしき申した」

「しかし古来より人の口に戸は立てられぬ《イグレックはうわさが好物》と申すもの」海の武人は半眼で云ったあと、アウロラに視線をむける。

「この上は一刻《ザン》もはやい、新王の即位がのぞまれましょうな」

「王太子殿下なら、すでに離宮《パレス》から到着しております」

「はて、イーゴ・ネアン様は？　ここには姿がみえぬが」

ハウゼンは大仰な仕草で広間をみまわす。

「ネアン兄上なら、移動中の弁当が重かったと、午睡をとっておられます」

「ひるねとは、また――」

ハウゼンは太い眉をけわしく寄せる。バウム内務大臣もにがにがしい表情をうかべる。

アウロラとても、かかる事態にあって緊張感を欠く長兄王子には憤りをおぼえずにいられない。新王としての自覚が足らなさすぎる。しかも以前よりイーゴ、ハウゼンは武張ったくてこまると、水軍の総大将をけむたがり避けているのだ。

「即位式の段取りは、イロンの采配ですすんでおるが」

「うむ。大事にそなえ準備はおこたらぬが善哉《ぜんざい》、だが――」

問題は新王その人にあるとハウゼンは率直だ。「離宮に住まわれるパロかぶれに国事はゆだねられぬ」「青い血を加護するはヤヌス、あれは中原のひよわな人種がおがむ偶像。沿海州の宿命《さだめ》は海――ドライドンの御心にかなう者こそ次代の王にふさわしい」が、かねてより持論である。

アウロラは少女のころ、ハウゼンに云われたことがある。

「レンティアー――レントの海と共にあるこの国は、女王様をいただいた時繁栄するのです」

　レンティアナ号の進水式であった。レンティア一強力でそして優美な新造艦の名は、前女王の名であると同時に、イロナ女王が三人目にしてはじめて得た女子王位継承者の名前からとられていた。アウロラ・イラナ・レンティアナ。母王と乗船した際、提督みずから船内を案内しながら云ったのだ。

「海の女王へカテのごとき――気高く美しき女性《にょしょう》のためなら、海の男も城の騎士も、国中の男という男はここぞと奮起するものですからな。姫さま」

　ハウゼンは海風のふきぬける甲板で颯爽《さっそう》と白い歯をみせた。

「――して、ご遺言はあるのだろうな卿」

　訊かれたバウム大臣は、顔色をかえ声をうわずらせる。

「提督、ゆ、遺言とは……なんのことを云っておられるかっ」

「むろん、陛下のご遺言だ。玉体にもしものことがあった場合の、レンティアのゆくべき針路をしめす灯明となろう。周到な陛下のことだ、お書きになっておるはず」

「それは……ハウゼン卿」

　空ゆく鳥さえ射おとしそうな眼差しに、バウムはあきらかに怯えている。

「――なかったと？　探してなかったと云うのか、お主」

ハウゼンは剣呑《けんのん》をかくしもしない。もともと小姓のほどをわきまえず女王と一線をこした過去のことを心よくおもっていない。タン・ハウゼンは水軍に志願した青年期よりヨオ・イロナを女神《ニンフ》のごとく崇拝していた。臣下として愛してもいた。

「いや、ていと……遺言のありなしは、あらためて侍従長に確認させるが、イーゴ王太子殿下を新王にとの、これは動かしがたきおとりきめであり……」

「ご決定はヨオ・イロナ陛下ではなく先代ドロテア様によるもの。パロのたばかり王《もの》にそそのかされ、うかうかと書状に印をついてしまわれた——という反古《ほご》がのこっているだけのこと」

「ほ、反古だなどと……図書の間におさめられし記録を……ひいては大太母陛下のしたためられし文を……うかうかとは、提督！　不敬にもほどがあろう」

「イルム、だがその書きつけとても、黒竜戦役のどさくさに紛れあちらがたに残っておるかどうか？　だいいち謀《たばか》り得意のパロ王の首はモンゴールによって刈り取られ、いかな魔道国でもふたたび生やすことはできなかった。もはやわが国に口だしはしてこぬ」

海の男は平然と云う。

目をみひらいた文官に、すごみのある声音がたたみかける。

「謀りの血をひいたほうけ頭にレントの宝冠をかぶせては、王廟の《太王霊》様たちの安息をやぶり、お怒りが国にわざわいをもたらすやもしれぬ。竜王よ、ゆるし給え」

タン・ハウゼンは胸でドライドンの印をきった。

暴言にはちがいないが、女王が健在だった頃から、大のパロ嫌いのご意見番は歯にきぬ着せず、あのヨオ・イロナを苦笑させることもしばしばだった。アウロラもなれっこで、（あいかわらず爺は思ったことを云う）胸のうちを潮風がふきぬけるような気分さえした。変わり者の姫は、昔からバウム内務大臣よりむしろ海の匂いのする勇者になついていた。

「ハウゼンの言い分はよくわかる。私もイーゴ兄上はぬるいとおもう。新王となられる方には、しっかと現実をみすえ——国の浮沈をかんがえた言動をとってもらうよう、いまの爺のようにハッキリ助言するべきだ」アウロラは云った。

侍従長セシリア、官房長官、それにバウム内務大臣も、王太子に意見しなさすぎだとおもう。パレスの側近の甘やかしが今のようなイーゴ・ネアンをつくってしまった。金科玉条のごとく「パロ第三十七代聖王アルドロス三世とのとりきめ」をもちだす側近たち、それが事実でありイロナ女王に異存がなかったとしても、あくまで過去のこと。どれほど偉大で高貴な血筋の者の手蹟《しゅせき》であろうと手紙は手紙。生きた人間を教え導くのは、おなじ人でなくてはならぬ——沿海州人の考え方であった。

「姫、アウロラ姫」

ハウゼンの目が深い。なにかを云いたげに、実の子以上に慈しんでいた女王の忘れ形見を、ひたと見つめている。

アウロラもこれと目を見交わす。

イルム・バウムは周章《あわ》てたそぶりをみせ、たっぷりめのトーガを巻きなおした。

「――では、私はこれにて。ご遺言のあるなしを確認せねばならぬゆえ」

「いますぐですか？　お母さまとのご対面にご一緒なさらないのですか？」

「それもイロンに任せておる。イーゴ殿下がお目覚めになられたら――三人で伺うとい い」

「それに父上、さきに小姓のセラに伝えさせたはずです。ルアーナで起きている妖霧によるかどわかし事件、それについて内務大臣として説明がほしいと」

「ああ、それか……。その件ならティエラ姫が真相を究明なさった。ドライドンのしもべである、土俗の神フルゴルのしわざであったと。久しく拝礼されなかった海辺の社に新しいいけにえを捧げて神霊をしずめ、以後、海や浜でゆくえしれずになる者はいなくなった。警邏からも報告をうけておる」

云うなり席をたちあがる、そそくさと。

「父上……」

威厳をみせるため着用しているトーガの背に、取りつくしまもなかった。

「いま大臣が云ったとおりです、姫」

憮然としたつぶやきをふり返る。

「爺……」

「フルゴルの件については、水軍でも探査をはじめた折りでしたが、ティエラ殿が占いで解決したと、探査の打ちきりをイロン殿下から申し渡されたのです。しかもその直後、テラニアの南、ゴア諸島に出没する海賊の掃討命令が下ったのです」

「イロン兄上が、か？　その命令書をしたためたのは誰だ？」

「女王陛下の印が押されておりました。筆蹟もよく似せてありましたが、鼻につくのはあやしげな——面妖な匂いで、わしはくさめがおさえられなかった」

アウロラは眉をよせた。

「面妖な匂いとは、具体的にどんな？」

「王廟の島のものにも似ておるが、ごくたまさか王城のうちでも嗅ぎとれる。海ガメの甲羅をたたき割り生き血をしぼる、かの占い師がただよわせておりますもの」

「ティエラか」

アウロラは、イロンの館で対面した白子のことを——その身にしみついたミルラ香をまざまざと思いだしていた。

ハウゼンはこえをひそめ、フルゴルの件については水軍で再探査をするとアウロラに告げた。

「ぜひ頼む。私には……レンティアにとって見過ごせぬ件におもわれてならぬ」

「そうも姫さまを気がかりにさせるとは、この爺にも重大な異変の兆しに疑えてまいりました」

アウロラはバウム内務大臣が出ていった扉をみていたが、ハウゼンに目をむけなおすと訊いた。

「——ところでハウゼン、私は誰の子だ？」

いきなりの、この問いに赤銅色の海の男は表情ひとつ変えなかった。太い眉も一タルスもうごかさぬ。だがその瞳には深い、敬愛とも慈愛ともとれる光がたたえられた。

「第二十七代レンティア王、国を象徴する名花であり沿海州の白鳥とうたわれた女王陛下の、かけがえのない娘御でいらっしゃいます。ドライドンにかけて、まちがいございません」

稚いころから、なんど訊いてもおなじ答えだった。今ならちがう答えが得られるかと思ったが……。タン・ハウゼンだけではない、臣下は口をそろえて云うのだ。第一王女殿下の美貌と美髪も母王様ゆずり、生きうつしでございますと。まるでイロナ女王ひとりで産んだとでも云うように……。

自失した表情のアウロラに、ハウゼンはことさら深い想いを込めるかのように云った。

「アウロラ様——姫さま、ケイロニアに滞在しておられたと聞き申した。それでこの爺、思いだしました。姫がお生まれになった時、わしは荒れた海を航海しておったが、その朝、前夜の雨と風はうそのように去り、かがやくルアーの下、海上にかかった大きな虹をみたのだ。うつくしく、長大な、沿海州から——北方ノルンの海までも橋わたしするような、それはすばらしい虹でござった」

3

いっぽう図書の間のふたり——タムと小姓のユトである。

「それで、もうどのくらい読んでしまわれたんですか」

《しきたりの書》をまえに訊かれて、

「ふぉうでぇすねー、ふぁんぶんあー」

タムはたべかけの、い、い、い、魚の揚げたのをはさんだパンをのみこむ。

「……んく。りぇンティアの歴史と、王族の儀式について書かれた巻は読みおえました。はあもう、たいへんに興味深い内容に——興奮を禁じえません」

「ほんと——すごい！　タムさんって。こんな速さで読んで内容もちゃんとつかめてるんだ」

「ええ、そりゃもちろん。あ、よごしたらたいへんたいへん」とこれもユトがもってきた濡れ布巾で、ていねいにゆびについた油をぬぐいおとす。

「美味しかったでしょう」

「――はい。それにとっても食べやすい。これは沿海州独自のお料理ですね」

「そうですそうです。これって、沿海州の船乗りが、食べながらドライドン賭博ができたらいいなってことで考案され、たちまち人気のでた料理なんだそうで――と、しゃべりすぎかな？　また」

舌をだしたユトにタムはほほ笑んだ。

「いえ、こちらこそすいません。うるさいこと云って。本来ならこの地方の生の声を聴くのが遊学の目的のひとつなので、ユトくんのお話を伺いたいのも山々なんですけどね」

「タムさんって、まじめ――」沿海州の少年は今まで知り合ったことのないタイプのパロ青年に、すこしずつ心魅かれてきたようだ。

「それにほんとうに、本がすきなんですね」

王族のそばづとめである貴族の子、ゆくゆくは騎士か文官か針路をさだめるべきところである。年上の遊学生をみて、ぐっと「文」に傾いたのは言うまでもない。

タムが読みも読んだ《しきたりの書》の巻数もすごいが、アウロラの疑問への答え——つまりは、レントの小島で行われる新王即位式においての謎に答える——を箇条書きにしたなめし紙もたいした量になっていた。ユトはそれに番号をふり大きな紙ばさみで綴じていく。手際のよい助手ぶりを発揮している。

ティエラと女騎士ユン・トーヤが図書の間にあらわれたのは、ユトが厨房に行っていた時だ。飲み物と食事をたずさえて「お夕食、おそくなりました」もどってきた小姓にタムはあやしい一連の出来事を語っていなかった。

そのことより——

何十冊もの本、おびただしいルーン、その行間から、沿海州レンティア——パロとはまったく異なる歴史と文化としきたりをもつ国——の《大系》を読みとることに頭をしめられていた。

かれにとって、本とは、その知識とは、精神——その人間の本質という点では首から下の肉体より大事な——をみたす糧にほかならなかった。「ガティのパンなくしても書物さえあればひもじさを感じない」とは、書物を糧とするカシスの徒の本質をあらわす諺であった。

そのタムにして、《しきたりの書》およそ百冊の後半をしめている「レンティア王室の禁忌について」の項目は、ルーンも難解であるし、内容もひねくった、そのうえ——

読みすすむうち、首の後ろの毛がちりちり逆立ってくる……。臆病そうでもそこはパロ生まれ、怪異についての記述、霊的存在そのものにさえある程度免疫のある彼にして、あやしく小ぐらいその内容につい、「ディア・ジェイナス、タル、ナルドール……」

ヤヌスの魔除を禁じえなかった。

（こんなことがあるのか？　この国にも――青くて広い海と燦々たるルアーの恵み、そとみには健常そのものに見える沿海州人の国であっても。国のなりたちには、論理のみでは説明づけられない、あやしいとさえ云える《神》と《渾沌》との相克が語りつたえられこうして明文化されている……。これには、パロ聖王家の、歴代の王が王位継承で受けねばならない、ヤヌスと、魔道とも深くむすびついた儀式《青い血の試練》とも類似がみられる。

このレンティアで、パロにおけるヤヌスの位置にあって、王家の権威をもささえる神格者はドライドンだ。海神ドライドン――沿海州人の最大にして最強の守護神。古来より船乗りや漁民を、不条理かつ不測の事態――自然災害や水難や海賊による略奪暴行――から守り、船をぶじに導く標《しるべ》として、広く深く崇敬をあつめている。そのことは遊学の初期にぼくも認識しているが……）

尋常でない量の文章をおしわけ読みすすむうち奇異に思えたのが、百科全書なみの《しきたりの書》、その後半の巻で目立って増えてくる《禁忌》についての言及だ。ことに不可解……もっと云えばタムの背筋をつめたくさせたのが、最終巻「王族における禁忌」であった。一冊が「××すべからず」で埋まっている。レンティア史にのこる禁忌やぶりについて、それをおかした人物のおぞましい末期にいたるまでがこと細かくしるされていた。

　おぞましい運命は戴冠式にのぞむ新王ですら免れえないのだった。

　レンティア王家には王権を象徴する「三つの宝物」が伝わっている。ドライドンの王《おう》笏《しゃく》、ニンフの指輪、そして王位に就く者がみずからの手で戴くべしとされるレントの宝冠である。この宝冠にこそ奇怪な伝説があった。

《かつてドライドンは、おそるべき怪物と戦いこれを殺した。レント海と、コーセアと、北方ノルンの海とがまじりあう世界の涯に棲む、ガトゥー三頭ぶんもある巨大な海獣ルヴィアタン。レンティア岬に襲来し、海辺の民をむさぼり食らったので、神は長大なやすをふるった。熾烈な戦いの末、怪物をしとめた神は、竜王の剣でその心臓を切りだし、妖血に凝《こご》ったそれを、生贄《いけにえ》として捧げられようとしていた海の民の長《おさ》の娘に贈った》

《娘の掌で、それは、青く、あるいは真紅にかがやく宝石に変容をとげた――》

《娘よ、民のためその身を捧げたあっぱれな娘よ。ルヴィアタンの心臓をはめ込みし冠をいただき、レント《レンティア》の女王を、名乗るがよい》

《レントの海に生き、レントの海と共に栄えあれ、美しき女王よ――。末永く国をおさ

め、そして——宝冠を、レントに君臨せし者の宿命として、後継者につたえよ》

《宿命の宝冠は、王にふさわしき者をそれみずからの意志で選びとる。審査する。青き、また紅き光こそ心あるあかし。正統な王位継承者の手にあってはかがやき冴え、瑕瑾《かきん》ありて王の資格のたらぬ者、あるいは簒奪者《さんだつしゃ》の手にわたりし時には禍《まが》つ光はなつ。おそろしい呪いと運命をもたらす。女王よ、子らにつたえよ、心せよと》

タムはごくりと喉をならした。

（ルヴィアタンの心臓、王位継承者を審査する、呪われた宝石？　《宿命の宝冠》とは実在のものなのか……）

書物の、はかり知れない奥深くまでタムがのめりこんでいた、その一方で——

すこし離れて、書架より扉寄りのところにいたユトは、扉のむこうにものものしい気配を察知した。いつもなら懐に護身の短剣をしのばせているが、図書の間ではしきたりによって外さねばならず、いまは丸腰。だが殺気はたしか。だいいちガチャリガチャリという、鎧甲冑をつけた足音が……。

足音は扉のまえで一斉にやんだ。

（どうする——タムさんになんて云う？　アウロラ姫のご友人をぼくひとりでどう守る？）

次の瞬間、奥の院の扉がおおきく開けはなたれた。

入ってきたのは、竜王のウロコをうちだした青銀の胸当てを着けた騎士たちだ。王城を守護する近衛騎士団で全員が帯剣している。

（ユン・トーヤ……）ユトはうめいた。

隊の先頭に立つひときわ大柄な赤毛の騎士の、無表情ゆえの厳《いか》めしい威圧感。

「ぶれいな、いったい、誰のゆるしがあって！」

気丈に言い返すが、声は震えてしまった。図書の間は、王族の直轄じゃないか？　管理していたマザラン博士と司書全員が、亡くなっている今では……

ユン・トーヤはひくい、つぶしたような声音で云った。

「ニンフの恩寵、防衛の総司令であられるイロン殿下のご命令だ。そこなパロ人を拘束し、王城の地下牢へ連行せよとの。ここに逮捕の命令書もある」

「そ、そんな……。あの方、タムさんはパロからきた人だけど、アウロラ殿下のご友人で、すごく信頼できる学問の人――なんだ。それを、イロン様といえど、どうこうしょうなんて理不尽だ」

「ゆ、ユトくん、これは？」

さすがの本の虫も突発事態に青ざめ、厚く重い本を手にしたまま固まっている。

「ならばこの場で、パロ人の逮捕理由を申しきかせよう」

女騎士はふところから書筒をとりだし、なかのものを抜きとった。

　ユトはその書状に宝冠を捧げもったニンフ――レンティア王室の紋章印をみてとった。

「パロ人タム・エンゾは、聖王家より放たれた間者《かんじゃ》である。遊学の旅にある学生と偽り、アウロラ殿下に近づき、言葉たくみに取りいって、ついにはニンフの恩寵への潜入に成功した」

「偽学生だなんて、ばかな……」

　小姓の背にかばわれる格好で遊学生はうめくように云った。

「ぼくが間者なんかのはず……これは誤解か、なにかの……陰謀」

「ほお、陰謀とな。陰謀とはそなたを遣わしたパロの要人のもっぱらとするところではないのか？　ふふ」いかつい風貌にうすい笑みがうかぶ。

　ユトはくやしげにくちびるを噛《か》んでいたが、キッとした目になって、完全武装の騎士に云いかえした。

「だれか……イロン様に讒言《ざんげん》をしたヤツがいるんだ！　きっとアウロラ様のご友人をわるく思い、おとしいれようと考えたんだ。そんな讒言にうかうかとのせられるイロン様もイロン様だ。そうは思わないか？」

　ユン・トーヤは、頬を紅潮させた小姓をおもしろそうに見下ろしている。

「だいいち外国の方を逮捕――というからには、証拠……なにか証拠がなけりゃ。もし冤罪なんかでパロの学生さんを逮捕投獄したりしたら、それこそ、おおごと……国家どうしの大問題になってしまう怖れだってあるぞ！」

「あいかわらず口が達者なことだ、イグレック、ユト。証拠か？　証拠ならあるぞ。せんにルアーナの盛り場で、ちんぴらが分不相応な豪遊をしていると、自警団が怪しみ通告してきた。警邏がひっとらえ取り調べたところ、大金を所持しており、外国人らしい若者から強奪したことを自白した。その者から奪った手形もあった。パロ発行の手形には、タム・エンゾという名と身分の記載もあった」

「それって正式な手形なんでしょ？　なんでそれが、間者の証拠になんか……」

「裏町の不良どもが自供している。その若者を襲った時、二十ランのはいった懐中よりむしろ肌身につけた銀のメダルを奪われまいと必死であった。そやつらには読めなかったが中に書きつけがはいっていたと。書きつけのほうはメダルごと紛失してしまったが、思いかえしてみるとたいへんよい匂いがしていた。あれがパロ人だというのが本当なら、うわさにきくクリスタル・パレスの貴婦人が書いたものかもしれぬと」

「それって」ユトはふりかえって「恋人からもらった手紙かなんかでしょ？」

しかし――この時タムは顔面蒼白だった。

「……タムさん？」

「ふふ、不良の憶測だが、当たらずとも遠からずといったところ――とは、ことの真偽を占った御方の言葉だがな。警邏からの報告は逐一イロン殿下の耳にとどいた。摂政殿下はこれを重くみられ、早速ティエラ様に意見をうかがったのだ。塔の高みにて占いの儀式を執りおこなわれ、真実を見抜かれた。そのメダルに仕込まれた書きつけこそ、魔道王国パロの――黒竜戦役では軍師をつとめ、陰謀家として中原に名をはせる聖王家宰相、アルド・ナリスがしたためし密書であると！」

「えっ、ええ――！」

うめいたのはユト、タムのほうはひと言もなく血の気をなくした顔でその場に立ちすくんでいた。

＊　＊　＊

絹張のディヴァンでとる午後の浅いねむり。そのあまさ心地よさには逃れがたいものがある。だが「即位式を前にした王位継承者」にのぞましい姿勢かといえばそれは……。

まどろみの中でかれは端整な鼻梁にしわを刻んでいた。

（いったい、なんの匂いだろう？）

愛用するパロ製の香水、湯浴みの際につかうサルビオの芳香とは似てもにつかぬ、異臭といってよい面妖なにおいである。鼻腔から胸のおくまで圧迫感すら感じるほどだ。

ついにはあまい夢の園からひきずりだされた。

「にいさま――イーゴ・ネアンお兄さま」

イーゴはいやいや瞼《まぶた》をあげた。

女王の城の、中奥ともいえる調度からなにから贅《ぜい》をこらしたへやのひとつ——のはずだった、眠りにつく前は。しかし窓覆いを下ろしたか、うす暗いなかの様子はちがっていた。見知らぬ、はじめて目にするへやだ。おかしい、そんなはずが……

「……ティエラ、そなたか。ラーニアはどこ？　どこへ行ったか知っておるか？」

世話係のパロ人老女のことだ。王太子イーゴにかしずき四六時中世話をやく——生まれて直ぐからだ。たとえ血のつながった妹でも、世話係以外の者とではこころぼそい。不安になってくる。

「お世話係の行き先でしたら、存じ上げております」

ほそく通っているが芯に硬質なものをひそめる声。

「ラーニア、どこぞかへ行っておるのか？」

「——ええ、いくぶんか遠い場所のようですけれど」

「だれぞかに命じられたのだろうか？」

「さて、それはどうでしょう？　お兄さま、ラーニアのことはすこし置かれて——ティエラ、お兄さまにお知らせしたい——どうしてもお目にかけたいものがあるのでございます」

真紅にかがやく瞳にのぞきこまれる。ずいっと、入りこまれるような感覚をおぼえる。

「な、なにをだ？」

イーゴはうわずったこえで、十も若く、虚弱な体質にうまれついた妹にこたえる。

赤すぎるくちびるがイリスの鎌《みかづき》のかたちに吊りあがった。おそろしく華奢で、ながい乳白の髪も、イリスの化身と呼ぶにふさわしいかもしれない。が、吟遊詩人のあまったるい賛美には似付かわしくない――サリアの恩寵をそそがれるには、それは奇異な所謂《いわゆる》畸形の美だ。稚い頃よりこと美学に関しては、聖王子たる亡父から「王道教育」をさずけられ、アウロラとは対極の感性をつちから第一王子である。いまの白子の微笑には背筋に粟を生じさせられた。

「どうなさいました？　お兄さま――イーゴ・ネアン王太子殿下」

ティエラはことさら高くわらった。

午睡するまに、べつの部屋に運びこまれたとしかおもえない。けっしてイーゴは重量級ではないが、大の男をディヴァンごとどうやって移動させたのか？　それよりも目覚めたと思ってその実、夢の世界に居つづけているのだろうか？

イーゴは、あやしい瞳と笑いごえに、幻惑が深まる気分だった。

ティエラは土製のつぼに、なにやらを一つかみ放りこむ。パッと火の粉が舞い、白煙があがって面妖なにおいがますます濃くなった。

「ティエラ、いったい何を？　私にみせたいものとは……」

心細さにくわえあやしい心もち、イーゴはよるべない子どもの目をする。

「これでございます」

ティエラは凝った意匠の花台にあゆみより、上に載った黒い箱に手をさしいれた。しろい手がつかみだしたものに、イーゴは眉をよせた。持ち上げられ、短い足を宙でばたつかせているのは海ガメの子だ。イーゴは暗い顔をした。というのも、妹姫がこれからするだろう行いを予想できたからだ。

「占い、をか？　これから」

「はい、お兄さま」

この笑みは、まるっきりトルクを前に舌なめずりするミャオだった。

いつのまにやら白子は短剣を手にしていた。ギラリと刃が輝く。イーゴは生つばをのんだ。幼時より争いごとを知らぬ、ラーニアはじめ世話係によって注意ぶかく、乱暴なことや苦痛から遠ざけられて育った。彼の何よりも嫌うものと云ったら……

ティエラは寄木細工の美しい台におさえつけた海ガメににやにわに短剣を降りおろした。

ざくり！　噴きだしたものが、血の大嫌いな王太子のほうへ飛んできた。

「……うっ！」

イーゴは口をおおった。

「ティ、ティエ……」

吐き気を堪えるのに必死の兄王子に、

「お兄さま？」

紅玉《ルビー》の瞳はふしぎそう――無邪気そうですらあった。

白い嵜姫も顔にカメの血しぶきを浴び、くちびるをよごす血を舌で舐めそそぐ。恍惚《うっとり》と――。

イーゴには正視しがたい儀式だった。白子はカメの甲羅を叩き割り、没薬を焚いた煙にかざし呪をとなえている。甲羅についた煤《すす》で吉兆を占うのである。首を落としたカメの血はべつの壺にため、肉とともに強精薬の材料につかう。ドライドンのめぐみを無駄にしない、と説明されても彼には黒魔道のてつづきにしか見えなかった。

「カーン・ライドーン・レイ・ライドーン・ドリス・ア・ドル・ゼ・ノア……」

ティエラが唱えるのはきわめて旧いルーンで、古代カナンのながれをくむパロス語を修めたイーゴにも正確な意味はとれなかった。かろうじて解るのは召霊の呪文らしいこと、霊能力をもつという異父妹は超自然のものを呼びだし、その《目と耳》を介して吉兆を占っているのではないか？

この時代ほとんど使われない古びた成句、くり返しがおおく、奇妙な韻を踏んでいる。呪文には魔薬に似た作用が――聴く者の深奥を侵しむしばむ作用があった。

「ナルジェナス・ニャル・ヤール・ドルイエ・ディア・ドール……！」

あやしい呪文そして没薬のにおいとで、イーゴ・ネアンはなかば酔ったようになる。

「――お兄さま」

呼ばれた時、じかに心臓をつかまれた気がした。

強精剤のてがらか、呪とは唱える者の霊血の温度をさえ高めるものなのか？　ティエラのふだん骨のような肌は内からの熱に照りはえていた。それも健常と云いがたい火照《ほてり》だった。

「結果がでました」

「おお、ティエラ……。だが、私は気分がすぐれぬ」

「まことお顔色がよくありませぬ。なれど、たいへん大事な卦《け》がでておりますので、これだけは聴きとげてくださいまし。レンティア国、ニンフの恩寵、ひいてはイーゴお兄さまご自身にとってこそ、今わたくしの視たてた卦はとても大事な――見過ごせぬ卦でございますゆえ」

「……そ、そうなのか」

イーゴは額に脂汗をにじませる。

「とても大事。ゆゆしく――おそろしい運命のゆくえをしめす。この《狂戦士》と、その瞋恚《しんに》の焔《ほむら》という卦は」

「き、狂戦士――おそろしい怒りとな？」

「──はい」

「わが身にかかわることなのか？」

「さようでございます。かの凶刃は、レンティア新王となる貴き身にもおよびましょう」

真紅の瞳にひたとみつめられ──とらえられ、イーゴは震えだしていた。

「お、おそろしいこと……など、いやじゃ……いや……」

まるで迷信や怪談におびやかされる子どものように。ラーニア！　心のこえで名を呼んだ。どんなにこわい目……父の溺死をきかされた時も、重臣の荒々しくきびしい視線にさらされようとも、老女の裳裾《スカート》の陰にまわれば、守ってもらえた。痛みとも、どんな試練とも無縁でいられた、ものごころついてから今までずっと……。

「……お兄さま？」

鼻白んだように。だが、すぐに殊勝らしく痛ましげな表情をつくろう。その仮面では、小動物を虐《いじ》めるときのけしからぬ瞳の光までかくせはしないが。

「そのラーニアですけれども、すでにおそろしい運命に遭ってしまいましたわ」

「な、なんと申すか……ら、ラーニアが？」

「ラーニアは何者かに殺害されました。王城の窓から投げ落とされたのです」

「う、うそじゃ……」

イーゴは、このもっとも恐ろしい宣告、死刑の宣告をうけたにひとしい恐怖に眦《まなじり》を裂いた。パニックのあまり心を読まれたことを怪しむこともできない。

「お疑いでしたら、これで確かめたらよろしゅうございます」

てわたされたのは遠眼鏡。イーゴはぶるぶる震える手でうけとり、ティエラにうながされるまま窓へ寄った。ここで自分は塔の一室にいるとわかったが、かれの心はそれより何より、覆いをはぐって窓から目にしたものに――うち砕かれた。

遠眼鏡をあてるまでもなかった。中庭の石畳に、見慣れたデビ風の着衣をみだし、銀髪の老女が倒れふしていた。血と、脳漿をまきちらして。

＊　＊　＊

「ネアン兄上は、いったい何を考えておられるのだ！」

アウロラは思わず声を荒らげていた。

黒絹とレースの礼装――きゅうくつな、動きをさまたげる「女子用鎧」――を身につけおえた途端、控えの間にはいってきた侍従長セシリアがもたらしたとんでもない報に。

「姫さまがそうおっしゃられるのもご尤《もっと》も、ですが、ラーニア女官の転落死にあって、王太子殿下のご心痛とご動揺はなはだしく。お嘆きぶりも尋常ではないごようすで……

……」

「王城内で事故が起きてしまったことは遺憾であるし、当の女官殿にはいたましいことだった。ご冥福をお祈りする。が、それとこれとは問題が全くちがう。今は新王の気分でなくなった、即位式の王廟にはおもむかぬと宣《のたま》われ、それどころかお母さまとのご対面も果たさぬさきにニンフの恩寵を離れると……すでにパレスに向け出立した後とは。あまりにも、あまりにも王太子の自覚と責任を失しておるではないかっ！」

アルト声は激昂にうち震えていた。

「姫さまのお怒りはごもっともと存じます。イロン殿下が騎兵に命じ馬車を追わせております。王太子殿下を説得しお引きもどしするようにと……」

「兄上、兄上は何をおかんがえなのだ？」

くりかえし云ってはげしく頭をふった。結いかけだった金髪が頬に顎にみだれかかり、怒りくるっても、いな激烈な感情の嵐こそが、この王女を鮮やかにも艶めかしくも見せていた。アウロラの美の本質はまさしくそこにあった。

優美やたおやかとは逆《さか》しまの、峻烈、本質に燃やすは氷を溶かす焔！　それは沿海州女性にはないものだ。王城の誰しもが――少女の頃からそば近くにつかえる侍従の長セシリアも――アウロラの性格の烈しさは、母王ヨオ・イロナの性格を受け継いだと思っていたが、血縁の愚行にことさら手厳しいのは北方人の性向をおもわせる。そうだった、ヨオ・イロナが並外れた体軀のもちぬしのため疑われていないが、アウロラは長身であることといい、両親とも沿海州人とは信じがたく骨太なのだ。

「まさか、これでお母さまとのご対面はとりやめ、ということはないだろうな？」

にわかに心配になる。しきたりの意地の悪さはよく知っている。なにかひとつ事件が起きると前回の決定があっさり覆される……。ヨオ・イロナが離れ小島にある王廟に葬られてしまう前に、どうしても母と娘として対面を果たしたかった。アウロラの心情《うらなさけ》である。

「はい。そちらに関しては、イーゴ様に替わって、タン・ハウゼン提督が名乗りをあげられましたので。イロン摂政殿下も、亡き陛下のご意見番であり歴戦の功労者、陛下のおぼえめでたき大将軍であると――特例として付添いを承認されましてございます」

「そうか。爺……ハウゼンがいっしょならば――」

これでアウロラの荒波はいくぶんかおさまった。

4

くらかった。

ひたすら暗くほとんど周りがみえない。どうやら壁も床も土を掘り抜いたままのようだ。さわったら地下水がしみでていた。もっとぞっとしないのは、さっきのチュウという鳴き声だ。長いしっぽで手の甲をするりと撫でていった。生きたトルクにちがいない。大の鼠ぎらいなのに……。

ついひと月まえまで、快適な、文化的な生活しか知らなかった。乾いたシーツのしかれた寝台以外でねた経験などなかった。遊学の旅にでた──アルド・ナリスが黒竜戦役の折りじっさいに会って話をしたという魅力的な沿海州人、かれらの話をきかされ、それがきっかけと云えばまさにその通りで──王立学問所の給付金つき遊学生制度に手をあげた。それがどうして、こんな目にばかりあうのだろう？

（ヤーンよ、タム・エンゾの星って、そんなにもツキに見放されたところにあったんですか？）

図書の間から武骨な騎士にひったてられ、王城の地下、果てしなく思われたぐらい階段を降りくだった最下層の牢獄にほうり込まれた。

（こんなはずじゃ、どこでどう狂ってしまったんだ？）

運命のどん底にあって、これまでの経緯がめくるめくよみがえる。

──遊学試験の当日、白く美しい手で肩をたたいて励ましてくれたあの方。母親の猛反対にあった際には「これを君の母上に、読んでもらうといい。母親とは、どれほど近しい存在であろうとも、息子の心のおもむくところその冒険心までは理解しきれぬものだからね」優しくちからづよく、背中をおすがごとく渡されたのは署名入りの手紙だった。そうだ、あれはナリスがタムの母親に、沿海州遊学の意義を説き聞かせた手紙だったのだ。さしもの母親も「こんな雲の上の方——モンゴールとのいくさでアムブラを救ってくれた英雄が、おまえに心をかけてくださるなんて」感涙にくれて「……いいわ、タム。遊学を許します。そのかわりナリスさまからのお手紙を、お護りとおもって片時もはなしてはだめよ。自分の命とおなじくらい大事なものと心して旅をなさい」特別誂《あつら》えの銀細工のメダルにいれて、出立のその朝餞別《せんべつ》として渡されたのだ。

そのメダルだが、隊長らしい赤毛の大女——沿海州人にはみえなかった、タルーアンとかそういう人種だ——に身体検査をされ取り上げられてしまった。手紙に目を通した女騎士は云った。「書かれているのはあきらかに聖王家による沿海州侵略の概要だ。腹黒いパロ人のことだ、文字は組み替え式の暗号で、解読すれば、詳しい内容と誰にあてた密書かも判明するだろう」

もちろんありえないことだ。だがもし、レンティア側で讒謗《ざんぼう》のねたにしようと思えばねつ造などいくらでもできる。ユトがいったように、アルド・ナリスの手紙がもとで国家間に軋轢《あつれき》が生じる可能性だってある。最悪をかんがえだすときりがなかった。

「……おい」

自分の中をぐるぐるしていたせいで、はじめ気づけなかった、その声に。

「おい……新入りだな？　おまえ」

聞きおぼえあるような、だが喉をいためているらしくひどくしわがれていて聞きとりにくい。タムは声のした奥のほうへ這い寄り、聞きかえした。

「こんばんは……はじめまして、ですか？」

「……た、タム？　あきれたな、タム・エンゾおまえかよ」

しわがれ声の主はおどろいているが、タムこそびっくりしてしまった。

「な、ナイジェルさん、ナイジェルさんまで……どうして？」

すこし闇に目が慣れたせいで、ナイジェルが簡易な寝台――板きれにぼろ毛布をしいただけのもの――に横たわっているのが解った。弱りきったようすで、ぼろ板の上で身うごきとれないでいる。ひどい怪我を負っているようだ。それでもなんとか姿勢をかえてタムのほうを向く。

「……いったい、どうした？　おまえ」

「ぼく、讒言にあったんです。聖王家の間者にちがいないって。学問所の大先輩からいただいたお手紙、旅のお護りにしていたものを密書と決めつけられ……ろくに審問もなくいきなりここへ」

「……ああ、似たりよったりか。俺もだ、俺も無実の罪でひったてられた」

「あ、怪我はそのせいで？」

「さっしいいじゃねえか、つか見りゃわかるか？　ひでえ拷問だったぜ。ひでえのなんの……自白で犯してもねえ罪でっちあげようってんだから、容赦ったらねえ。ついさっきまで気絶してた」

「そんな、ひどい。それでその声……？　いいですよナイジェルさん、詳しくいわなくても」

「俺がどんな目にあったか、聞いてくれねえのか？　薄情だぞタムおまえ」

「いえ、薄情とかじゃなくって。しゃべるの、きついんじゃないかと……」

　タムの性格だと、書物の知識でない、じっさいに拷問にあった者の肉声はちょっと勘弁……もあるにはあったが。ナイジェルもユトどうよう口から先に生まれてきた沿海州人ではある。自己最悪の体験を胸ひとつにおさめておくなど、それこそ死んでもできな《ドールの界に入ってもかえ》い相談《ってくる》、だったらしい。傷ついた声帯がヒーヒーするのも構わずしゃべってのけた。

「──絵師ナイジェルさまの大事な商売道具だぜ。指一本百ランの値をつけてもばちは当たるまい。それを……ドール《くそっ》、慰謝料に千ランがた請求してても足りゃしねえ」

　ヒーヒーぜえぜえしながらも云うだけは云いきった。その内容は凄絶につきる。あんなすばらしい美術作品を生みだせた手の指をぜんぶ潰されたというのだ。タムはいたましさに胸のつぶれる思いだった。

「痛いんですね、ナイジェルさん」

「痛いにきまってってだろ！　タム、おいパロ学問所の優等生、やっぱおまえ薄情もんだぞ。なぜ訊いてこない？　俺がこんなひでえ目にあわされた訳、おっかぶされた罪がなんなのか、なーんで訊いてくれねえんだよ？」

言いがかりじみてもいたが、そこまで云うにはよっぽどの……思いがあるんじゃないか？　訊いてほしがってるみたいじゃないか？　タムは気づいて闇をすかしみる。ナイジェルの傷ついた両手は毛布で隠されていた。ハンサムな顔は青ざめ憔悴しきっている。なのにそこには「俺はやったぜ、ひと仕事おえた」がなくはないという……。

「……ナイジェルさん？」

「タム」

「あなたは、どのような嫌疑をかけられたんです？」

「姦通罪さ」

＊　＊　＊

――ヤーン一流の皮肉、かもしれなかった。

「ニンフの恩寵」最下層の闇で、タムとナイジェルが再会していたのとほぼ同じ刻、アウロラもまた地下空間に身を置いていた。霊安所で母王のなきがらと対面していたのである。

王太子イーゴのひきもどしはならず、摂政イロン・バウムは「最悪を予想し、その対策を練る」と重臣をあつめて会議にはいった。

アウロラとともに地下に降りたのは、タン・ハウゼン、前夫であり前摂政イルム・バウム、長年女王につかえてきた侍従長のセシリア、そして亡くなる前の日まで脈をとっていたタニス医師である。

タニスは三十なかばで未婚の婦人、フレイール亡きあと御典医《ごてんい》を継いだが、もともと水軍の軍医で重傷者の手術を一手にひきうけていた。小柄なみかけによらず肝は太い。

古参でアウロラおもいのハウゼンはともかく、女王の遺書が結局みつからなかったことに拘泥するイルム、セシリアにいたっては「太母霊様をお祀りする儀式の前に、対面式を行うのはしきたりの禁忌にあたりはしないか？」繰り言のように心配するものだから、女王の死にあっても平常心と明晰な思考をたもつ医師の存在はアウロラにはありがたかった。

黒い石張りの霊安所には独特な冷気がみちていた。遺骸の腐敗をふせぐ没薬の香も濃い。やはりそこは特別な、死者のための場処なのだった。

しきたり通り、アウロラは黒一色の長衣《ドレス》に袖をとおしていた。金髪も後《おく》れ毛の一本もなくまとめあげられ黒いヴェールでつつんでいる。喪服姿はセシリアもタニスも同様だが、黒衣につつまれた王女の美貌には、武張ったいハウゼンさえ内心目をもほそめていた。

(ドロテア前王ご逝去の折りの、イロナ様よりお美しいかもしれぬ)

そうしてようよう、もの云わぬ母王と対面を果たした。

(——お母さま)

漆黒の台座に、レンティアの旗にくるまれ横たわる、固く瞼をとざして。沿海州にそのひとありと云われた偉大な女王ヨオ・イロナ。

蒼ざめ痩せほそっているが、今しも目覚めるのではないか？　死んでいるなんて、魂がなくなっているなんて信じられない、アウロラは信じたくなかった今この時でさえ。

(帰ってまいりました。不肖の、不孝なあなたの娘はニンフのみもとに——)

なきがらを包む国旗には、豊麗な海の女神、ドライドンの妻であるニンフがえがかれている。かの女の捧げもつ宝冠に、きらめく真珠の粒がこぼれおちた。アウロラのながした涙だった。

(母上……)

出奔前夜の出来事がまざまざとよみがえってきた。

三年前のその夜——海からの風に王城の木立が枝葉をざわつかせていた夜、アウロラはヨオ・イロナを居間にたずね、あの、おそろしい告白をしたのだ。

（私はゾルード、まさしくゾルードのような娘だった……）

イロナ女王は独りでいた。寝酒を調整する小姓も、伶人もはべらせず、その頃お気に入りだったゴア生まれの黒人奴隷に肩や腰をもみほぐさせてもいなかった。

「アウロラ、こんな夜おそくにどうしたのだえ？」

「お母さまに折り入ってお話があって参りました」

真剣でただならぬ面もちの娘に、女王も表情をこわくした。

「……縁談のことでか？」

「それもあります」

なんじゃそのことかと、ヨオ・イロナは肥満した顔をやわらがせた。

芳紀花《ほうき》の十八歳、長姫のアウロラには何件かの縁談がもちかけられていた。その中でも、沿海州会議の議場に並んでつくトラキア自治領の領主オルロック伯爵——一国の統治者である——の息子で、若いオルロスが有望視されていた。齢はアウロラよりひとつ年下だったが、夫とともに軍船に乗り組む夫人のエリジアゆずりの金髪美青年で、操船術と、弓もたいした腕前であるという。

がここで「レンティア一の姫さま」の縁談競漕《レース》に、オルロック伯夫人ご自慢のむすこを霞ませる超大物が割り込んできた。

「まさか、わらわが愛しきわが娘《こ》を、ライゴールの蛙に嫁《とつ》がせたがっているなどという噂を信じてはおるまいな？」

「議長が、わたしを望んでいるとはまことなのですか？」

「蟇蛙《ひきがえる》めが、おおかたヴァーレンでのことでわらわに恩を売ったと思いちがって、ずうずうしくも名乗りをあげたのであろう。もとより沿海州いちの知恵者だの、天からさずかった商才だのと自惚《うぬぼ》れておったが、勘違い男ほどみっともないものはないを知らぬらしい……」

　アウロラが議長と呼び、イロナ女王が蛙《ランダド》と云いすてるのは、むろんレンティア領に食い込んだ市国ライゴールの評議長のこと。ライゴールの事実上の支配者、生けるライゴール市そのものとさえ云われるアンダヌスに他ならない。この男だがランドヴィアからつづく旧家の出はイロナの尊父にして名摂政エンティノスにおなじ、沿海州にその人ありとしられる大商人は、家柄的にレンティア王室とつりあっていたのである。

　魁偉な容貌はみにくいと云ってよいほどだが、商人の神《ミゲル》その人になぞらえられる力量と才覚のもちぬし、身に剣は帯びずともヴァーレン会議においてはパロに肩入れしたアグラーヤ王ボルゴ・ヴァレンをはじめ各国首脳を相手どって焔の舌鋒、ヨオ・イロナ以上の存在感をしめし沿海州会議の語りぐさとなっている。アウロラよりかなり年上という点をさしひいてさえ、第一等《ナンバーワン》の花婿候補ではないかとニンフの恩寵では囁きかわされていた。

五十歳にもなる男が独身だったことこそ驚きだが、アンダヌス本人から、アウロラのような美しく気高い姫を待ち望んで右側をあけてきた、ぜひとも初婚の夢をかなえられたし、との熱烈な求婚の辞がレンティア女王あてにとどけられ、「あれはわらわより齢が上。年上の息子もいやじゃが醜男の娘婿などねがいさげ」と、無類の面食いでもある彼女に顔を顰《しか》めさせた。

そう——わが娘の婿がねには、パロ生え抜きの聖王子《アルド・ナリス》はならぬまでも沿海州いやさ中原一の花婿をと、母王には心中きするものがあったのだ。

「アウロラそなたとて、蛙の婿どのはいやであろう?」

「議長は……剣をとらぬ殿方と聞きおよんでおります。それに商人の国の妻に、わたしのような剣士は無用かとも存じあげます」

(またそのように武張った云い方をして)と母王は嘆息する。

「そなたが剣術や水練や、嗜《たしな》みで武芸をするぶんには何ら問題はないと云ってはおるがな。そら、気をひこうと思ってか、せんに妙な贈りものをしてきおった」

「妙とおっしゃいますか?　わたしの彗星を……」

名付けはアウロラ自身、若くたくましい青毛の駿馬《しゅんめ》であった。騎馬の民からあがなったという。たいへん気性が荒く、馬廻り小姓どもの手にあまっているようだが……。沿海州人とは騎馬にあまり重きを置かないものだが、彗星号を贈り物にえらんだアンダヌスは趣味がいいとアウロラは思った。

「馬のことは措《お》いておくとして」女の気をひきたいなら、絹のドレスか宝石か、新造の船一艘、さもなくば美貌と床上手——とは女傑ヨオ・イロナならではの考えであった。

「アンダヌスの話はやめじゃ。……ほかに、まともな候補はいよう？　トラキアのオルロスはどうじゃ？　セシリアはずいぶん推しておるようだが」

「オルロス子爵——わたしより強いのかしら？」

「まだまだ青くさい若者じゃ。食い足りぬとそなたが思うてとうぜん」

ここら母と娘の観点はおおきく食いちがっていた。

「母上、………」

云いにくいことではあるがそのために来た。もとより歯にきぬ着せぬ性格は母親ゆずりのアウロラである。

「縁談は、わたしには無用のもの。煩《わずら》わしいだけですし、だいいち殿方というものに興味がわきませぬゆえ」

「はっ」

ヨオ・イロナの青い瞳がおおきくなった。呆れとも、ショックとも、苛立ちともとれなくはない複雑な感情をかいまみせた次のせつな、おおきく破顔した。

「ははは っ！　アウロラ——そなた、なにを云うかと思えば婿を迎えぬさきに——それはむすめなら誰しも一度はとおる心まよい。異性たる男とは、女にとって欠くべからざる最良の半身《はんりょ》とまでは云わぬにしろ、あれはあれで一度は味わってみるにこしたことはない」

「……伴侶など欲しくありませぬ」

「セシリアは姫さまは男ぎらいではないかとしきりに案じておった。わらわは食わずぎらいというものさと答えた。絵描きのナイジェルが見せたであろう？　パロ宮中の貴公子の絵姿、女なぞよりみめうるわしく色香もあり、キタラたくみにはちみつ酒よりあまい声で、夜の海より艶やかなまなざしをもって——」

このとき女王がだれを思い、とおい昔に心をはせたかを娘に思いやるすべなどない。

「この世によい男はいるものぞ、アウロラ・イラナ・レンティアナ」

「絵……絵ならみました。先生、ナイジェル先生の筆は、まことと見事にパロの人々とその暮らし向きを描きだしていたと思います、なれど」

「なれど、とは？」女王は言葉じりをとらえる。

「心はうたれませんでした。おへやにかかった、亡くなったナギ老先生の海の絵ほどには……。着飾ったパロ人の絵姿は、わたしの心に残りはしませんでした」

「アウロラ……」

アウロラは、はげしくきらめく瞳で母を射った。

「お母さま！　わたしの望みはすでに申しあげました。ライゴールや、沿海州諸国の王の奥方になることではないと。わたしはこのレンティアという国のため、お母さまご自身のために働きたい、この身と剣を捧げたい――先般申しあげた通りです」

イロナ女王はわずかに、憂れわしげに首をよこにふった。

「それはちがう……。アウロラ、そなたは思いちがいをおかしておるぞ」

「ちがいませぬ！　御前試合のまえにも申しあげました。わたしの剣をみとめて欲しいと、他の貴族の子弟の剣とはちがう、賭けてきたものがちがう――そのことを試合で証明したいとお母さまに申しあげました」

「なれどそなたは敗れた。決勝で、そなたの剣は、タルーアンのユン・トーヤにうち欠かれ剣士アウロラは地に膝を屈した」

「……敗けました」アウロラはくちびるを嚙みしめ、端整なそれを朱に染めた。

「わたしの剣はトーヤの剣にまっぷたつにされました。膂力《りょりょく》も伎倆《ぎりょう》においても完敗しました」

「あのタルーアンとの混血相手にじつによくやった。これがユン・トーヤ以外の近衛であったなら、よもやと……」さすがに内心ひやひやしたとは口にださなかったが、

「そなたの剣には男でも敵わない、それはわらわも認めるところじゃ」

「あの折り、わたしは諦めきれず陛下にねがいでました。試合用の剣でなく、互いの愛剣で再試合をと。両刃《もろは》の剣で戦いたいと――その再試合で、剣尖の覆いがはずれトーヤの顔を傷つけてしまった……友を、ともに鍛えあってきた剣友をこの手できずつけてしまった」

「あれは事故だ、しかれども事故とは誤った判断によって生じる場合がある。王とはそれを裁断する立場にある。そなたのあれ――両刃の剣は魔剣だ、まれにみる業物《わざもの》だがそれを抜きはらった者を支配し、人として女性《にょしょう》として大事な心さえも喪《な》くさせてしまう。狂気にいざなう剣である、そう評した。評定をたがえたとは思わぬ」

「はい。お母さま……陛下のくだされたご裁決は正しい、間違っているとは思っておりませぬ」

「ならば、その件に拘泥することもなかろう。終わった試合だ、そなたは赤毛の父《てて》なし子とはちがう、この国の王女なのだ。本来みずから剣をとって戦う必要はない。騎士にまもられる立場なのだ。そしてその花のかんばせは――よりよき摂政を得るための――いいいいいいいいいいいい女王の国レンティアにさらなる繁栄をもたらすための大事な貴きものであるのだぞよ」

このヨオ・イロナの力をこめた弁舌が、アウロラの竜王の鱗を逆なでにした。

「お母さまっ、お母さまは――わたしの血肉さえも、婿とりの道具にすぎぬとおっしゃられますか！」

「そ、そうは云っておらぬ。いや、すこしはその……誰もがうらやむ美貌なのだし大事にしてほしい。不用意にキズをつけぬよう、陽灼けにもすこし気をくばってほしい……これは母心からじゃ、解っておくれアウロラ」

「それにユン・トーヤをわが心友を、父なし子とはお母さままでも聞きずてになりませぬ。トーヤの母親は北方より流入し慈善院にて彼女を産みおとしたのち亡くなったそうですが、いかな仔細あって女ひとりで子を産みましょうや！　その境涯を思いやってやらぬとはお母さまらしくもない、見損ないました」

「しかしアウロラ、どうかんがえてもトーヤの母は下賤の流れ者……その身に奴隷のしるしがあったそうな。逃亡奴隷がタルーアンの蛮族にもてあそばれたかして孕《はら》んだ子であろう」

「トーヤは——トーヤは、慈善院のうちで志をたて、心身をきたえ剣をもって、王城に登用されるまでになりました。騎士にのぼったのもすべて当人の努力とききます。わたしは騎士見習いだった頃からトーヤに一目おいてきました、心友として剣の朋輩として、伎倆と鉄の意志とに尊敬の念すらいだいておりました。そのトーヤを侮蔑するなど、お母さまでもゆるせません」

「アウロラ……」

「——お母さま、そうです。ユン・トーヤが生い立ちゆえに誹謗中傷の的となるなら、わたしは、あなたの娘はどうなのです」

「どうとは？」

「わたし——アウロラ・イラナ・レンティアナ、あなたの娘の父親は誰なのです？」

「な、何を云いだすかと思えば……そなたの父親といえばイルム——イルム・バウム内務大臣しかおらぬだろう？　腐った魚に中《あた》って脳に毒がまわった者でものように馬鹿げた妄想は口にせぬぞ」

ヨオ・イロナは哄笑《こうしょう》した。だがその笑いで上ずった表情を塗りこめることはできなかった。

高いこえで笑いつづける、肥満した、中年期以降めだって体の線がくずれだし皮膚の弛《ゆる》みも隠せなくなった母王を、アウロラは黙ってみつめていたが、やおら——身につけていた部屋着、前で打ち合わせになっていてリボンでむすぶ式のブラウスの——絹のリボンをほどき、片肌を脱いでさらした。

その一瞬にヨオ・イロナの笑いは絶えはてた。レンティアア女王は長剣を飲まされたように硬直しまっ青になった。

十八歳の王女、小麦色をしたなめらかな美しい肌に、あってはならぬものを見せられて。

若き日の彼女の栄光をそっくり受け継いだような愛娘の左の腕には、下賤のほどこすようないれずみがあった。おぞましいまでに色鮮やかな《絵》が！

「……お母さま、わたしは肌をけがしました。レンティア第一王女は、みずから王族といえぬ身に——瑕瑾ある者となり果てました」

母王は、なぜどうしてと叫ぶことすら能《あた》わなかった。

王族の一員としてけっしておかしてはならぬ禁忌——禁忌やぶりをアウロラがしでかしたそのことに、生きながらガルムに肝を食いやぶられる痛みとまごうかたなき畏怖を味わい、おこりのように肥った体をふるわせるばかりだった。

（お許しください、お母さま——母上——情愛深きレンティア国の母、ヨオ・イロナ女王陛下）

なきがらにむかって、アウロラはひたすら詫びつづけていた。三年前の不孝を。肉親の死を悼む——惜しむ、人として娘としての正道《まっとう》など、いまの自分にはゆるされないのだ。それだけのことをしてしまった。

母王に苦痛と哀しみを与え、書きおきひとつ残さず出奔した。王城から、祖国から、レントの海からさえも。

レンティア王女の立場、王位継承者としての責任もすべて放擲《ほうてき》し逃げたのだ。サイロンはまじない小路で、世捨て人ルカに諭《さと》されるまでもなかった。

こうして別人のように肉のそげ落ちた母の顔をまぢかにすると、痛いぐらい感じる。この死をもたらしたのは自分ではないのか？　刃を向けずとも心を切り裂くことは出来る。心の傷がもとで人は病を得ることもあると聞く。早すぎる死の原因をつくった、真の犯人は自分ではないのか？　自分の《禁忌やぶり》ではなかったか？

（やはりゾルード、わたしは死をもたらす呪われた娘……）

アウロラは左腕の、絵の師ナイジェルを欺《あざむ》いて描きいれさせたいれずみを黒衣のうえからきつく握りしめた。

（母として情をそそいでくださった方に、憎しみの氷の指で仇をなした……）

自分はゾルードなのだ。

「――アウロラ殿下」

おのれの腕にぎりぎりとつめを立てる、その上からなだめるように女の手がかさねられた。タニス医師だった。

「そうもご自分を責めなさいますな。肉親を亡くした者とは往々にしておのれを責めがちなもの。ですが人間の命の糸の長さとはあらかじめ定まっており、その糸をもってこの世の《運命》を織り上げる者こそヤーン、運命神にほかなりませぬ」

茶褐色の瞳に穏やかな温かい光、医をもって命の糸をつなぐ者の言葉には、罪の意識にひき籠った魂を外にひっぱりだすだけの力づよさがあった。

「……タニスせんせい」

「やんごとない方と比べたりしたら僭越ですけど、先般わたくしも母を亡くしました。胃病で手術をほどこしましたが手おくれで……。なぜ重篤《じゅうとく》な病の兆候にきづけなかったか、ずいぶん長く自分を責めたものです」

タニスはアウロラの手に手をかさねぎゅっと握りしめた。

「女王陛下の亡くなられた今、アウロラ殿下にお戻りいただき心づよく感じているのはわたくしだけではない。うら若い姫君に重責を背負わせるようですが、ニンフの恩寵では多くの者が、心の底ではアウロラ様を待ちのぞんでおりました！」

「タニス……タニス・リン」

「アウロラ様、レンティアの真の夜明け《アウラ》なれと名付けられたのは亡き陛下ご本人と母から聞いております」

「わたしは……」

「アウロラ王女殿下――」

ひたと見つめあう王女と女医。

その背後でしかし、すでに異変は起きていたのだ。

尋常な闖入《ちんにゅう》ではなかった。漆黒の影たちはありうべからざる方法――経路からはいり込んでいた。地下岩盤を掘り抜いた霊安の間の、唯一の出入り口からでなく、没薬を焚きあげる巨大な灰桶のうしろの壁をとおり抜けてきた——としか思われぬ。

「姫！　アウロラ姫」

気づいたハウゼンは、まっ先に王女の盾にならんとうごいた。だがしきたりはこの海の武人からも剣をうばいとっていたのだ。

霊安所に降りたアウロラ、ハウゼン、タニス、イルム、セシリアの全員が丸腰でさらされていたのだ。修辞でなどなく！　闇のように黒い肌に鎧をつけ帯剣した大男たちの前に。

（ゴアの人種ですらない）

（もっと南方……アンダーギアか、あるいは異郷《ガネーシャ》の神につかえる黒人種かもしれぬ）

ここに至ってアウロラは醒めた思考をとりもどしていた。外からの異変は、戦う者にとって内面をむしばむ《敵》よりはありがたいとさえいえた。

（——得物、剣ならばある）

それもまたしきたりだった。死者と現世とのしがらみを断つため、ニンフの国旗の下に、亡き女王の胸にいだかせるようにして剣がひとふり置かれているのだ。

（母上、御免！）

なきがらに手をのばした刹那だ。

「ギャアァァ——！」

セシリアだった。侍従長の胸がふかぶかと刺しつらぬかれていた。

「ひぃぃ」

すぐ隣のイルム・バウムは腰をぬかしたおかげで返す刃を逃れた。と安堵したのもつかの間、別の男に首の付け根を切りつけられ、噴水のような血しぶきで白絹金刺繍のトーガを汚しながら、どさりと倒れた。

「ひめ――っ」

暗殺の意図は明白。黒い凶刃は、レンティアの冠にふさわしき者をなんとしても護ろうとするタン・ハウゼンにも容赦なかった。

「ヤァ――！」

肩から腹へと切りつけられながらハウゼンが相手のふところに飛びこんでいった時、アウロラの右手には鞘をはらった刀身が凄愴《せいそう》な光をはなっていた。

青い瞳には、理不尽なる運命にあって、なにもかも燃やしつくさずにおかぬ焰――ヨオ・イロナをして《狂気》と評したすさまじい戦意の焰がふき熾《お》こされていた。

第四話　宿命の戴冠

王位継承者が、王家につたわる宝冠を初めてかぶり、内外にむかって即位をあきらかにするとともに、王の宿命をさとる儀式である。

《しきたりの書》より、戴冠の儀

1

広壮な広間、敷き詰められた純白の大理石は、塵ひとつなく掃き清められていた。レンティア王の御座をまえに、重要な国事が執りおこなわれる大広間である。

「ニンフの恩寵」白大理石の床におちた、それは一点の緋色の染みのように見えた。壁にずらりと並んだアラバスター像、《太王》達の何十対もの眼に晒《さら》され身じろぎひとつしない。

細身をつつむ緋の衣、腰までとどく乳白の髪は雲母の粉をまぶしたかのようにきらめいている。

それは玉座をみつめていた。主なき御座はニンフの紋章を描いた布で覆われている。はぎ取って座ることができるのは新王のみ。その脇に据えられているのが、《ドライドンの王笏《おうしゃく》》であった。

王室につたわる三つの神器《しんき》のひとつだが、王笏は比較的後世のものだ。《しきたりの書》いわく——はじめにレントの宝冠ありき。

興国の女王から数代のち、摂政《せっしょう》となった者がよこしまを抱き宝冠を奪おうとしたが、簒奪者《さんだつしゃ》は王廟《おうびょう》の内で《太王霊》にとり殺された。正統な継承者である年端もいかぬ王女には「深い闇にまよわず、宝冠のもとへたどり着けるよう」魔法の指輪がさずけられた。稚《おさな》い少女のものだから大人は小指をとおすのもやっと——それがニンフの指輪の由来だ。

翻《ひるがえ》って王笏の由来はつまびらかではない。嵐の去った浜辺に打ち上げられていた正体不明の獣の骨を、「古の竜の骨」と土地の漁師が王に献上したのがもとであるらしい。《レントの宝冠》が王廟のある島からうごかせず、《ニンフの指輪》が神器とよぶにはあまりに細小なので、多少なりともみだてのよい神器をと後世の王が誂《あつら》えたものか。土台の骨に銀をかぶせた意匠は生物めいている。名のある細工師が古代の竜族の腕を復元しようとしたものだ。ぜいたくに鏤《ちりば》められた緑柱石《エメラルド》や瑠璃に、しまりやの先王ドロテアは「これだけで最新式の軍船があがなえような」と嘆息したという。

由来はうさん臭いが、王笏にはめ込まれた藍青玉《アクアマリン》はじつに美事なものだった。ウズラの卵大で、瑕《きず》ひとつなく、深く透明な青色はレントの海の賜物と呼ぶにふさわしい。

緋色の染みは玉座ににじり寄り、両手で宝笏をおしいただくようにする。銀色のまつ毛が触れるぐらい顔をちかづけ、海神ドライドンの掌《たなごころ》にあるとされる宝玉に、ねっい眼差しをそそぐ。

――アウロラ、私のものだ。

そのくちびるが、異父姉の瞳とおなじ色をしたそれに触れる寸前で、だ。

「なにをしておる？」

玉座の間に入ることがゆるされるのは、直系の王族か重臣でもかぎられた人物である。

はたして、第二王位継承者――摂政王子イロン・バウムだった。他の兄妹にくらべ特徴にとぼしいパッとしない容貌の持ち主だが、鋭い目を異父妹に注いでいる。

「なにをしているとは？　またずいぶんと他人行儀なごあいさつでございますこと」

兄に向きなおると、ことさら高いこえで笑う。

「それともお兄さま、ご不満がおあり？　私の采配に」

この云いように、イロンは顔に血をのぼらせる。

「不満だ？　当然だろう」

「ご機嫌をそこねてらっしゃる？」

上目づかいに無邪気さはクスリにしたくともなかった。

「当たり前だ！　勝手に霊安所に戦奴を差し向けおって」

「勝手とはまた心外なおっしゃりよう。アウロラから剣をとりあげ、その機に乗じるとおっしゃったのは貴男、代わりにハウゼンが対面式にたちあうと知って、これまさに慧《けい》敏《びん》なる摂政殿下のご意向にちがいない、すわ千載一遇の機と、わが兵を急ぎ向かわせてございます」

「なぜ訊かぬ俺に。決行のまえに」

「お兄さま、会議にはいってしまわれた」

イロンはチッと、身分にふさわしからぬ音をひびかせた。

「ティエラ、はやる気持ちはわかる、だがこれは机上の遊戯《ボッカ》ではない。実戦だ。しそんじたら後はない。いかに好機とおもわれようと、心してかからねばならぬ」

「――はい」

「うむ。地下にて侍従長と内務大臣はし遂げた。しかし、アウロラ、タン・ハウゼン、女医者までもとり逃がした。戦奴は総員たおされていた。アウロラかハウゼンか、その両方かが剣をうばい逆襲に転じたとしかおもえぬ。霊安所は血の海であったと」

「ご報告は《目と耳》からの？」

「そうだ。サタヌスの放った網を食いやぶり大魚《ライタン》は逃げた」

「おお、なんとたくみで詩的な喩《たと》え！　さすがお兄さま」

「ティエラ！　遊びではないと云いきかせたばかりだぞ」

「――ですが、イーゴ・ネアンを脅《おど》かした折りは、ずいぶんお褒《ほ》め頂きました」

「あの折りはな。だが脅しが効きすぎたかほうけ頭め、いずこへか雲隠れしおった」

「離宮《パレス》に通じるどの経路にも、イーゴの馬車は発見できなかったとか」

兄の渋面《じゅうめん》をまえに、白い手で口もとをおおう。

（くく、臆病な草ウサギ《トーリス》はもはや国内にいないかも）

「わらっておるのか？」

「とんでもございません。お兄さま、勝手とおっしゃいますけれど、絵師ナイジェルの捕縛と尋問の際には、私には何のご相談もいただけませんでしたね」

とっさにゆがむイロンの表情《かお》、銀のこえはさらに痛いところをつつく。

「三年前の出奔《しゅっぽん》にはゆゆしき事由があるにちがいない。理由はアンダヌスとの縁談ではない、と云いきったのはお兄さま。あれの本性はわかっていると自信たっぷりで」

「あれがライゴールの蛙《かえる》いやさに逃げだす――かよわい心根の持ち主とはおもえん。十歳の時に飼い鳩《クウー》が蛇に呑まれたと、短剣をとって棍棒ほどあるヤツにむかっていった」

「蛇と蛙《ランダド》はまるで異《ちが》う生物でございますが」

「喩えだ。俺は蛇も蟇《ガマ》もきらいだ、触るのもいやだ。なのにアウロラめ、とりおさえた蛇の胴をかっさばいて……」よほど不快な記憶であるらしく顔をゆがめる。

「うう。すでに鳩はなかばとろけておったが」

「たしかに、まれにみる気丈さです。ただしカアッとなるとみさかいがつかなくなる」

「小姓も、連日剣を戦わせていたタルーアンの混血も事情をしらなかったが、あれは帰国の際ルアーナのいれずみ師のもとに立ち寄ったのだ。もとから俺は怪しんでいた、出奔の前年、若手絵師が突然解任された一件を。老師の推挙があり、女王陛下も気に入ってアウロラの美術教師にとりたてた者を陛下自身が解任した。その理由というのが——絵師本人が王室づとめはもはや限界と云ってまいったというのだ」

「そんなことで、アウロラと絵師の仲をお疑いになったのですか？」

「そうだ。前代未聞の解任劇の裏には、ゆゆしきしきたり破りがあったはずだ」

（フン、前代未聞とはまた大仰な。おおかたアウロラのほうで男を誘ったぐらいの下卑《げび》た推理であろう？　しょせん鍛冶屋のまごの品性は知れるわ）

「なれど、いかに責めてもナイジェルから自白は得られなかった」

なぜそのことを？　イロンの目に疑わしげな光がともる。

「地下の役人より聞きだしました。ずいぶん、むごい目にあわせたようですが」

「当然だろう、一国の王女に手をだすような不心得者に手心は不要だ」

「それだけ？」朱唇《しゅしん》のはたをつり上げるものは意地悪い。

「お兄さまは絵師に嫉妬したのでは？　パロ帰りの伊達男に、女神《ニンフ》のごとき妹姫をけがされたと逆上し、ひさしく使われなかった特別な機械にかけさせた。趣味がおわるい」

「ティエラ！」

イロンは声をあらげその肩をつかむ。きつい、美貌の主は目線で斬りかえす。

「嫉妬から絵師を拷問をしたと？　この俺があれに惚れる謂れなどないと思わぬのか」

不自然にふといため息を吐き、白い頬にくちを寄せそして――くちびるを塞いだ。

それは兄と妹の接吻ではなかった。しかしドーリアがイリスの足もとになげ放った禁断《インセスト》の果実を味わうのは男《ルアー》ばかり。口腔《こうこう》を恣《ほしいまま》にされる間、真紅の瞳からひややかな光はさらぬ。

解放された畸姫はいっそうエキセントリックな面持ちで、「大志を遂げるのに肝要なのは、人の情にとらわれぬことと足をすくわれぬこと。そして道徳とやらいう、かびの生えた考え方に知略と判断をにぶらされぬこと」紅をぬったようなくちびるをわななかせる。そこに若さと病身に似付かわしいものをのぞかせていた。

「すこうし不安になりましたの。お兄さま大望のためならば《しきたり》の禁忌やぶりもおそれぬとティエラに誓ってくれたこと、よもやお忘れになってはいないかと」

「おまえとの誓いを、忘れるはずなかろう」

「――ではお訊きしますが、私の兵が、イルム・バウム内務大臣――あなたの実のお父上をあやめたことに遺恨はありませんね？」

「ない」イロンは真紅の瞳にこたえる。

明瞭な声音だったが、その目にはなにやら違和感があった。目は心の窓といわれる。その人間のもっとも顕著な変化がのぞいていたのだ。

そと見にはなにも変わっていないが、かれの内側——若き摂政として一家言を有し、ゆくゆくは中原諸国にならぶ国にしたいという志さえも、蛇に呑まれた鳩のごとくじょじょに蕩かされ形をかえようとしていた。

＊　＊　＊

地下牢の闇の中である。

「俺は潔白《シロ》だ」

絵師のその言葉は光輝さえ感じさせるものだった。

「——信じます。ナイジェルさんは女の人に卑劣なことをするような人じゃない」

「ってタムおまえ、どんな男かよくわかってもねえだろ？　俺たち腹を割ってゆっくり語り合うとかなかったよな。それともパロ人にはその人間のおわりがちけえと色々みえるものがあるっていうのか？」

粋で陽気にみえた男の、今はしわがれた声音がタムの胸をつまらせる。

「い、いやですよ、ナイジェルさん。そんな云い方って……ない」

「死《ドール》に片袖ひっぱられてる男には似合いいだろ」

「やめてください！　ほんとうにドールがどこかで嗤《わら》って……」

「俺は本気で云っている。ここはニンフの恩寵の最下層、井戸よりふかい、王族に憎まれた者なんかが放り込まれるといううどん底だ。俺がやられたのは手だけじゃねえ、おそろしい機械にかけられ、両足の骨がくだかれている」

「ナイジェ……」

タムは言葉がつげなくなった。

「自力でここを脱け出し、ふたたびルアーがおがめるとは思えねえ。だがお前はどこも怪我させられてねえよな？　外国人でしかも学生だ。無実を主張するんだ。アウロラ……第一王女の耳にとどきさえすりゃなんとかなる。とにかく釈放されることを考えるんだ」ナイジェルはひとりで首肯《うなず》いている。

「――酒もつまみもねえが、今しかねえ話しておくのは。タム、俺はアウロラとそこらにあるような男女の仲になったことはない。だがこれだけはうぬぼれている、あの風変わりな姫さまとは特別な絆でむすばれている」

「絵の先生とお聞きしました」

「そうさ。パロのギルドでみっちり修業した、腕には絶対の自信がある。その絵師にも描きとれぬ――どんだけ絵心をそそられようとも、描いてはならぬものはあったのだ」

ナイジェルはタムの目をみつめ話しだした。タムは大きく目をみひらいた。

「女神イラナの水浴をのぞき見ちまったマリオンのことは知っているだろう。男とはどんな勇者でも身の程ってもんがある。一目ぼれしたのが女神ならなおのこと。自分は相手をうけとめられるか？　身分の差、財力、トートの矢の勢い、それ以上に一人の男として受けとめきれるかは一生の大事だ。俺は男の価値はその《度量》できまると思っている。もしもって生まれたそいつの器ごと、ぶち壊すような相手ならどうなると思うよ？」

「形而上学は専門でないので、このての議論ぼくにはちょっと……」

「逃げやがるか、童貞め！」

　この笑いはおおらかで温かかった。タムには解った。

「マリオンの心はくだけたのさ。神々しい裸身に目はつぶれ、ルアーの下で這いまわるしかできなくなる。そこで女神は鹿に変え自分の庭で飼うことにした。もはや口はきけねえ、黄金の髪にふれたくとも指はひづめ。それでも眼のおくの絵はきえねえ。俺も、心はマリオンとおなじ。禁忌やぶりの罰をうけたが、これっぱかしの後悔もねえよ」

「そ、そんな……天罰をうけるような画題なんてあるんですか？」

　そして——ナイジェルはタムにとんでもないうちあけ話をしだした。三年前アウロラの出奔前夜に、アウロラ自身にこわれて、特別な一枚を描いたというのだ。

「ドールを描いたのさ」

「えっ……！」

「レンティア王室では、輿入れ前の姫君に二枚の絵を用意するならわしがあった。一枚は白紙、もう一枚は異性をしらぬお姫さまのための、いわゆるわらい絵だ。日がな水兵と泳ぎっこをしていたアウロラに必要あるのかと首をひねったが、女王の命は絶対だ。パロのアルド・ナリスかくやという色男の裸体を描いておさめた。思えばそれが王室づき絵師としてしおさめの仕事だったが、その巻物をかかえ姫君は俺を訪ねてきて云った。

『母と派手に喧嘩して勘当された、これから国をでる。腹いせに禁忌やぶりをするから、先生その片棒をかついでほしい』と。しきたりによれば二巻の絵は性教育のためともうひとつ、花婿がどうしても意に染まなかった場合、恐ろしい邪神を描いておいて、初夜の褥《しとね》でほどいてみせて退けるためのものだった。だが長いあいだに形骸化し、白紙でよかった。アウロラ姫は、その白い——実際は小麦いろのなめらかな、惚れ惚れするほど美しい羊皮紙に描け！　と俺にせまってきた」

「その、その絵……ほんとにど、ドールを描いたら、しきたり破りになるんですか？」

「おうよ、なにしろ誰がみてもこいつはドール！　ドールにちがいねえとすくみあがり魔除けの印をきるってえシロモノだ。パロ美男のにやけ面《づら》に、ガブールの灰色猿《グレイ・エイプ》の毛むくじゃらの胴体をつなげ、黒い粘液したたる蝙蝠羽《こうもりばね》、八つ叉の尾はすべて毒蛇、長くまがりくねった十六の角、耳まで割けたくちからいやらしく長い舌を吐きだした——」

「聞くだけで鳥肌がたつけど……ぼくの読んだ中に、邪神を描くことその絵を高貴の女性が見ると禁忌に触れるという記述はありませんでした」

「書いてなくても、しきたり破りはしきたり破りさ。というのはアウロラ自身――そこはやっぱりお姫様さ。考えに考えぬいたあげくの禁忌というのが、種馬よりでけえもんぶるさげた絵像だったというわけだ」

「う、ウマ……」

「な、マズかろう？　やんごとない身が、ご予習していたら、差し障りあるにきまってる」

「い、今までそんなこと……考えてもみなかった」

「そうさ、つまりやっぱりこれは禁忌やぶり。レンティア一の姫さまが、おっかさんの女王と喧嘩して、国をおんでるゆきがけにひっかける火酒だったわけさ」

「ではその絵ってどこです？　ぼくにはアウロラさんが、かさばる巻物をもって旅するとはおもえないけど」

ち、こまかいところをつつきやがる――と顔に出る。

「マナだ。内弟子のマナに持たせた。なにしろ俺の大傑作だ。兵隊どもに押しこまれたどさくさ紛れに持たせて逃がした。知ってのとおりマナはトラキアの出だ、今ごろは国境めざして一目散さ」

「マナちゃん、捕まってなかったんだ！」

おもわず声をたかくした、その時。

「いけない！　タムっ」

自由がきかぬなりに、ナイジェルは這い寄って必死で後ろをゆびさす。

異常事態がせまってきていた——なのにタム本人はまるで気付いていなかった。

それまで巧みに気配を闇にとかしこんでいたが、蛇のように伸びてきて、すばやくタムの首にまきつき、万力のようにしめあげる。

「うぐっ」

あっというまにしめ落とされ、小柄な身体はぐにゃりと崩れた。

「タム……っ」

悲痛なこえを漏らすナイジェルのまえに、姿をあらわした影はふたつ——。

大柄な甲冑の騎士と——もう一人は細身。凝った意匠の手燭《しゅしょく》をかざす、みずから正体をあかすかのように。闇に浮かびあがる、あやしくも美しい白面。

「……でたな。やはり、おまえらか」

「いれずみ師ふぜいが、口のききかたに気をつけよ」

「ユン・トーヤ、あんたアウロラの友達だったろう？　いつからクムのおひきこもりとつるむようになったんだよ？　それに、タムにまでひでえことするると国際問題だぜ、わかってるのか」

「やんごとなき身になんという無礼な——」怒りを漲《みなぎ》らせる。

「トーヤ、譫言《せんげん》になどまともにとりあうことはない。私が城の塔と図書館にこもっていたのは事実であるし。アウロラの情夫《いろ》よ、パロ人は気をうしなっただけだ」

「うそじゃねえな？　で、いっとくが俺はあんたの姉さんと寝ちゃいねえ。神かけて真実だ。ねじ曲げんじゃねえ！」

「強情なものだ。パロ帰りと云えば、柔弱の代名詞かとおもっていたが」

ナイジェルは白すぎる貌《かお》を睨《にら》んだ。

「さきほどパロ人に話していたのは、アウロラ出奔の真実、禁忌やぶりの段といったところか？」

「顔なじみをおなじ牢にぶち込むったぁ、端《はな》からぬすみ聞きのハラでいたな」

「聞かれて困る話なら声をひそめるものだがな」

ナイジェルはおしだまった。

「マリオンならぬ下賤の身で、今生のイラナの裸身をのぞきみれば、目ばかりでなく指をつぶされても当然であろう――が私には特技がある。こえの抑揚から嘘と真実をききわけるという。注意して聞いていたが途中調子がかわったぞ。それに邪神のわらい絵とは愉快だが説得力を欠いている。だいいちゼアの巫女なみに、つむりのきよらかな方の発想とは思えぬ」

「ひきこもりが……アウロラの何をわかるってんだよ。ケッ！」

これには端麗な白面もむっとする。

「わかっている！　塔の窓からみつめてきた、何年もの間、ずっと……」

「そういうのパロの芝居小屋でなんて云われるか知ってるか？」

「なんだと？」

「ルアーに懸想《けそう》したイリス、炎の馬車《チャリオット》を追っかけ、虹の花道ふみはずすってんだ」

ビシッ！

「あうっ」ナイジェルは苦鳴をあげる。

いきなりだった。ティエラに杖で打たれた。

「下郎めがっ！　この、このっ！」

身動きもつかぬ者を木の杖で打擲《ちょうちゃく》する。これまでとまるで別人のような荒々しさで、加虐性もあらわに。ナイジェルは息も絶え絶えだが、打ちやめた時白子のほうも杖で身体をささえるのがやっとの有り様。ローブの留め具がはずれてかき合わせが開いてしまい衣服がみだれているが、激情を噴出させた後で気にとめるふうもなかった。

薄物をまとった肢体が無防備に絵師の目にさらされた。

「お、おまえ……まさか？」

ナイジェルはうめいた、目にくるおしい光をみなぎらせ、

「……ううっ。お、俺は絵描きだ！　そんじょそこらの絵師ではない。がきの頃から目

にうつるありとあらゆるものを描き、描きとってはひたすら見てきた。そうした絵師とは、外っ皮からなかみ――正体までも見抜けるものなのだ！」

　ここで動揺をみせたのは守護役たる女騎士だ。

「いったいなにを云いだす……」

　ナイジェルは血にまみれたゆび先をつきつけ、云った。

「おまえは、アウロラの妹じゃねえ。すりかわったんだ。だがいったいどうやって？」

　ユン・トーヤは剣のつかに手をやる。

　長剣より白杖のほうが疾《はや》かった。闇を一閃する、まがまがしい銀のかがやき。

　ごふっと、ナイジェルは血のかたまりを吐いた。杖がその胸からはえていた。仕込んだ刃が背までつらぬき――寝板につき刺さっていた。

「あ、あ、あ……」

　仕込み杖をにぎって白子はおめきをあげていた。全身おこりのように震わせている。

「ティエラ様」

　トーヤは細身を後背から抱きとると、杖から手を放させ刃を抜きとった。発作がおきるほど怒りくるわせたものからやんわりと引きはがすが病的な痙攣《けいれん》はさらぬ。まるでなにかの禁断症状のようだ。

（今ここに――は、ありませぬゆえ）なだめるように囁《ささや》く。

そして、意味不明を云い散らす半狂と化した主を抱きかかえ、運びさってゆく。

ひん死の絵師を、地下牢の闇に置き捨てにして――。

2

半ザンのち、タムは目覚めた。

意識をとりもどしたとたん、つよい、なまぐさい臭気を感じウッとくる。気をうしなう前のことを思い出し背筋がつめたくなる。

「ナイジェ……ナイジェルさん。……どこ？　いますよね？」

「……う」

血臭のするほうへ這い寄る。

「ひ、ひどい――」

男の胸は血に染まっていた。息ははやく、よわよわしい。

タムは、自分も大量の血をうしなったように全身がつめたく――震えだした。

――ち、血をとめないと。

だが、どうしたら――混乱と恐怖とがのど元にこみあげ、吐きそうになる。

（だめだ、ぼくがこんなじゃ、だめ……でも、なにができる？　今ぼくになにが……）

無力な指を折り込み自分をしかる。ばか！　絶望してる場合じゃない、考えるんだ。ひん死の者にすべきことを。ドールの誘いをはねのけるための、なんでもいい……なんでも……希望になる……《光》となるものを呼ぶ……。

「がんばって、ナイジェルさん。きっと助けがくる、きっと、だれか、だれ……」

おもいついた！　まさしく光。光の名――暁の女神の名を祈るおもいで唱えた。呼んだ、ありったけの精神をもって。

《アウロラさん……！》

＊　＊　＊

霊安の間で黒い刺客を斬りたおし、アウロラはいまだ闇の中である。

母王が抱いていた宝剣をとり、七人からの刺客を相手に戦った。

《狂戦士》と評されはしたが、アウロラの右手から繰りだされるのは正統な剣士の技だ。剣さばき、攻守の切り替え、わずかな隙ものがさぬその目。そして剣をあわせる瞬間、相手の伎倆《ぎりょう》から思考のいちぶも読みとる。体格で勝る大男ぞろいだが、その剣は大味――力まかせに振り下ろすだけ。活きていなかった。

深傷《ふかで》を負わされながらも、体術をしかけ剣をうばいとったタン・ハウゼンが王女の背を護ってこれも獅子奮迅のはたらき。またたくまに六人を血の海にしずめた。

「──驚きました。先生がこれほど腕がたつとは」

アルト声は女医にむけてだ。タニスは喪服にしのばせていた、ダガーより細いきわめて尖端のするどい──手術用の小刀をふるったのだ。

「人命をつなぐべき者が……しきたりやぶりを、おかしてしまいました」

「いいえ、先生がしきたりを破ってくれたおかげで、わたしは命びろいしました」

いったん斬りたおされながらゾンビのごとく襲いかかってきた兵士を、しとめたのは女医の投げた刃だ。

「ッツ」

苦痛のうめきは、応急の止血処置をうけていたハウゼンである。

「大丈夫か？　爺」

「……うう。なんのこれしき」

そこは霊安所ではなかった。逃げ出した最後のひとりを追って、巨大な灰桶の裏からつづく隠し通路へはいった。今アウロラたちは、王城の真下に掘り抜かれた隧道《とんねる》の、いくつも枝分かれした道のひとつにいる。

岩壁にへばりついたヒカリゴケ。ぼおっとした光に照らされ、黒い大男がうつ伏せにたおれて絶命していた。

「姫、こやつ、先ほどのやからとおなじ」

「ランダーギアか、レムリアか、いずれにせよ——」

南キレノア大陸の人種だ。多くが謎につつまれた異人種である。それがなぜ霊安所を襲ったか？　誰が遣わしたのか？　追いつめ訊問する前に頸《くび》に刃をあて自刃してしまった。自律意志の欠損を疑わせる行動は暗示か——洗脳されているようだ。戦闘中とおなじくアウロラは不審をおぼえた。

「お脈を確かめる暇もありませんでしたが、お父上様と、侍従長様は……」

タニスの言葉で、血まみれでたおれていたふたりを思いだし、（父上、セシリア……）怒りと悔いとからアウロラは身のうちをふるわせた。

暗殺者は、城の外からではない地下でつながった隠し通路から現われた。首謀者は王城内にいるのか？　王室の人間の災厄はクリティアス以来だが——デビ・ラーニアの転落死、ルアーナでおきた妖霧事件も時機が近すぎる。亡き母との対面に占められ、事件の背後にあるものを洗いださずにいたことにほぞを噛《か》むおもいがした。

ではいったい誰が？　まことと王位継承者の命をねらった犯行なのか？

その時、ものものしい気配が洞《ほら》かべから伝わってきた。一瞬ヒヤリとしたが、三人のいるのとは別の、そちらが本道らしい太い地下道を鎧を着けた小隊が進んでいく、その物音だった。霊安所の方へだ。アウロラたちが枝道のほうにいることに注意をはらう者はいなかった。

アウロラは岩の凹みから小隊を観察した。

さいぜんの刺客とおなじ革と軽金属の鎧、はじめて目にする意匠だ。むろん国章などない。こんどの隊には沿海州人とおもわれる肌の者もまじっている。沿海州の他の国が秘密裏に派兵したのだろうか？

兵士たちがゆき過ぎた時、アウロラは小声で云った。

（分かれ道にもどり、もう一本の道をゆく）

（姫には、地下道の順路がおわかりなのか？）

（かいもく解らん。だが――なんとなく、出口はそちらのような気がする）

根拠はないが――なんとなく勘がはたらいた。

ヒカリゴケの少なくなった闇路を進む。とりこもうとする闇が深ければ深いほど、みちびきの声はよく響くと《しきたりの書》のニンフの指輪の項にある。ものごころつくかつかない頃、アウロラは母王に読みきかせられた。その時すでに王女の首には、ちいさな指輪を通した鎖がかけられていた。

分かれ道で、なかば無意識にその鉄鉱石のリングに手をやっていた。

――こちらか？　するといっそうつよく勘がはたらくのだ。

おのれを呼ぶこえ、に聞こえた。かそかに、トルクの鳴き声のようでもあるが、たしかにそれは、人が、人の名という呪をとなえ——呼ぶこえだ。

《アウロラ》と。

つよく引かれるものを感じた。

わずかに明るくなった。道のほうはせばまり袋小路になるが、真下に別の——ほの明るいのはそこからだ——空間があった。空気とりのためか、鉄の格子がはまっている。岩盤に固めつけられていたが、経年と別の理由とで漆喰《しっくい》の部分にひびが入っており、宝剣のつかで突くこと数回、割れくだけ、はずれた格子は下の土間に鈍い音をひびかせた。

二ターールほどの高さからアウロラは舞い降りる。こわごわと女医がつづく。負傷しているタン・ハウゼンは着地でうめきをもらす。

広くなった空間の、奥のほうから声はしてくる。

しゃくりあげるその声に聞き覚えがあった。

「タム、タムなのか？」

「アウロラさんっ！」

「なんということだ……」

彼の看とっている者を見てアウロラはうめいた。すぐに駆けよる。

「ナイジェル！」

もはや、かすかな息しかしていない。ほとんど見えてもいなかったろうに、かすみのかかった黒い瞳にうっすら光がともった。

「アウロラ」その声音は奇跡のように明瞭だった。

「しゃべるな、消耗する。タニス先生がいる――大丈夫、なおるぞ」

「ああ、ゆめみて……。俺の姫さまが」

「もうしゃべるな、医者がいま――」

「おれをこんな……したのはイロン。ティエ……はにせ、とりかえっこ」

「しゃべらないで！　ナイジェル」

「……アウロラ、やつら……たくらみに、いましめ……といて……たちむか……」

ナイジェルの手があがった。血にまみれた指がつかんだのは、アウロラの腕――王女の剣の宿命、そして絵師の男の宿命ともなった――女神の描きいれられた左腕だった。

刺し傷のぐあいを診《み》、脈をはかっていたタニスがいたましげに目を伏せる。

タムは号泣をこらえるので精いっぱい。

アウロラは絵師に屈みこみ、よわよわしくなる言葉を聞き取ろうとした。

「アウロラ……レンティ……あ……」

そこで男の言葉はとぎれた、その時くちびるに受けたもののせいで。

アウロラのながした涙だ。

（……あったけえ）

王女の笑みにあれほど恋い焦がれた男は、その涙を味わって笑んだ。

微笑んだままこと切れた。

「ナイジェル……」

アウロラは絵師の男の命を断ったむざんな傷をみつめていた。

（ゾルードの指は憎しみの氷）

そして、ぎりっと掌に爪を食いいらせた。

「タニス先生、ティエラがとりかえ子と云うのは？」

「ありえませぬ。ティエラ様をとりあげたのは母です。難産のすえ、美しい白子の女君がお生まれあそばしたと、典医日誌に書いております」

「なぜ、とりかえ子だなどと？」ナイジェルの寝顔に問う。

「ナイジェルさん、無実の罪で拷問にあったんです」

さがり眉の泣き顔が、かわりにこたえた。

「あなたとの密通をうたがわれて。潔白だって——真実をつらぬいたのに、牢に放り込まれて、間者《かんじゃ》の嫌疑をかけられたぼくと再会したんだ。話をうかがっているうち急にのどがつまって息ができなくなって、気がついたらナイジェルさんが……」

アウロラはタムの首についた、なまなましい痣《あざ》をみつめていた。

「外国人の君まで巻き込んでしまった。わたしが依頼などしなかったら、君をこのような目にあわすことも——すまぬ、タム」

ぼう然とした体《てい》のタムの前に、老武人がすすみでる。

「お主がアムブラのタム？　わしはタン・ハウゼン、軍船をまかされる爺じゃ。冤罪《えんざい》とはまた聞きずてならぬ話だが」

「——ハウゼンさん。イロン王子は、ぼくが所持していた……」一瞬いいよどんだが、

「クリスタル大公直筆の手紙を、レンティア国ならびに沿海州に対する謀略が暗号で書いてあるときめつけ没収してしまったんです。ぜんぶ、冤罪なんです！」

「パロのクリスタル大公の謀略だなんて……冤罪どころか、国家の威信にきずをつけ関係を悪化させてしまう。戦争の火種にもなりかねません」タニスは青ざめる。

アウロラは亡き師の傷つけられた両手をしきたり通りの形に組みあわせてから、自分のヴェールをとって覆いかぶせた。——懇《ねんご》ろに。

「ナイジェル先生の死の責任は、わたしにある」

「姫、責任とは？　まさか……み、みっ……み」

ハウゼンらしくもなく言葉につまっている。

「爺、色事はない。だがそれもしきたり破りとなる——《絵》の依頼をしたのだ」

「絵？　しきたり破りとな——」

「わらい絵の話、ほんとうだった……」タムは目を大きくする。

「詳しくは――後だ。地下の役人がきた」

アウロラは剣のつかをにぎり直した。

その時になってタムはアウロラの服をよごしている染みに気づいた。パロの姫君ならまずけっして服につけることはない赤黒いしみである。

鉄格子の落下音で気づかれたのだろう。

役人は二人とも長年の地下生活のせいでか異形じみていた。

牢の鍵をあけ、灯をかざす手が異様にながく類人猿を思わせる。

もうひとりはセムのような短軀で、小型の戦斧《アクス》を手にしていた。

二人が牢内に入ったところで、アウロラは光の輪に全身をさらした。

「アウロラだ。そなた達とは初見だが王城の主の娘なのだ。ここから出たいのだが」

キィィ――！

セムそっくりの奇声をあげ、得物を投げはなってきた。アクスには鎖がついていた。

アウロラは異様な武具にも怯《ひる》まず逆に接近し、二投目もかわす。鎖を踏みつけ、端を体に巻きつけた矮人《わいじん》をひき倒す。

アウロラがアクスを奪いとる間に、ハウゼンは手長ザルに足払いをかけ組みふせていた。

牢番と拷問係を逆にとじこめ、一行は長いらせん階段を駆けあがる。

「自分の身は自分で護れ」

アウロラからアクスを渡されタムは困惑顔でいるが。

地下階段は回廊を経由していた。この回廊をつかえばニンフの恩寵内のいろいろな方面にでることができる。逆に考えると女王の城から誰にも見とがめられず地下牢を訪れられるということだ。権力者の残酷な意図がしのばれよう。

さしあたっては地下回廊をつかってどこに出るか――

「これがまこととイロン王子とティエラ姫との謀反ならば、今お館にもどられるのは罠にかかりにゆくようなもの」

まっさきに自館に向かおうとするアウロラをハウゼンは止めた。

「ナイジェルのことがある……。側仕えたちが心配だ。ユトもどうなっているのか？」

タムはアウロラの小姓の身柄を知り得なかった。図書の間で拘束された時は、ほとんど失心状態で、ユトが屈強の兵士をつきとばし廊下に飛びだしたことなど知らぬ。

「摂政殿の父親殺し、地獄よりわき出したような異人兵、それに妖霧の件も考えあわせれば、よほど大掛かりで周到な策謀がしくまれていると思われます。もはや王城に安逸の境はないと考えるべきでしょう」

「姫様、わたしも提督と同じ意見です。イロン殿下が実のお父上を……など考えたくありませんが、ティエラ様がとりかえ子というのがもし事実なら、姉上様を排他しようと考えるかもしれません。アウロラ様は一ザンもはやくお城をお出になり遠方の荘園か、いっとき他国に身を寄せられてはいかがでしょう？」

これには、ハウゼンが異をとなえる。

「タニス殿、それはならぬ！　今や唯一正統なる王位継承者が国を離れるなどあってはならぬ。レンティアという艦《ふね》には直系女子が必要だ。国難にあってこそ、へさきに立ち、国の民に針路をしめす女神がおわさねば！　導きの星を失った艦は舵を欠いたも同じ、遅かれ早かれ沈みゆく。アウロラ様の身は、このハウゼン老骨削ってでも守りぬく覚悟。今レンティアで最も安全な、レントの神の加護があるのは海——洋上だ。レンティアナ号にお迎えし、女王陛下の旗のもと、王廟の島へ、戴冠の儀へとお運びいたす」

海の武人のこれぞ三段論法に、アウロラも眉をあげざるを得ない。

「——爺、わたしは王太子ではない」

「第一王子の生死もさだかでない今、摂政の呪わしき所業なくしても、お母君ヨオ・イロナ女王陛下の御霊《みたま》は、レントの宝冠にふさわしきは姫様とお考えのはず」

ハウゼンは強攻の一手。なにせ一朝一夕のおもいつきでない。長姫誕生からの彼の悲願であるのだ。ふたたび女の王に剣を捧ぐことが。

それでもやはり館を案じるアウロラの意思を重んじ、館とルノリア庭園の間にでることにする。それに王女の館からなら、内海に停泊する艦まで馬で半ザンもかからぬ。

すでに地上は闇に染まっていた。一行をみおろす、イリスの影あやし――。

あわい芳香ただよう植え込みをしのびやかにすすむうち。

ザザッ！　頭上の枝葉が不自然にざわめいた。

大木の梢が揺れ、巨大な影が宙を旋回しながら舞い降りてきた。

「バルバス」

「い、い、」

「ひめさま」

ルノリアの怪童はみごとに着地をきめて、うやうやしくあるじの前にひざをついた。

「おい、バル！　おいてきぼりってないぞ」

バルバスが飛び降りた大木の幹にしがみついているのは――

「ユト、ぶじだったか」

青い瞳が明るんだ。

「姫さま！　生きてふたたびまみえましたことを、ドライドンに感謝！　ですが、わたくし高いとこってどうにも苦手で」

ユトは顔をくしゃくしゃにしていた。

「図書館の窓を破って中庭へ脱出し、植え込みにひそんでいたら、バルが木の上にひっぱりあげてくれたんです。おかげで追っ手をやり過ごして、逆にやつらの動向を監視してやれました。姫さま、今お城はたいへん——たいへんなことになってます！」

木を降りるなり、ユトは油に火がはいったた勢いでしゃべった。

バルと木の上にいた二ザンほどの間に、中庭——城郭のうちを、見おぼえのない鎧を着けた南方人種の兵士が隊列をくんで行き来し、もとから王城に伺候する貴族、文官、小姓、小間使いをいずこへか連行していくのを目撃したという。それだけではない、警邏《けいら》役のはずの騎士の一団が、異人兵と行動をともにし、さからった者を一刀のもとに斬りすてる信じがたい場面も目にしたと云った。

「殺されたアロ男爵は、父の縁続きでした」

くらい表情で結ぶ。自分の家族もどうかされていないか？　不安におもって当然だ。

「謀反と申すより、王城乗っ取りですな」

「王子様が乗っ取りなんて、どうして……」とタム。

「わからぬ。兄上がそんなことをなさる理由など……わたしには全く思いつかない」

「ぼく…わたくしにはわかる気がします。陰でイロン様のことをいろいろ論《あげつら》う者が……鍛治屋の孫とか……。イグレックはどっちだと、アンテと喧嘩したことがあります」

「知らなかった」

自分の問題でいっぱいで、今まで兄の心を慮《おもんぱか》ったことがなかったアウロラである。

「ですが姫様、ご自分から摂政を志願されるほどの方が、陰口ごときに心を害され、まして や悪心をいだくとは考え難うございます。謹厳実直なお人がら、先見性もおありでした。百歩譲ってイロン様が事をはかったのなら、教唆《きょうさ》する悪魔がいたとしか」

「タニス先生……」

悪魔という言葉にアウロラは震撼した。もし王城内に悪魔がいて、悪事をはたらいたり唆《そそのか》しをしていたとして、考えられるもっともおぞましいことは、国母たる女王ヨオ・イロナ暗殺ではないのか？

同時につよくはげしく沸きあがる。イロン兄に会いたい、会って問い質《ただ》したい。今ニンフの恩寵で起きている――起きつつあることが、誰に、よる、何を、目的と、した、もの、か？

そこで全員身をすくめた。呼び子の笛だ。

――みつかった！

植え込みをまわって、異装の兵が姿をあらわす。

ふりかぶってきた兵に宝剣がさやばしる。胴丸ごと両断する。血刀を手に王女は目をすがめた。沿海州人だ。レンティアの民かもしれぬ。殺気に反応してしまった……

本人よりぼう然としたのは、生まれてはじめて剣によって人の命が断たれるのを目にしたタムだ。利那の剣気《オーラ》に呑まれてしまった。おしとやかで、うちこもった……彼の女性像《サリア》は、ここで完全に粉砕されることになる。

敵はひとりではなかった。十人あまりでアウロラたちをとり囲んでいた。

――仕方がない。

アウロラはハウゼンとバルバスに目で合図した。兵役をきらった少年だが、この時蓬《ほう》髪《はつ》の下の目はするどく光った。

あらかじめ打ち合わせたかのように剣士三人は――とはいえ剣を手にしているのはアウロラとハウゼンだけ。バルが手にしているのは長柄《ながえ》のカマだ――タニスとタムが中心となるよう動く。と、ユトもいた。勝ち気で敏捷な沿海州少年は、庭師のベルトから枝切りとおぼしき中型のナイフをとって構える。

「ユト、先生とタムを」

「姫様！　云われなくても――」

云いおえぬうち、兵士たちが殺到してくる。

「うあぁッ」

速い！　アウロラの剣は、電光のように横一文字に兵達を薙《な》いだ。

タン・ハウゼンも善戦している。

庭師の少年は、神話のバルバスもかくやというはたらきをみせた。カマの柄で強打された兵士は、兜がひしゃげ眼球をとびださせて絶命した。

またたくまに半数を倒す。

タムは目をみひらいていた。黒竜戦役下クリスタル市はモンゴールに蹂躙《じゅうりん》されたが、斬りあいを目のあたりにするのははじめてだ。剣が鎧をつらぬき、血がしぶき、どっと倒れた時すでに動かぬ物体となっている。怖い、おそろしいがこれは現実、おのれは今その剣に護られている……

（目をそらしちゃいけない）

大男と斬りむすぶ沿海州の王女から。力敗けしていない。長剣をはね返し、返すやいばでのどを掻っきる。

黒いドレスのゾルードに、視線と魂とをうばわれる学生を囲みをやぶった兵士が襲う。

「ひえぇー」

無我夢中でアクスをつきだす。鎖の端をつかんで張り、剣をうけとめた。

「タム！」

アウロラはその兵の背を斬った。

足もとに転がった男をみて、タムはいっそう目をおおきくした。革の胴着が大きく裂けて、血に染まった背中に模様——《絵》がみてとれた。白熊の星《ポーラースター》のいれずみ。かぶとの面頬からのぞく顔だちにも見覚えがあった。

「……バヤンさん」

ぼう然としたつぶやきを、アウロラは聞きとがめる。

「知っているのか？」

「はい。ナイジェルさんのとこで会ったことがあります。それがどうして……」

　タムと変わらぬ齢ごろの若者はすでに息絶えていた。少人数の隊のそれが最後のひとりだった。

　しかし――

「おお、ヤーンよ！」タニスがうめいた。

　三十人を下らない部隊がルノリアの園の入り口に達そうとしていた。

　総員正式の重装備、先頭に立つのはニンフの恩寵最高にして最強の守護者、竜王の甲冑に身をかためた騎士たち。後方に樽をつんだ荷車をひいている。酒かなにかを詰めたような重そうな樽であった。

　呼び子を聞きつけて急行してきたのだろう。

　ドールの名を奥歯でかみころし、アウロラは宝剣を握りなおした。

　陣頭指揮のひときわ大柄な騎士が、あゆみ寄ってくる。

　ハウゼンが楯になろうとしたが、王女は左手で制し一歩まえへ出た。

「ひさしいな、ユン・トーヤ」

「アウロラ様」

　イリスの光の下、ルノリアの蕾《つぼみ》がほころぶ――。およそ血なまぐさい剣戟《けんげき》の舞台にふさわしからぬ花園で、青い瞳の王女と、暗い瞳の女騎士はみつめあったまま動かなかった。

長らく離れていた心友同士——男女の恋人よりも、深くからみあった想いが邂逅《かいこう》のこの時あったのだ。

「トーヤ、おしえてくれ。何がおきようとしている？　わたしのニンフの恩寵に」

「どうか、おゆるしを。わたくしからは申し上げられませぬ」

「イロン兄上と、ティエラとが謀《はか》りて王室を乗っ取ろうとしているとはまことなのか？」

女騎士は無言でかぶとをとった。真紅の髪と、左頬の傷があおじろい月光に晒《さら》される。

「トーヤ……」詞《ことば》なき返答にくちびるを噛み、なおも問う。

「教えてほしい。お母……陛下を害せしは、はらからなりや否や？」

「それはありませせぬ。ありえませぬ。なれど貴女様を、志のさまたげとする向きはあるやもしれぬ。このまま王城を出られるがよろしいかと」

「向きとな？　イロン兄とティエラのことか？　そしてお前は、わたしを見逃すと云っているのか？」

「御意」

心友が自分についぞ使ったことのない云いまわしが王女の胸にささる。

「第三王位継承者アウロラ殿下は海神にかどわかされ行方しれず、三年前からおもどりではない。さすれば王城にてこれ以上無用の血はながされますまい」

「…………わかった」

アウロラはうなだれるように首肯《しゅこう》した。

「これ以上の血はながさぬ、そのことば信じるぞ。トーヤ」


ルノリアの園のスロープをわたり切り、さらに下方についた階段を降りくだり——アウロラたちは運河へ至った。運河はレントの海へとそそぐ。一行はもやい綱でつながれていた艀《はしけ》に乗りこむ。それが王城から軍港へのもっともすみやかなルートだ。櫂《かい》はバルバスが握った。

ユン・トーヤとルノリアの園で訣《わか》れてから、アウロラは終始無言だった。ユトもだ。饒舌《じょうぜつ》がすっかりかげをひそめている。六人とも黙りこくり、ニンフの恩寵から落ちていった。

やがてぷんと潮の香が鼻をさす、潮騒がちかづいてきた。

と、熊《バル》が啼《な》くような声を巨《おお》きな少年があげた。

みなが王城のほうをかえりみ、いちようにがく然とした。

燃えていた、たった今あとにしてきた花園が。真紅の花は、その多くがまだ蕾の状態であったが……麗しの園ははげしい焔《ほのお》につつまれていた。

三年にいちどしか咲かぬ。中原一気むずかしい、それだけに作り手こそ花の季を心まちにして丹精してきた。花の中の花の女王、ルノリアが盛りを前に燃やされている。紅蓮《ぐれん》の焔は、庭師の少年の瞳に花の精の末期《まつご》ともうつったろうか？

三年のあいだ、あるじの目をたのしませることを励みに勤めてきた庭師は、蓬髪に被われた顔をゆがめ、痛切な慟哭《どうこく》の声をあげた。

おおぉんと。

3

疾《と》くに夜半は過ぎさり、月影《イリス》もおぼろに傾きつつある。

ニンフの恩寵のほぼ中心に位置し、国権の象徴である女王の城である。重大な決定を承認するため、白大理石の間の灯火は、明け方まで絶やされることはなかった。

夜を徹した会議のしめくくりに、レンティア国新体制の布告と、それにともなう任官式がおこなわれていた。

国王不在のまま、要職を決定する事はしきたりに反している。この場に王室典礼学者にして大図書館長、要職会議の議長を三十年にわたり務めた故マザラン博士がいたなら、老軀《ろうく》をふるわせ上座に着いた者を糾弾したろう。

その議長席に就いているのはイロン・バウム、摂政を自任する第二王子だ。議席には官房長官レヴィン、新しく領地を分与された貴族、荘園主、有力な土豪などが着いている。

「レンティアナ号には、マーレン・ザイル卿」

今まさにイロン・バウムが発表したのは、レンティア最強の艦の新艦長――すなわちレント水軍の将軍の名だ。これはありえない。レンティアの軍事の要である水軍の軍律にも、王室の規範にこそそぐわない。すくなくともタン・ハウゼンが死亡したか、国王によって解任されぬかぎりありえぬ人事だ。

これは闇の閣僚人事であり任命式なのだった。

薄明の中、大理石の回廊をいそぐほっそりと華奢《きゃしゃ》な影、それにつき従う大柄な甲冑の姿。

「ティエラ様、まだお休みになっていなければ――お身体は本当ではないはず」

「私に指図するつもりか、トーヤ。臥せっておれだと？　愚かな！　今動かずしていつ行動する？　十年――いや生まれおちた日からだ、待っていたこの機を。私が私として生きられる千載一遇の機会が目前にきている。逃せば永久にあれは手に入れられぬ」

「アウロラ様を、ですか？　すでにニンフの恩寵におわさぬ方に固執されるなどあなた様らしくも……」

「ふん、まんまと裏をかかれとり逃がしただと？　うそはもう少しうまくつくのだなトーヤ。それになぜ油を庭にこぼした？　焼けと命じたのは王女の館だぞ。小姓と小間使いどもが館ごと焼けしぬさまをとくと観覧いただこうと思ったのに」

「なぜ、そうまでして姉上様をくるしめようとされる？」

「おまえがそれを云うか？　タルーアンの蛮族が、この期にしたり顔で道徳を説いてきかそうというのか、この私に！　それとも怖じけづいたのか？　同志の誓い――ドールの地獄までもゆくは一緒と、云ったのは宵寝のうわ言か？」

　女騎士は顔色を変える。

「いいえ！　あなた様に捧げた剣、ユン・トーヤ生涯ただ一度の、ただ一人の――敬愛するあなた様へ捧げた剣にございますれば」

「ならば、これ以上わたしの行動をさまたげるな！」

　云いすてる、イリス変じてドーリア！　暗黒神をうちに宿せし白き姫。妖麗な横顔は死人のようにあおじろく、嚙みしめたくちびるは毒で染めたように真紅《あか》い。

向かった先は異父兄である愛人の城館だ。イロンは居間にいた。徹夜の会議あけであるが機嫌よく迎えいれ、妹に請われるまま近侍どもを下がらせる。

「――お兄さま。任官の議はつつがなく終えられまして？」

「むろんだ。王城とルアーナおよび主要港は掌握した。イーゴ失踪後のパレスの地、各荘園、ライゴールと接するアレンシア伯にも加増してやった」

「それはようございます」

そっけなく云ってから、スタールビーをきらめかせる。

「レンティアナ号のほうは？」

「命令書をたずさえザイルはすでにエルミアにむかった。もう乗船した頃だろう。副官、かじ取り、上級水夫から甲板走りまで総入れ替えを終え、船倉に戦奴隷《いくさどれい》を千、旗艦は岬を迂回してルアーナ西方の沖合に停泊させるてはずとなっておる」

「――まことに、よろしゅうございます」

「首尾が知りたくてまいったか？　大願成就がまちきれぬと――愛いやつめ」

イロンはほそい顎《おとがい》に指をかける、愛猫にでもするように。

姫のほうは、ダガーめいた光を睫毛《まつげ》でかくし兄の耳朶に吹き込むように、

「それもありますけれど、急いでまいったのは気にかかる卦が出たからなのです」

「おいおい、ティエラ！」大仰に肩をすくめてみせる。「この俺にまで卜占《ぼくせん》か？　そな

たの霊能力はえせもの、こたびの計略の目くらましのため打った芝居であろうが」

「そのようなこと！　お兄さま、いままでティエラの能力《ちから》を疑ってらしたのですか？」

「だ、だが、父方に霊媒がいただの未来が視えるなど、すべてお前自身の触れ込みであったろうが？　此度《こたび》の奇策をひねりだした、つむりのできは魔道博士も顔まけとは思うが」

「すべてがわたくしのいれぢえ、とおっしゃっているような」

「そうは云わぬ。云わぬが——云いだしたのはそなたでないか？　濃霧をフルゴルのしわざにしようなど。ケイロニアへ向かう奴隷船——積み荷であった南方人、その心をいれ替え思うがままうごかせる戦奴隷にしたのも……」

「あれは——はじめは事故でございました。濃霧と座礁とが重なっただけの。船主の商人が波にさらわれたのをよいことに、異国の民をかどわかし同然にしたのはお兄さま」

「そ、それは……」

「お認めになりますね、そが犯せし罪、破りたる禁忌を！」

指をつきつけられイロンは身をすくめたが、すみやかに威厳をとりつくろう。

「あやつらはいちどは売られた身だ。中原で奴隷として一生を終わる——それを漕ぎ手や兵士にしたとて何の禁忌にも触れるまい。レンティアを、アグラーヤやヴァラキアや他の沿海州諸国、いや中原のそうそうたる国と肩をならべられる強国にするためなら先祖の霊とて難癖つけまい。黒竜戦役の顛末をこの目でみて俺は学んだのだ。世界というもの、その巨きさ——国と国があい争いつぶし合った果ての無惨な結末——あれだけ隆盛をほこったモンゴールが敗れ、他国に切りとられ消滅するざまを。あれが明日のわが国でないと誰が保証しよう？　そうならないために何が必要か、それは力だ。富国強兵、これぞ欠くべからざる国策と思い至ったのだ」

「それだけですか？　ならなぜそれをお母さまに、ご病床にあったとはいえレンティアの女王陛下に相談なさらなかったのですか？」

「陛下の政策《やりかた》はふるい。時代にそぐわぬ——どころか災いの元にもなりかねん。ヴァーレンではライゴールと手を組み陰謀に名を連ねたが、モンゴールと通じていた事実をアグラーヤひいてはパロに掴まれていたらと思うと今も肝がひえる。盟友とはいうがアンダヌスは信用できん。南方貿易においてさえ平気で二枚三枚舌をつかう」

「それだけのことで、医療過誤をねたにフレイール師を恐喝し洗脳薬を開発させたり、自国民までかどわかし私兵に仕立てあげたことを正当化できますかしら？」

「し、しかしティエラお前も云ったではないか、アグラーヤ王とパロの新王が手をくみ、ここにお調子者のロータス・トレヴァーンがからめば、不利益をこうむるのはそれ以外の沿海州諸国だと」

「わたしは国の結びつきや力関係にのみ言及したのではない。アグラーヤ宰相ダゴン・

ヴォルフ伯が、姪であるヨオ・イロナに宛てた密書の中で特に筆を割いた『アルド・ナリスという人物』に着目したのです。正しくはかれが大伯父さまに語った船でもない、馬でもないまったく新しい輸送方法にですが。そのような途轍《とてつ》もない危険な想をいだく頭脳が宰相として摂政として国家の心臓部《セントラル》にいる、パロ聖王家を侮《あなど》ってにがいカラム水をのまされるのは沿海州のいなか国家だとくぎを刺したかったのです」

「アルド・ナリス、パロ……聖王……」イロンは額に汗をうかべる。

（かの聖王子は青い血の掟にしたがい王姉をめとり、カリスマ的人気を得よう。鍛冶屋の孫とではひき比べることとさえ愚かしい）

スタールビーの底に煌《きら》めくものは愛人のコンプレックスに容赦なかった。

「終わった戦争、過去の失敗外交にいまだ拘泥されるとは沿海州の男らしくない。云ってさしあげましょう。あなたの心によどむ最も大きな懸念、夜ごと寝台にあって魘《うな》される夢魔の影――その正体を！」

つり上がった眦《まなじり》より迸《ほとばし》るものは年上の男を完全に圧倒していた。

「中原より燃えうつる戦火、ゴーラに興った新しい国、未来に起こりうる戦乱ではない！　この海に依る小国にとってもっと直截《ちょくせつ》で致命的なる脅威、《しきたりの書》にしるされた大海獣《ルヴィアタン》をもしのぐ――白鯨《いい》の影だ！」

イロン・バウムはびくりとし、夜着の上から胸に掌をあてた。

「そうです、伝記作者による妖異の物語ではない。お母さま、いえお婆さまの御代にもたびたび《王の目と耳》諜報部隊に目撃が報告されている、レントからコーセアの果てまでも、はるかな北方航路ノルン海より雄姿をみせる偉大なる白鯨――白鯨騎士団、ケイロニア海軍大艦隊の船影にお兄さまはおびえたのです！」

「……ケ、ケイロニアが海側からわが国を攻略することはない。過ぎこし水の年青の月、ケイロニアの使節団を迎え国をあげての園遊会の席上、沿海州わがレンティアとケイロニアは戦矛《せんぼう》をまじえぬ合意がなされたと、ヨオ・イロナその人の口からくり返し……」

「二十二年前でしたね、使節団団長は十二選帝侯の筆頭アンテーヌ侯。かの海軍提督と海の女王は初会にて意気投合、不戦の誓いを取りかわしたと王室書記が記録している。けれど思いますに、それは美しい――まだほっそりされてらした時代の――ヨオ・イロナ女王への、ケイロニア将軍の社交儀礼ではなかったのか？　それが証拠にアウルス・フェロン直筆の文書は保管されておらぬ。園遊会上の口約束にすぎぬと思います」

「口約束だと？」

「あるいは火酒と名花の薫香に酔いほうけた男のざれごと、それを女王陛下ともあろう方がまにうけて臣下と王子王女に語り伝えたとも推測できる」

「ティエラ……」

イロンは根負けしたように歎息した。

「まっこと、そなたのつむりは奇想をつむぎだしおるなあ。俺はくらくらしてきた。さいぜん小一ザン仮眠をとっただけで……すこし頭痛がしてきた」

「おや、それはいけませぬ。王城の新体制にともない旧臣――とくにアウロラ派の監禁および洗脳、粛清、ルアーナ港の封鎖――なすべきことはウィレン山ほど、なにより大事な《戴冠の儀》を前に国を背負ってたつ方が風邪で寝ついてしまってはおおごと」

つるつる云ってのけた綺姫が、ふところから取りだしたのは黒にまごう濃い茶色の小瓶だ。

「それは――あれだ？」

イロンは厭そうな顔をした。

「はい。海ガメのエキスに、クムの緑阿片、黒蓮の粉も少々――大変よく効きます」

「効き目のほうはよく聞かされておる。そなたの命の糧だと……。だが俺は、蛇や蝦蟇《ガマ》のたぐいは昔から苦手でな」

「海ガメの子の新鮮な血と清浄な精の賜物です。お試しあれ」

「そうは云っても」男は白い美貌にこずるい目をやり、「口うつしするなら嚥《の》まぬでもない。そなたから直《じか》になら――尚更よく効くだろう」

白子はためらわず瓶をくちびるにあてがい中身を口にふくむ。

異父兄のくちに重ねられた朱唇は、湿った音をさせ、すぐに離された。

「いかがです？　効きのほうは」

イロンは呆けたようすでいたが、やおら——細い目をみひらき喉に手をやった。

「な、なにをのませた……まさか……毒か」

「わたくしがお兄さまに毒をつかうはずないでしょう？　強精剤にございます。ただし原液ですので、飲み慣れていないと、すこし痺《しび》れることはありますが」

「お…おのれ……」

とっさに指を口にいれ吐こうとしたが痺れは指先にまできていた。かくん、膝がくだける。

その異父兄のざまを妖姫は腰をかがめのぞきこむ。臆すどころか面白そうに。

イロンはううっと口惜しげに呻き、ゆびを鉤《かぎ》のように折り曲げ異父妹の細首に——

その時一閃したのは紅衣の下にかくしもった護剣だ。

バッと血飛沫《ちしぶき》があがる。

「ドー……」

深くのど笛を切りさかれたのだ。さいごに策略の女神《ドーリア》と云いたかったのか、ドールと罵《ののし》ろうとしたのか？　永遠に云いもとげられず——レンティア第二王子、摂政イロン・バウムの命運は断たれた。

＊　＊　＊

ルアーナ港は夜明け前からものものしい空気に包まれていた。

いつもなら船の発着を告げるドラの響き、荷おろしの男衆の威勢のいい掛け声が飛び交う時刻に、港の石畳を行き来するのは軍馬とそれに引かれた荷車ばかり。重い荷はこれから戦争が始まるかのように武器や兵糧のたぐい。それらは停泊中の軍船に積みこまれる。

桟橋には、巨大で重厚な戦艦、スマートで機動力に富む快速船、海上や海中に罠をしかける敷設船など、レント水軍の船が揃いぶみしている。貨物船や客船は影もかたちもない。レンティア最大の港がこれはおかしい、怪しいとさえ云える。

がちゃりがちゃりと甲冑の音をさせ異人兵がゆき交っている。あきらかに軍船乗りとわかる水夫や漕ぎ手、竜王の甲冑をつけた騎士の姿も目立つ。

船員ギルドの集会所でドライドン賭博に興じる者はなく、濃霧のかげで悪事をはたらいていた港ごろはとっくに逃げだしている。

（まるで、戒厳令がしかれたってえ騒ぎだな）

ひそひそ声で話しこんでいるのは、ライゴール商人たちだ。

（レンティア王家で、お家騒動が起きたんだって？）

（嘘かまことか、ヨオ・イロナの女怪がおっ死《ち》んだんだと！）

（シッ、声がたかい。警邏に聞きつけられたらことだぜ。出国に待ったをかけられる）

（そいつあ勘弁、これからヴァラキアを廻りマガダでひと仕事せなならん。だがそれにしても、とんでもない話じゃないか？　女王の次男が、長男で王位に就くはずだった兄貴をねたみフルゴルに食わしちまったなんざ）

（しかも悪事一切を、占い師の妹に云いあてられ、口ふうじに乱暴しようとしたって話だしな）

（いや、真相はちがうぞ。うるわしき白子の姫は手籠めにされながらも、気丈に懐剣をひきぬき種ちがいの兄を討ちはたした！）

（シッ！　だから声がたかいと）

そのとき脇をゆき過ぎたのは、ミロク教徒らしい地味でやぼったい外套、フードを深く下ろした小柄な人物だった。年齢も知れなかったが袖口からでた手がほそい。女のようだ。さも大事そうに長い筒を抱えている。

うつむいて、うわさ話など耳にはいってもいないようすで一心に――祈っているのは誰ぞか親しい者の安否やもしれぬ。

その足もとに、にゃーと黒猫が身をすりよせた。

ニンフの恩寵より落ちのびた、アウロラたち一行は夜明けごろレントの海へと至った。朝霧とよぶには濃すぎる霧の中を、艀は岩礁をぬってレンティアナ号の停泊するエルミアの軍港を目指した。

晴れてさえいればレンティア岬まで遠望できるが、今は手前にあるルアーナの灯火だけがたよりだ。

このあたりは漁村が多く、こんな小舟はめずらしくない。沿岸警邏も海産物をはこぶ艀にしか見なさなかったのだろう。何隻か姿をみたが寄せてはこなかった。あやしいほど濃い霧はレンティアの王位継承者を護ってくれてもいた。

そうしてルアーナを通過する。およそ一モータッド先のエルミアに櫂を向け、何分《タルザン》もしないうちだった。

「あ、あれは……」

遠目がきくからと見張り役を買ってでたユトが指さす。ルアーナの方角に、まるでガトゥーの群泳のような――十万ドルドンはありそうな戦艦が、多くの軍船をしたがえ悠然とすすんでゆく。

「あやかしなのか？」

霧の中の船影にタン・ハウゼンは絶句する。霧の妖魅のみせるあやかしであってほしい――豪胆な男が祈る思いで目をこらす。そう、艦隊の先頭にある艦《ふね》は、彼が我が子以上にいとおしむレント水軍旗艦、レンティアナ号に似すぎていた。

その時――

レンティアナ号に似すぎている艦は霧笛をひびかせた。

この瞬間ハウゼンの目はがく然とみひらかれた。初航海から艦長として乗り組んできた愛娘のこえを聞きちがうはずもない。それはレンティアナ号の音だったのだ。

「な、なぜ、なぜだあ……」

海の武人は痛切な呻きをあげる。ヤーンの無慈悲なしうちに……。

艀が上陸したのはエルミアにちかいイリヤッドの浜、ひなびた漁師村がある。

アウロラがぼそりと云ったからだ。

「タニス先生、爺の傷のぐあいを診てください」

タン・ハウゼンが霊安所でうけた刀傷は、急所こそはずれているが胸から腹までの浅からぬものだった。タニスが止血をほどこしたが、その後の活劇で再出血していた。本来なら縫合手術と安静が必要な重傷者だ。国の一大事と、何より「姫様をお護りもうしあげる」で無理をとおしてきたわけだが、目の前で頼みの綱だった艦《ふね》に去っていかれたのだ。精神からうちくじかれ、帆柱のかもめ《コッカ》も射落とすと云われた鬼提督の眼光はうせ、顔は土気色である。

風にもとびそうな普請の小屋だった。

漁師が食事休憩につかうものか、干した魚に、ガティ粉の蓄え、大きな甕には飲み水が溜めてある。しかし火をおこす道具がみあたらぬ。干物をむしり、ガティはそのまま水でといて空きっ腹にながしこむ。それでもようやくありついた食事だった。

一同もくもくと食べる。が、タムだけは「水ときガティ」がどうにものどを通らない。中原は花のみやこの育ちである、仕方ないだろう。

「――タム」アウロラは、しょんぼりと佇む学生にきいた。

「君に好物はあるか？」

「あ、はい。ガティ団子の入ったスープが……」

ほかほかの具だくさんのアムブラ料理、母親の手料理をおもいだす。下がり眉も情けなく、命からがらの目に遭いどおしで落ちくぼんだ目がなおさら狸めいていた。

「手をだして」

アウロラにいわれ、すなおに返した掌に、団子状のもの――ガティ粉を水で練って丸めた――が乗せられた。

「目をとじて、のみ込め」

「……は、はい」

云われたとおり飲みこむ学生に、王女はやわらかなまなざしを注ぐ。

「サイロンで寄宿していた家《や》では、毎朝そこの女将がガティのパンを焼いていた。そのパンは格別うまいと評判をとり、近隣の者に売ることになった。作り手が足らないと、下宿人のわたしも厨房《ちゅうぼう》に駆りだされ粉を練ったり生地を丸めさせられた」

「え、姫さまが？」

云ったのはユト。アウロラの世間話なんてめずらしいが、吃驚したのはその内容――姫さまの料理なんて聞いたことないぞ。それって人間のたべるものか？

「ユト、それは人の食べものかと、疑いが顔に――」

アウロラの声音はやさしかったが、正直者の小姓はあわてて顔に手をやる。

アウロラはもっとやわらいだ表情になり、ガティを丸めつづける。

「君の母上の料理には比ぶべくもないと思うが、これでも本職に仕込まれたのだ」

「……あ、ありがとう」

タムは、手渡されたインチキ団子を今度は目をつぶらずに口にいれた。粉の味しかしないが、アウロラの心づかいがじわわっと……不味いなんてもう思わなかった。

食べてから、訊いた。

「沿海州では王族でも、ご自分でお料理を？」

「母は公務の時間をさいて厨房に入っていた。わたしは母のつくる魚貝とクラムの煮込みは沿海州——いや世界一だと思っているよ」

「——姫様とて、本腰をいれて習えば形にはなるじゃろ。わしが太鼓判を押しますぞ」

「それは、料理の腕の評価には全くなっていないと思うが？　爺」苦笑する。

「ぼく沿海州のお料理すきです。マナちゃ……あ、ナイジェルさんちでご馳走になり……」

云いかけたタムは、青い瞳の凍てついた光に気づき、押し黙るしかなかったが。

その間、タニスはハウゼンの傷を診てあて布を替えた。

誰よりもたくさん食べ——というよりガティ粉など吸い込むようだったバルは、小屋の入り口へ移動し腰を据える。扉を護る姿はまさに神話のバルバスだ。

アウロラはというと剣をわきに置くと壁によりかかり目を閉じた。しばらくして微かな寝息がきこえてきたのでタムは呆れた。

（こんな時ねむれるんだ……）

お姫様といったら、ふとんの下に豆つぶが置かれたって寝つけないものなんじゃ？

手詰まりで、それぞれ心と身体に傷手を負っていたが、漁師小屋での時間《とき》は「ルアーの与えし休息」だったのかもしれない。その間も、ヤーンの《運命の糸車》は廻され、事態は確実に動きつづけていたのだが。

そのことを、まっさきに察知したのはバルだった。獣のように耳をピクリとさせ、外へ、浜辺へと出てゆく。

眠っていたはずのアウロラが起きだし追って出たので、タムも付いてでる。アウロラとバルは西のかなた、大灯火もおぼろにかすむルアーナの方角に目をやっていた。

やがて聞こえてきたのは――蹄《ひづめ》の音。

では、王城から刺客として放たれた騎士でないのか？

音をききつけ小屋の中からユトとタニス、ハウゼンもよろよろと出てきた。

スープのように濃い霧の中、馬と乗り手が形をなそうとしていた。

一騎だ。アウロラは剣のつかを握りしめ、バルバスは長柄のカマを下手に構える。

大きな馬だ、軍馬かもしれぬ。甲冑具足の音はしない。ついに騎手の顔かたちがわかるようになる。

「セラ、セラ――ッ！　生きていた」

悲鳴――いや歓声をあげたのはユトだ。

乗っていたのは黒髪の沿海州青年である。長身のなかなか端整な顔だち、馬丁のようななりをしている。かれが騎乗する青毛こそアウロラの愛馬、ライゴールのアンダヌス議長が騎馬の民から贖《あがな》った名馬――のはずだが、厩舎《きゅうしゃ》では野生馬とも狂馬とも呼ばれていた荒くれ馬だ。

「ユトーッ!」馬上から朋輩に叫びかえしたが、我にかえって手綱をひく。そうたやすく御せる相手《ウマ》ではないのだ。止めきれず、アウロラめがけ突進させてしまう。これを阻止せんとバルバスが全身の筋肉を膨れさせる。

そこで奇跡がおきた。馬はピタリと脚をとめた、主人の面前で。

アウロラは微笑んで、黒光りする太い首に手をのばした。

「彗星——」

騂馬《かんば》ははげしく嘶《いなな》くと、ほとんど身体を垂直に——さお立ちになった。乗り手はたまったものではない。美青年はみごとに放りだされ、尻から落馬した。

「ッツ。いいえ!　痛くはありません全然。姫様とこうして巡り会えたんですから」

セラは小姓組ではユトと同室だが、馬廻り小姓である。馬の調教や厩舎の雑用もこなすがいったん戦場にでれば、身を盾に主人を護るのが大事なつとめだ。貴族の家柄ではなく両親は《王の目と耳》——細作《さいさく》の子だ。

「お館は完全に異人兵に占拠されていました。たまたま糞そうじの当番で肥だめにいた私、鼻をつまんで様子をうかがっていたところ、館うちの者はみな庭に引き出されていました。その時、イロンの謀反だ!　なんて叫んだものだから、アンテは騎士に……」

「アンテ……殺されても口がへらないだろうって、ぼくケンカのたび云ってしまった…

……」

くちびるを嚙むユトに、セラも沈痛な面持ちでうなずきかける。

「姫様をお探ししお護りせねばと思ううち、馬を連れだす敵兵を見つけ。奪われるぐらいなら放してやれと。彗星号のもとにいくと乗れというふうに鳴くもので——鞍にのぼるといきなり走りだし、敵兵どもをけ散らし蹴りくだき、突進につぐ突進でお城の柵も濠も飛び越えて——お城からルアーナ港まで一度も止まってくれませんでした」

そのルアーナでセラが見聞きしたことこそ、この事変の核心であったのだ。

「——噂の出所も真偽も突きとめられませんでしたが。ルアーナ周辺はこの噂でもちきりでした。ヨオ・イロナ陛下が急逝され、王太子殿下をイロン殿下がフルゴルの妖怪に捧げ、父君内務大臣を殺《あや》め、奸佞《かんねい》を見抜いた末の姫をも害そうとしたが女騎士のたすけで返り討ちになった。唯一正統な王位継承者であるティエラ姫は、明朝レンティアナ号にて、母王の亡き骸《むくろ》とともに王廟の島へ向かう。戴冠の儀を執り行うため——」

セラが云い終えてしばらく、だれひとり口を開かずにいた。

一人をのぞく全員の目が、ニンフの恩寵の今は亡き主が四人の子の誰より愛したろう者にそそがれていた。タン・ハウゼンがみなの想いをたばねるかのように、云った。

「まことイロン殿は殺されたと思われるか？　姫様は」

「わたしには——わからぬ。ただ噂が広まるのが速すぎるような気がする。母上から教わった。伝承のたぐいは、後の者に多少つごうよく操作されるものだと。それにイロン兄上なら、母……陛下逝去の事実を市井にひろめることはまずしない」

「これをティエラ殿の策略とお考えですか？」とタニス。

「まだ、判断つかぬ。姉妹でありながら今まで疎遠でいた。あれの考えを聞かされたのは、帰城しイロン兄のもとで会ったときがはじめて……」

アウロラは思いだしていた。あの折りイロンから平生《ふだん》の彼らしくない魔道じみた考え方を聞かされ、いぶかしく思った——その直後ではなかったか？　ティエラが登場し、王位継承の密談に割り込んできたのは。そこに疑う余地はなかったか？

いや証拠といえば憎しみの氷の指が……。

王城の地下の闇に置いてきた、ナイジェルの亡き骸にあったではないか。

アウロラは瞼《まぶた》をふせ、しばらくして上げた時、瞳には藍青玉《アクアマリン》の冴えた輝きがあった。

「ハウゼン、タニス先生、ユト、セラ、バルバス——そしてタム」

レンティア王室の事情を知らぬ、パロ学生を呼んだ時だけすまなそうな声音になる。

「わたしはサイロンで高名なまじない師に告げられた。逃げてはならぬ、おのれ自身の星宿——宿命の宝冠から逃げてはならぬと。あれは、このことを予言し、わたしのゆくべき——選びとるべき道を諭《さと》す言葉だったと、今やっとわかった」

「おお、わが姫……」

憔悴《しょうすい》した武人の顔に、潮がさすように歓喜がおしのぼる。

「王廟の島へゆく。レンティアナ号を追って、ティエラからことの詳細を——真相をきだささねばならぬ。そのためには船だ。できるだけ船足の速いものを調達せねばな」

「お言葉ですが姫さま、ここに参る途中、港という港は占領されていました。ここまで走って——艀をみつけるまで、絶望しておりました」

驚きあきれる小姓にアウロラはきっぱりと云う。

「船ならばある。彗星をまた走らせることになるが。ここより北——ライゴールに」

「ひ、姫っ、それは無茶な、蛮行というものですぞ。ライゴールなどっ！」ハウゼンはつばを飛ばしかねない。「ライゴールの武装商船はヴァラキアの海賊船でも襲いはせん。返り討ちにあうのがオチですからな」

「爺、奪うとは云っておらん。ライゴールは商人の国、アンダヌスから買うのだ」

＊　＊　＊

アウロラは荒れ野をひた走っていた、ほそながいウツボを思わせる国土を。

自国レンティアの大部分が一年中潮風にさらされ、農耕には適さない。主要な産業は漁業だ。やがて造船と操船術そして港の発達にともない、丈夫な船を仕立て外洋に進出し貿易で大きな利益をあげるようになった。

その成功の裡に国境を接する——ウツボに寄生する海虫《ワーム》のような存在の——ライゴール、商売の神バスをあがめるライゴール市国の存在は無視できない。さかのぼれば大国ランドヴィアが滅び、沿海州に小国が興った頃より、二者の共存関係は続いている。エンティノスだけではなかった。歴史上レンティア女王と結婚したライゴールの有力者は両手指の数にあまる。これはパロとアルゴスの婚姻例にも匹敵しよう。

しかし騂馬を駆る王女の横顔に、未婚の娘らしい怯えやおののき、戸惑いの表情をうかがうことはできなかった。

長い長い海岸線。アレンシアの野を駆けぬければライゴール——アンダヌスという怪傑の許に至る。

砂ぼこりをまきあげるいちじんの黒い疾風のような騎馬に気づいて、運河の渡し守はつぶやいた。

「ぼうずあれみてみい伝説のグラックの馬だべ。八本足して走ってく」

孫である少年の目を奪ったのは、乗り手の赤みがかった金の美髪のほうだ。

（きれいだなあ。風の王《エルフレン》に壊されてあんだけきれいなら、結ったらどんだけ……）

4

沿海州連合のひとつ、自由貿易都市ライゴール、中立をたてまえとする《平和都市》でもある。

かつてはランドヴィアの首府であった。その遺産である大市庁舎の建物は、宮殿にまごう豪壮な石づくり。ライゴール市国の長にして実質的支配者である、国の象徴ともいわれるアンダヌスがその報せをうけとったのは、ルアーの中食《ちゅうじき》の直前だった。

すぐにライゴール十人衆の、武器商人のコーウィンと船商人タンゲリヌスを呼びつけ、市庁舎の迎賓室で賓客《まれびと》を待ちうけた。

本日は外交時に着用するあのゆったりしたトーガは着けていない。襟ぐりの広い綾絹《あやぎぬ》のシャツにゆったりした足通しと、すっきりした装いだ。――と、ヴァーレンの頃よりすこし痩せたようである。胴っぱらや腕の肉、首や顎の下のたぷたぷもだいぶとれている。

だがもちろんライゴールの蛙のトレードマークでもある、てかてか光る頭、強烈な個性をはなつ巨大な鼻、ぶ厚いくちびる、まぶたの垂れ下がった目のするどい光に変わりはなかった。

小姓の先触れがあり客人がやって来た。その人物がへやに入ってきた瞬間、若いタンゲリヌスは思わず腰をうかしかけ、初老のコーウィンに睨まれていたが、正面に座すアンダヌスその人こそ双眸をまぶたの奥でおおきく瞠《みは》ってもいたのである。

「ご無沙汰しておりました、アンダヌス議長殿。――レンティア王女アウロラ・イラナ・レンティアナ、前触れなき訪問の非礼をどうかご容赦ください」

挨拶はよかった。が、ドレスの裾をつまんで優雅な礼――どころか閲兵式の時のようにかるく首肯きかけただけ。そのドレスたるや喪服にしかみえぬ。あちこち破け、返り血とおぼしき染みがいたるところについている。その上《平和都市》にそぐわぬ長剣を携えている。

アウロラは長駆の疲れもみせず昂然《こうぜん》と、ライゴールの長にして求婚者たる年上の男に請う。

「議長――どうかお人払いを、内密かつ重大なお話があって参りましたゆえ」

取り巻きが退出すると、アウロラはアンダヌスの正面の席についた。

「あなたのことだ、すでに何らかの情報は得ておられるとは思うが……」

アンダヌスは、それが癖である、腹の上で両手の指を組みあわせたまま動じぬ。

「せっかくの贈りものに無理をさせた。イリヤッドから一ザンの休みもなく駆けさせた。

すまぬがよく身体をぬぐい、水と好物を与えてやってほしい」

「あれは姫君に贈ったもの、どう乗ってもらっても構いません。しかし驚きましたな、夜明けに発《た》たれてこの時刻のご到着とは。ますますの元気煥発とご軒昂《けんこう》ぶりに、目のほそまる思いがいたす」

「急いでおるのだ。明朝までにイリヤッド——いやルアーナ沖に至らねばならぬ事情が当方にはある」

「うら若きうるわしき婦女の事情を思いはかるすべには長けていると、このアンダヌス少々うぬぼれております」

「そう云ってもらえると有難い。話のよ、い、い、い、める貴男だからこそ、こうして参った。このアウロラに船を一隻つごうしてほしい」

「もちろんすぐに用だてします。先程の二人のうち一人は船、かたほうは武器を商う最大手、お望みのものが調達できるでしょう。して、ご予算はいかほどでございますかな」

「予算はない。速ければ速いほどよい。武器もあればあったほうがよい。あ、な、た、の竜神丸の贅肉《ぜいにく》を、ややすこし落とした船ならなおのことよい」

「ふふ、贅肉をですか？　ちょうど二万ドルドンで三本マストのものが竣工したばかり。船足なら沿海州のいかなる船にも負けませぬ」

「それを買う」

「では、商談成立ということでよろしいかな」

それも癖か、バスの徒の験《げん》かつぎかもしれぬ。太い指で胸にさげた宝石のかざりものをまさぐる。黄金のかぶりものはぬいで卓上に置いている。

そのルノリアの葉を模したかぶりものに、アウロラが視線を移した時だ。

「――して、お代金のほうは？　契約がむすばれた時手付け金を一割いただく決まりがございますが？」大商人でもある男の口調と雰囲気が微妙に変わった。

青い瞳は蝦蟇の目を正面からみすえ、云った。

「手付けはない」

それはそれはと、おおげさに肥満体をゆすりあげ、「俺を困らせんでくれ」

アウロラはライゴール人から視線を逸らすことなく、

「わが国は王位をめぐる大騒動のさなかにあり、噂は自国の民にもひろまりつつある」

「それは、つまり真実ということだろう」醜蛙《しゅうあ》は髪どうよう薄い眉をあげた。

「もっともらしい大嘘と、信じにくい真実――そはヤヌスの双の面のごとしという言葉がある」

「どこぞで聞いたような、アレクサンドロスの言葉……いや別の賢人かな？」

「亡き祖父、議長とも縁《ゆかり》のあるエンティノス・ゴーン宰相の口癖だそうだ、亡き母の膝できいた」

「箴言《しんげん》ですな。人口《じんこう》に膾炙《かいしゃ》するから真実とはかぎらぬ。とはいえ苦すぎて衆愚には飲みくだせぬ真実――真理もまたある」

「やはり、議長は頭がいい。わたしはこの意味を解するのにずいぶんかかった。じっさいの事変に遭ってやっと、お母さまはこのことをおっしゃったのか、と……」

「美しくも賢き女王でござったな。ニンフよ――」丁重に哀悼の印をきる。

「非礼を承知で訊くが、議長の望まれたのはわたしではなく母だったのでは？」

何を云います、とばかりアンダヌスは頬肉をぶるつかせる。

「ご冗談を！　年回りはちかいが、かの国母は根っからの醜男《しこお》ぎらい……や、心証を害したのは若い時分ですが。姫はそうではない、お小さい頃真っ正面から蛙の目をのぞきこみ……トートの矢で射ぬいたのはあなた様のほうですぞ。よもやお忘れではあるまい」腫れぼったいまぶたの下には笑いがある。

アウロラはまがおになって、「まさか、その時の責任をとれと？」

「うるわしの姫よ、ライゴールの長は美しいだけの人形など欲しがりはせぬ。初婚といってもそこは建前、生家のはしためとは長く内縁の仲でした。糟糠《そうこう》の妻が病でみまかりし際、後添《のちぞ》いにはぜひ心ばえのよい姫をと云い遺し候」

「ああ、求婚の文にはそのように書いてあったな、母上からは狸の昔話にほだされるなと注意をうけた」

　アンダヌスはかるく肩をすくめた。

「手付けのほうは今はない、ないがこの騒動をおさめ次第、全額びた銭《ター》も欠かさず払う。異例ではあるが担保貸ししてくれ」

「して、担保をおしえてくれますか」

「わたしだ」

　とっぴょうしのない答えにも、海千山千の古狸は動揺をみせなかったが、フゥと息をつき、「——話の流れですと、求婚は退けられたような」

「ライゴールの長の妻にはなれぬ。せんに云った。ただし女の身はその重さの何分の一かの黄金で取引されると聞く。クムやキタイ、中原諸国でもそのような市はたつ」

「はあ、そうではございますが。それではゼアをほしが……」ごほごほと空っ咳。

「狒々爺《エイプ》ではございませぬか？　このアンダヌス」

　アウロラはにっこりした。

「わたしは議長が好きだ。頭はいいし、趣味もわるくない。昔からわたしに必要なものを用立ててくれたではないか。沿海州で最も頼りになる男だ」

　青い瞳は蛙にまっすぐ注がれていた。その昔、母王にはまだ早いと許されなかった長剣を手に入れたのはこの男からだった。あの頃と変わらぬ、情強《じょうごわ》でかけひきに強い目だった。「沿海州一頼れる男」それこそアウロラの外面魁偉《かいい》なこの人物への変らぬ評価であり、うぬぼれのつよいこの男が、自分ではけっして壊せぬ自画像《セルフイメージ》であることを見抜いていたのだ。この勝負《ボッカ》——はじめる前から勝負はついていた、ともいえる。

ただし——

商談が成立しアウロラが立ち上がった時、へやに入ってきた時いじょうに腫れぼったい瞼の奥で目がほそめられた。まぶしいものを見せられたように。

ここまで駆け通しに駆けてきて本人は気づいていないが、スカートをどこかにひっかけ破いていていて、歩くたび片側の脚が付け根まで……あらわになっていた。

＊　＊　＊

かくしてアウロラは船を手に入れ、海路イリヤッドへともどる。

ライゴールの武装商船は、スマートなみかけに騙されてはならぬ、船体は装甲でおおわれ、舷側に無数の槍を備え、船倉には弩《いしゆみ》や刀剣の他に——大商人が随意《オプション》でつけてくれた——命知らずの男たちが積みこまれていた。

沿海州一の速力をひねりだすという、その名も——暁の女神号！

ボートを下ろし漁師小屋の六人を回収し終えたのはイリスが水平線上にあるうちだ。

アウロラは、レンティアの内陸部を走破しライゴール市の中央へ往ってもどってくる—

──馬なら丸一日、船でも三分の二かかる──を、ほぼ半分でやってのけたのだ。

もうあと少しで夜が明けるばかりのレント洋上──

ライゴール船の甲板で、王女と、それを慕う者たちとはふたたび一堂に会していた。

タン・ハウゼンは感無量と思いきや、微妙な居心地わるさを老獪の面にうかべている。

「まさか、目が黒いうちにライゴール船に乗り組むことになろうとは……ヤーンよ」

「レント水軍の長を水夫扱いはせぬ。アンダヌスよりこれを贖《あがな》った──船主はわたしだ。改めて船の全責任と采配を爺──タン・ハウゼンそちに任ずる」アウロラは微笑んで云った。

「ははっ、ありがたき幸せ。アウロラ殿下、この老臣、水軍大将拝命以来の誉れと、申しうけまするぞ」

ハウゼンは正式な任官の礼をとって、深くぬかづく。

動きにくく厄介なドレスを脱いで、アウロラはシャツと胴着と足通しという姿にもどっていた。

暁光《ぎょうこう》がちかい。

夜明けの最初の光が甲板に、マストに、風を待ちうける白帆に当たり、かがやかせる。

出帆の時がきた。

「微速前進、面舵いっぱい」

タン・ハウゼンの太い張りのある声。

「針路確認！」

「ようそろ」

その名を冠する暁の中、紫にけむるレントの海へ船はすべりだす。

霧はようよう晴れようとしていた。


この出帆の陰で――

「タム、この先の危険をともなう航海に外国人の君が同行する義務はない。君の身にもし万一のことがあったなら、君の母上と君の剣の主に申し訳がたたぬ」

「そのナリス様のお手紙をとりもどさなければなりません。策略だったにしても、奪われたことには責任を感じていますし、この気持ちはナリス様も解ってくれると思う。アウロラさんと同行すべきだって云うと思うんです。なにしろ『青年の内にたぎる冒険心はノスフェラスの嵐にも萎えはしない』って書かれてました」

「そうか、しかしノスフェラスの嵐とは……修辞にしてもずいぶんと大げさな云い方をするのだな君の主は」

端整なくちびるをかすかに緩めたものを、下がり眉の下からぽうっと見つめる。

二人から少し離れた場所で、耳打ち話をしているのは小姓たちだ。

「な、ぼくの云った通りだったろ？　アウロラ様にかぎってよそのお姫様みたいにあーれーな目になんてあうもんかって」

「けどユト、相手はライゴールの蝦蟇だぞ、船を融通するかわりに姫様に無理難題ふっかけやしないか……心配になるじゃないか。それなら名代つかまつるべきか俺本気でなやんだ」

「無理！　セラには無理だね名代なんて、だいいち彗星を乗りこなせないし。——アウロラ様におかれては、アンダヌス議長のシレノスの貝殻骨をお見通しだったんだよ」


風に乗り、波を切ってすすむ船のへさきでハウゼンはアウロラに問う。

「——姫様、ティエラ殿と戦う気はないと云われましたな」

「そうだ。異父妹とあい争おうとは思わぬ。まず真相究明だ。お母さま——陛下の死の真相こそ知らねばならぬ。王太子不在の今、われらがなすべきことは先祖の御霊を悲しませ怒らせる儀を阻止することではないだろうか」

「陛下がご存命なら同じ言葉をおっしゃったでしょう。やはり姫こそがレントの宝冠にふさわしい。身も——心こそ穢《けが》れなき正統な王位継承者よ」

アウロラは黙りこんで、舳先《へさき》の、さらに先にゆれる波にまなざしをゆだねた。

＊　＊　＊

夜明けのレントを往くもう一つの艦——何隻もの護衛艦を従え、巨大ガトゥーのようなレンティアナ号——その船室である。

もう一人の王位継承者は豪華な寝椅子《ディヴァン》に身をよこたえていた。細面はなおさらあおじろかった。

寄り添って、吸い飲みをあてがう手は武骨な具足に包まれている。

「お目覚めですかティエラ様。おクスリをお飲みください」

「……朝か？　霧はすこしは晴れたか」

「はい。夜明けと同時に。ああ、まだお起きになられては」

「——大事ない。二ザンほどか？　ねむっていたのは」

「今まで気をうしなっていたのですよ」女騎士の声には憤りすらあった。

「腫《は》れ物のように扱わずともよい。クスリが効いてさえいれば——うごける」

だが起き上がるのにもかなり時間を要した。衰弱が隠せない。

「——まだ、現われぬのか？」

「どうかしている、あなたは。なぜそこまで……」

「来るはずだ、あの方ならレントの海、王廟の島までも——きっと私を追って来る」

思いつめたようなつぶやき。やせた背を女騎士は労《いたわ》るようにさすりつづける。

その数分後《タル》だった。

「報告！　メインマストの見張りから、急速接近するライゴール船ありとの。さらに速度をあげ——後方一モータッドに迫れり！」

「あの方だ、おお、やはり追ってきた……」

ゆらりと立ち上がる。顔色は幽鬼のようだが、双眸は異様な熱にうかされている。

「上甲板にゆく。トーヤ、ついてまいれ！」

「ティエラ様……」

しかしドールの誓約でむすばれし者を、おし禁《とど》めるのはヤヌスその人にもできぬのだ。

＊　＊　＊

一方、武装商船「暁の女神」号である。左舷前方に目標《レンティアナ》をとらえ、タン・ハウゼンは総員に戦闘態勢に入るよう命じた。

「レンティアナ——わしのかわいいいいいいレンティィアナ、、、、の弱点ならわかっている」

船室でタン・ハウゼンはふっ切れたような笑みをみせた。

「大きすぎるのだ、小回りがきかん。護衛艦の間を急速で接近、この一点に——打撃を食わせる」

テーブルに海図をひろげた実戦用ボッカ——船の模型の尻をつつく。

「衝角《しょうかく》を使え。そのあとはもちろん海賊のお家芸でいく」

カメロン率いるヴァラキア海軍をごろつき海賊団とよぶレンティアだが、そこは同じレントのサメとシャチ——海の古武士の体内にも野蛮人の血はながれていたのだ。


「全速前進！」

護衛艦から何千もの矢が射かけられる中、装甲されし女神は猛然とこれを突破、敵艦の——それもまた女神が彫刻されている——船尾に、イッカクの角に似せた先頭部で大穴をあけた。

舷側に鉄鉤をひっかけひきよせ、鉄鉤にむすんだロープを伝いわたり傭兵たちは次々と敵船へ乗り移ってゆく。

「うおぉッ」

「わぁぁ——！」

白兵戦の幕が切って落とされた。

数で圧倒的優位をほこるティエラの異人兵であるが、アウロラから戦士としての欠損を教えられた傭兵たちは、敵の弱点を巧みについて渡りあう。

中でも破格の戦いぶりをみせたのがルノリアの怪童——バルバスだ。かれが振るっているのは剣でも斧でもなかった。レンティアナ号に備えられていた長大な、ガトゥーをしとめる銛《もり》だ。舷側からもぎとると、軽々とふり回し敵兵をはねとばした。その風圧！これに味方も肝をつぶす。怪物か、狂戦士かと。

かれが兵役をかたくなに拒んだのは「おれ、こあい」自分のこの力を怖れたからだった。超絶な力を解放して、ヤーンの調律する世界を破壊することを厭《いと》うたのだ。しかし心やさしい少年を戦いの場に導いたのもヤーンの紡ぐ運命だったのである。

もう一人の狂戦士、女神の名をもつ王女も白兵戦のさ中にあった。漆黒の革鎧、手足にも黒い防具、その戦いぶりはまさにゾルード――死を撒き散らす不吉な女神だった。

王女の背をぴたりと護るセラは、小姓組でも群をぬいて腕のたつ剣士だ。

大乱戦の中、二人は目標にじりじりと迫っていた。

レンティアナ号に乗り移った時からアウロラの目的はただひとつ――中央のマストを障壁でおおった楼台《タワー》で、戦況をながめる最高司令のティエラだ。

そして――

ドッゴーンという轟音とともに、巨船がぐらりと傾く！

「暁の女神」の漕ぎ手が総力をあげ、いったんは後退させた船をふたたび進め、こんどこそレンティアナの舵を粉砕したのだ。

この衝撃で甲板の者たちは一斉にたたらを踏む。

敵も味方にも乱れの生じたその時、アウロラは合図した——怪童に。

——打て。

おおぉ——ん、あたりを払う大音声。

蓬髪の怪童は銛を投擲《とうてき》した、司令塔めがけて。

アウロラは甲板を走りだした。セラも従う。

すさまじい音をたて銛は楼台の真ん中に突きささった。隔壁はほぼ全壊、マストも折れた。逃れでてきたティエラは女騎士に支えられ立っているのがやっとというあり様。

アウロラは剣を水平に、いつでも異父妹ののどに突きかかれるようにして対峙する。

セラはユン・トーヤの背後に廻り、これもいつでも背頸に斬りかかれる構えをとっている。そしてバルバスは他の敵兵の介入を封じて仁王立ち。

「ティエラ、そなたの兵に剣を捨てさせよ。わたしは戦をしに——そなたを斬るため艦《ここ》にまいったのではない」

「ここまで、殺生と破壊をなされて戦のつもりでなかったなど、まことお姉さまらしいお言い草。ティエラはあきれております」

「殺生は本意ではない。殺意を向けてこぬ限り斬ろうとは思わぬ」

「まったくあなたという方は——そと見に花をあざむく美女でも、つむりには狂気の戦士をすまわせているの？　ほとほと呆れかえります」

「その言葉そっくりそなたに返す。兄上や父上に凶刃を向けるとは、頭脳に狂いをきたしたか？」

「さればわたくし達は似た者どうし。否、ヤヌスの双面であるやもしれぬ」

「ティエラ……」

真紅《あか》き瞳にうかんだものにアウロラは目をうばわれる。と、いもうとのくちが綻《ほころ》ぶ。

「私のほうがすこうし手は上でしたね。剣をおひきなさいませ、あれを――」

白くほそい指が指し示す。

アウロラの眉根が険しく寄せられる。

女神が女神を食いやぶっている船尾で、新たな――短い攻防があり、商船に残っていたタム、タニス、ユト、それに指揮をとっていたハウゼンがレンティアナ号の甲板にひきたてられてきたのだ。敵兵に刃をつきつけられながら。

異人兵はいずれも鎧から水を滴らせていた。「暁の女神」は海中から侵入を遂げられたのだった。

「これで――ボッカの勝ち駒は、ティエラが押さえたことになりますね」

アウロラ側の戦闘員は全員が武装解除された。傭兵は重傷者以外は丈夫なロープで後ろ手に拘束され両足には鎖、何人かを連結し、鎖の端は舷側の鉄輪に留め付けられた。

バルバスの戒めは特に厳重で、鉄鎖で三重に巻いた上かれが破壊したマストに縛りつけられた。

重傷者は非情にも海につき落とされた。ハウゼンは鉄鎖の足かせで済んだ。

タム、タニス、ユトは背中あわせにロープで縛られ甲板に転がされた。

アウロラは剣を取り上げられただけだが、ティエラは白面に凄艶な微笑をうかべて云った。

「おねえさま、ご密談があります」

5

そこは貴賓室のようだった。調度はどれもきわめて豪華なものばかり。大きな絹張りの長椅子《ディヴァン》にティエラはくずおれるように座りこむなり毒づいた。

「狂人め、よくも……やってくれた。わが艦の生命を断つとは……」

くちびるまで青ざめた異父妹をアウロラは無言でみつめた。

ユン・トーヤが強精剤の吸い飲みを口にあてがう。それで多少人心地ついたか、

「――よくぞ、洋上まで追ってまいられた。あの船はアンダヌスからですか？」

アウロラは首肯く。

「よい船だ。あの男、あい変わらずおねえさまには甘い。お手をにぎらせたか？　おみ足でもさらして見せましたか」毒々しい紅《あか》さがくちびるにもどっていた。

「わたしこそ、そなたに訊きたい。そのために追ってまいったのだ。イーゴ・ネアン兄上、イロン兄上、父上イルム・バウム、侍従長セシリアほかに王城の文官や貴族、小姓までも惨殺した――首謀者はそなたか？」

「ほ、歯にきぬ着せぬとはこのこと」

「この期におよんではぐらかすつもりか？」

「ご自分の今おかれる立場がおわかりでないのか？　だから狂人と呼ばれるのですよ。もっともうら若い女性《にょしょう》のもの狂いは、讃美される場合もある。画家トートスの《ナタール川の白鳥《しらとり》》に描かれる……」

「はぐらかすな！」アウロラは怒鳴った。「地下牢でナイジェルを殺したのはお前だ」

「証拠はありますか？」

「ナイジェルの受けた刀傷だ。あれと同じものを知っている。昔家畜小屋のうさぎが殺される事件がつづき、トーヤと犯人をつきとめようと見張ったことがある」アウロラに視線を向けられ、女騎士は顔をそらした。「イリスの刻に……そなただった。あの時と同じ刃だ。見まちがうことはない！」

「おお、こわい目。子どものしたことだ大目に――みてはくれなさそうですね、おねえさま。そうわたし、私が殺めました。捕われの身に酷いことをしました。イロンもだ。霊安所に兵士を差し向けたのも私のしわざ」

「認めるのだな」青い瞳はいっそう悽愴《せいそう》だった。

「お母さま――偉大なる国母を手にかけたのも、おまえか？」

「それはちがいますけれど」

「女王陛下を殺めてはいない？　ではいったい誰が……」

「あれはヤーンのしわざ。あらかじめ定められた命の糸が尽きたのです」

「云いのがれではないな？　ではネアンは――王太子を殺めたのはイロン兄上なのか？」

「それは与《あずか》りしらぬこと。勝手に逃げた、ぴょんぴょん飛んで――臆病な草うさぎ。私はあれの心の棘《とげ》を刺激したけれど、植え付けたのはお母さまと忠臣と称する輩たち。イーゴ・ネアンはいつも心の底で怯えていた、いつ暗殺者の手がのびてくるか？　父親が殺されたように」

「父とは――クリティアスのことを云っているのか？」

「そうですよ。昔のことですが、お姉さまお聞きになったことはない？　ヨオ・イロナ初婚のつまずき、呪われた男運の皮切り――パロの前王は妾腹の弟をレンティアに売った、戦艦五隻に相当する支度金で。倹約の女王ドロテア一世一代の大ふんぱつ――だが娘婿に得たのは聖王子ならぬ元準男爵、くわえて多情多淫の蕩尽者《とうじんもの》。イーゴ誕生後離宮の費やした巨費は、いなか国家の許容をはるかに超える。公文書係が憂うほど」

「聞いたことは……だが昔のことだ。それに公文書にいなか国家は……ない」

「中原パロとならべて沿海州とかけば、それは《遠方》のレトリック。ああ口がすぎた。このくだりイロンとよく揶揄《やゆ》の材料《ねた》にしました」

「イロン兄とだ？　公文書は国の機密。扱う者には守秘義務が課されるはずだ。それを共謀してまで……」アルト声をふるわせる。

「――はい。イロンからひきだしました、必要なすべての情報は。あやつと親密になったのはあなたが出奔した後のこと。ばかであつかましい男のほうから近づいてまいりました」

「ナイジェルは云った、ティエラおまえはとりかえ子だと。どういうことだ？」

「パロ帰りの絵師、浅薄な伊達者かと思ったが、イロンなど足もとにも及ばぬ嗜《たしな》みがあった。軟弱かと思えば沿海州男の情ごわさもありいずれにせよ惜しい男でした」

（殺したのは、おまえだ）アウロラは音がするほど奥歯をかむ。

「あの男、云い遺していましたか？　私のことを、とりかえ子――それだけですか？」

「そうだ」

「とりかえ子——ドールがとりかえた子ども、その通りのものかもしれない、私は……」

骨のように白い整った貌、おちくぼんだ目をして、それは囁いた。病みやつれたまぶたに、無力ゆえの媚《こ》び、おのれを投げだすときの被虐さえこめて——

「お姉さま、アウロラ、こちらへ——手を——私に——その手でたしかめるがいい」

白い手が伸びてきて、姉の手首にからみ引っぱりよせる。豪華なローブの下へみちびき、おのれの胸に触れさせた。

この時女騎士は粗い造作をゆがめ目を逸らした。

——どうです？　ルビーの瞳はレントの瞳に問うた。

アウロラは驚愕に目をみひらいた。

「べつの場所を改めてもらってもいいが、ねえさまは清らかなゼアでいらっしゃるし」

その声音は明らかに変化していた、ひくく艶やかに。つくりものの銀鈴の響きではない地声に——。

「そうだ、姫ではない。ぼくは——ヨオ・イロナから生まれた者ではない」

「どうして……どういうことなのだ？」

アウロラは、膨らみのない痩せて肋《あばら》のういた胸から手をひいた。

「レンティア王女アウロラのはらからではないということです」

「とりかえ子とは——魔道のまどわしをいうのか？」

「魔道？　そうかもしれませんね」つまらぬ冗句であるかのように、「すくなからぬ知恵と労力と時間《とき》が費やされている。その点魔道の塔の修練にちかいものはあるかもしれない。パロの魔道師ギルドと異なるのはあちらは体系《システム》であり、ぼくというレンティア王室のとりかえ子は偶然に多くを依って生まれてきただけで」

「偶然——」

　このときアウロラは、《偶然》というおさを手に、選ばれた人間を糸の先端にして《運命》という糸車を繰る、白髭をながく垂らした一つ目の老人を脳裏にえがいた。

「タニスは云った、お母さまは白き姫を生んだ——とりかえ子はありえないと」

　少年は嘲《あざけ》るような笑みをうかべた。

「ありえたのですよ。女王の主治医であり、赤子を取り上げたフレイール師も関与することで。イロナ女王は難産の末、乳色の髪と真紅の瞳の美しい女児を生んだ。女王はその手に抱き初乳すらふくませた。だがこの児は育たなかった。虚弱のゆえか乳母の不手際か？　不運は重なる、難産がたたってか、日を措かず女王は重態に陥った。この時イーゴは十になるかならず、アウロラあなたは三歳。王子王女に母王は必要だった。それ以上に女王国レンティアは、ヨオ・イロナという人物に逝かれるわけにはいかぬ。ドールの手からひきもどす策が講じられた。赤子だ！　経産婦に生きる意欲をもたらすのは母の乳をもとめて泣く存在だ。主張したのは女官のセシリアだった。だが無理だ、ほかに白子がいるものか？　誰もが思った。セシリアはその不可能をやってのけた。女主人の危篤の床に、へその緒を切ったばかりの赤子を抱いてきた。奇跡は起きるべくして起きる。女王は赤子の声によって黄泉より呼びかえされた。その時の赤子が――今ここにいる。しかもクムの血をひくようだ。セシリアには魔道の心得があったのかそれとも？」

「セシリアはすでに知っていた、そなたの存在を……」

「ほう！　狂人は奇想に通じるものだな。後になってこの手品のたねはセシリアから聞きだした。しかも女王の夫のたねでもあるらしい。淫売の腹上で死を遂げたクム夫。有名な醜聞だが男の命をちぢめた敵娼《あいかた》がどうなったかは伝わっていない。秘密裏に女王とその側近に捕えられ地下牢に投獄されたのだ。淫売女はその時すでに孕《はら》んでいた」

「その者はどうなったのだ？」

「――しらぬ、聞かなかった。生きているとは思えぬ。正常な分娩かどうかもしれぬ。必要とあらば妊婦の腹をさいて取りだすぐらい平気でする。レンティア人の野蛮さをあなたに聞かすのもシャカ《ヤーンに運命のふしぎを説く》に説法かしれないが」

「――男だったのだ」

「そうです、侍従長に出世したセシリアに運がなかったのはそこ、ぼくは男だった。だが簡単なこと、女王本復《ほんぷく》の際に始末すればよい。しかしうまく生き延びた。セシリアとフレイールが共謀し乳母を抱きこめば、実の母に女児といつわることも不可能ではなかった。末姫の命を絶やした責任は御典医その人にあったやもしれぬ。フレイールはながらく胃病にくるしんでいた。心の咎《とが》めが悪疽《あくそ》にかわることもある。長くないと知ったから医者にはなにもしていない」

「何もしていないだと？　家畜小屋の動物にしていたようなことをか――」

海の瞳は煮え立つ。

「怖い目――やはりトーリス殺しが許せない？　それともマザラン博士のことをいってますか？　司書たちもまとめて毒殺したことを？」

この時のティエラは性別だけでなく、人となりさえアウロラには見知らぬ異質なものにうつって見えた。

「ルーン語の手ほどきをしてくれた恩師だが、疑いをもたれてしまったかぎりは始末しなければならなかった。――でもねえさま、ぼくこそ恐怖に晒されつづけていたのですよ。生き延びるためなら何でもした。知恵をしぼり、おのれの保身第一の女官どもの顔色を窺い。一点の曇りもない第一王女には想像もつかない生き方でしょうけれどね」

「ティエラ……」

「三年前、ヴァーレン会議の期間が頂点だった、生命の危機の。ヨオ・イロナ不在なら死体のすり替えも容易にできるからね。顔を潰された白髪の少女が濠《ほり》わりに浮かぶ悪夢に夜な夜なうなされた。不安と憂さをはらすため家畜小屋に赴《おもむ》いた……トーヤとは、その時からだ。はじめは敵かと疑ったが、以前から――あなたと見張っていた時からだな。ぼくの犯行を知っていたと云われ、力では敵いそうもないから、ままよと真実を告げた。そしたら思いもよらないことを……可哀想だ、ぼくのことを想っていると云われたんだ」女騎士をかえりみて云う。

ユン・トーヤは無表情だった。純粋な同情心からか、男女の情が関わっているのかアウロラにははかりかねた。

「トーヤは守護者になると誓ってくれた」ティエラはつづけた。「女王がヴァーレンからもどって一波乱あった。あなたがひき起こしたのだ。第一王女出奔の後、事態はまた変わった。末姫ティエラは唯一の女子王位継承者になったのだ。周囲の態度が一変した。女王すら――色事師のたねという軽侮の心をおさえるようになった。感心したものだ、それほどこの国の人間は女の王に、コンプレックスというべきものを培《つちか》うのかと。ぼくは以前にまして図書館に入り浸り、《しきたりの書》をひもとき、女王国の謎めく神話の核心にあるもの――レンティア王の宿命たる宝冠と、嵌《は》めこまれし至宝ルヴィアタンの心臓とを手にする日をおもい描きうっとりした」

「なぜ……」アウロラのこの歎息に、んっと、淡い眉が寄せられる。

「なぜ、ほんとうのことをお母さまに告げなかった？　真実を――。とりかえ子はお母様のお命を救うためしたことで、ドールのしわざではなかったろう？　そなたのことも、愛した方の血筋なら悪いようにはなされなかったろうに」

「ばかな――失礼、でもやっぱりあなたはお姫様だと思って。ことが露見すれば、ぼくは侍従長もろとも、火刑に処されたにちがいない。それに――《しきたりの書》を読破した時、夢ははっきり形をなした。宝冠をこの手にするという大望がね」

「それだけの理由で、これほど多くの人を殺めたのか？」

「それだけ…って？　じゅうぶん過ぎる理由でしょう！　一国の王の冠ですよ、それを色事師と淫売の子が手にいれられるかもしれない可能性に、賭けてみようと思わなかったら嘘だ！」

「ちがう……それはちがう」アウロラは頭をふった。

「何がちがうんだ？」

すうと真紅の瞳がほそめられた。スタールビーに物騒な光がちらつきだしていた。

「ならば云おう。真の――イロンにも告げたことのない真の動機、目的を。それはアウロラ――あなたという存在があったゆえ。レンティア唯一の王女アウロラの帰還がこの計画を実行にうつす契機だった。あなたは三年前出奔した、ライゴールのアンダヌスとの縁談、母王との確執、御前試合の遺恨と理由はいくつか考えられるが、いちばん大きなものはこれだ、長年の懸案――悩みといっていいだろう。実の父親が誰なのか知ろうとしたのだ！」

「……」

「教えよう、あなたの父親を――ケイロニア人、ノルン海に面した地を治める大貴族、ケイロニア海軍を統率する将軍でもある、選帝侯アウルス・フェロン・アンテーヌだ」

アウロラは剣で刺しぬかれたように、はげしく戦慄《おのの》く。

「うそだ。それでは……そんなことはありえぬ」

とっさに否定する。なぜなら、おお！　それが真実なら自分こそ存在を否定されよう。ケイロニアに滞在すれば知りえる、選帝侯筆頭アウルスは妻帯していた。ケイロニア人とくれば質実剛健、情に厚く、妻にするならケイロニアの女といわれ、男も家庭的であることが美徳とされる。

「ショックなのですね。そうアウルスの夫婦仲は円満のようだ。娘を若い選帝侯に嫁がせてもいる。その息子を宮廷画家が描いている。あの絵を見れば驚くでしょう。ハウゼンなどイロナ女王の生まれ変わりとまで云うがそれは儀礼のようなもの。アウルス・アランという若者、あなたとうりふたつだった」

アウロラはくちびるを噛んだ。

「二十二年前の水の年、ケイロニア使節団が沿海州を訪れている。親善と通商のため、ノルンの海を渡ってきた船乗りの長とイロナ女王はよほどウマがあったのだろう、園遊の宴が果てたあとも夜通し杯を交わした——十月十日後あなたは生まれている。しかもこの時期女王はイルム・バウムと寝室を別けていた」

「ああ……」

「不倫の子と嘆くなかれ、暁の女神よ。あなたの父親は、禿の摂政が狂信者に溺死させた日陰の王子や、鍛冶屋の息子、クムの男メカケとはまるで格がちがう。ノルン海の覇者である。アンテーヌ一族がケイロニアに占める地位をご存じか？　何代か前の皇帝はタルーアンと通商条約をむすんだ傑物だが、アンテーヌ侯家の出だ。これが何を意味するか、あなたのようにまっすぐ育った狂人にもおわかりですね？　現ケイロニア皇帝の一人娘に万が一のことがあれば、おはちが廻ってくる、アウルスあるいはその子息に」

とりかえ子によって語られる史書の一頁や大国の事情は、アウロラに何の感慨もおぼえさせなかった。彼女の胸をさいなんでいるのは全く別のことがらだった。

「……かれは知っているのだろうか？　わたしのことを」

「かれ？　ああ瞼の父がですか。日記や旧い手紙をひもといたが、認知の書きつけはみつからなかった。トートの一夜かぎりの戯れだったのか。サリアの小箱に恋の形見をのこしただけの——きれいごとですがね。さあ、これで——陰謀だ首謀者だと云われましたが、ぼくの手札はすべて晒しました」

「アンテーヌ……ノルンの海だったか」寝室にかけられた絵を思いだしていた。

「とてもふしぎでした。ケイロニアまで行ってなぜあなたはアンテーヌへ行かなかったか？」

この時アウロラの脳裏にあるけしきが結んだ。さすらいの旅の途中何かにひきよせられるように北の都市へはいった時のことだ。市中ではパレードが開催されていた、にぎにぎしい中心には無蓋馬車、皇帝の背後にすっくと立つ異形、トパーズ色の瞳、まぎれもなく野獣の頭部に比類ない戦士の肉体を継ぎはいだ、あやしくも心魅するそれこそ――豹頭の戦士。

あの一瞬瞼の父のことなど忘れた、戦士が腰に佩《は》く広刃の剣に目がすいよせられ、祖国に置いてきた愛剣をおもいだし利手《ききて》がうずいた。剣士の宿命が身のうちをカッと燃えたたせた――そのことを思いだしていた。

「父親が誰であろうと、わたしはわたしだ。沿海州レンティアの剣士に生まれついた」

「強がりを……この事実は軽くない、小国と大国の関係においては特に。あなたは自分で思う以上の価値があるのだ。そのあなたの――ぼくはレンティアの王ではなく摂政につきたいと考えた。女王の右に座ること、それが最終的なのぞみだ」

「みぎ、だと？」

「そうだよ、アウロラは左利きだから。求婚の辞だ、これは」

女騎士ユン・トーヤはこんどこそあからさまに嫌悪をうかべた。

「なぜだ？」意味がわからぬと、瞳の色《あお》さえ淡くする。

「よく聞いて、ティエラなどいなかった。ヨオ・イロナの末娘は生まれてすぐ死んだ。謀反の首謀者イロン・バウムを討ちはたしたのはその霊だ。役目をおえた妹姫は海に身を投じ奇跡をおこす。三年前勾引《かどわ》かしにあった長姫が戻ってくるのだ。むろんレンティアの王位を継ぐため、これより王廟におもむき戴冠の儀をとりおこなう。これぞお家騒動の最高の幕引《フィナーレ》きじゃないか？」

「ティエラ」

「そうだ、すべてが、このための……アウロラ、あなたはぼくの妻になるのだ！」

宣言するように言ったあと、狂熱にうかされた真紅の瞳が、青い瞳にはいってきた。

意識と頭脳、その人間をうごかすものを乗っ取ろうと。蛇が獲物をむさぼり食らう前、精気を呑みほすのにも似ていた。それも霊能力というべきだったか？　魔道のシステムとは異なる、一代変種が弱い肉体をおぎなうため得た能力。十八歳のおそるべき才子の、常人ばなれした精神と宿命に培われたタレントだった。

だがそれすらアウロラを蕩かすことはできなかった。

強靭な自我や、複雑に発達した頭脳をしていたからではなかった。

王女は、特異な力をもって周囲の大人たちの欲望をねじまげあるいは自分に同化させ生き延びてきた者の宿命——特性《イディオクティシア》を憐れむことができたからだ。それほどに、ヤーンがこの王女に背負わせたものが巨大であった証しだが。

アウロラは、真実を知った今もはらからとしか呼べぬ者をまっすぐ見つめ、両腕をまわして抱きしめた、しっかりと。

——かわいそうに。

言葉ですべての想いを伝えられるとは思わなかったからだ。

「お前は傷つき……餓えていたのだな。もっと早く……トーリス殺しのとき気づくべきだった。もしこの身が必要なら——やり方はわからないけれど、これでお前の餓えを癒せるというなら獲ればいい」

「アウロラ……」

「おまえは兄上と父上、ナイジェルをもあやめた。それは罪だ。ゆるされぬ禁忌やぶりだ。だが、わたしこそ罪をおかしていた。レンティア女王を悲しませ、深酒におぼれさせ、命をちぢめたのはわたしだ。わたしの禁忌やぶりだ。おまえの話をききおえて解った。われらは互いに罪ぶかい——ドールの地獄がふさわしいのかもしれぬ。王廟にはいっては太王霊を悲しませ怒りを招くだろう。レントの宝冠にふさわしくない」

「ハッ！　わが兵の血をあれだけ流しておいて今さら何を云う。だいいち太王霊などいるものか、そんなものは迷信だ。王廟にあるのはおそらく巨万の宝なのだ。墓盗人が近づかぬよう先祖がでっちあげた——子供だましにすぎぬ」

アウロラは瞳をノルンの凍てついた青に染め、偽弟《おとうと》から身をひいた。

ディヴァンから立ち上がった王女は着衣の留め金に手をやり——

「これを見よ」

革の胴着と黒衣を脱ぎすてて、裸の上半身をさらした。

やや小ぶりの双つに割った果実《シルア》、淡いサンゴ色の尖り——それよりも目をうばう左腕の——少年も守護する者もこえをなくし、艶やかで不吉な《絵》にみいった。

「わたしは禁忌をおかした。何重にも。ナイジェルもわたしと係らなかったら……トーヤそなたも、わたしに運命を狂わされたひとり。あの時の試合で、わたしの剣がそなたを傷つけなかったら、今とちがう道をあゆんでいたのではないか」

「アウロラ殿下……」

「あの剣は——両刃《もろは》の剣はここにあるのか」

無言でユン・トーヤはアウロラの愛剣を出してくると、うやうやしく捧げた。

「抜くがよいか？」

白い少年は何も云わなかった。

貴賓室のまんなかで、アウロラは剣を抜いた。

一タールちかい、両刃の長剣。刀身から放たれる蒼白い光はどこかまがまがしい。魔剣を手に立ちつくす裸身の王女は倒錯的にみえた。

倒錯的なほど、うつくしかった。

「アウロラ……」

王位簒奪者の少年は呆然と、つぶやいた。

女騎士は、反射的に自分の腰に手をやった。

ふたりともに、狂戦士の異名をもつ王女が刃をふるうと思ったのだ。

だが――

暁の女神の名をもつ王女はもっと狂っていた。

右手で握った剣をふりあげ、アウロラは叫んだ。

「ドールよ、これをやる！　ひきかえに、かれを返せ」

おのれの左腕にふり下ろしざま詫びた。

――すまぬ、ナイジェル！

肉を断つ斬撃とともに、無数の真紅の花びらが貴賓室に散った。

6

アウロラの左腕の傷は深かった。本気で切断しようとしたのだ。出血もはげしく裸の上半身も床もおぞましいまでに染められた。

狂気としか思われない行動を間近にし、女騎士はいち早く我を取り戻していた。最初の一撃では骨まで叩き斬ることができずアウロラがふたたび剣を――おそるべき精神力で――振り上げた時、かつて王女が心友とよんだ赤毛のユン・トーヤはすばやく動いた。

吸い飲みのクスリを浸した布を背後から回って王女に嗅がせたのだ。

「う、……うぅ……」

黒蓮のつよい効果によって、アウロラは意識をうばわれた。

くずおれたレンティア王女を見下ろし、白子は棒を呑んだように突っ立っていた。

「……な、なぜ？」

少年の目は血だまりに力なく投げ出された腕から離れない。骨まで切り裂かれた女神の《絵》から……。

「情のこわい方だった――そのことを失念していました」

ユン・トーヤのつぶやきは自らを責めるようだ。

「解らない。この人はなぜ……ここまで……ぼくに従わぬ……厭《いと》うのだ……」

「あなた様を厭われたのではないと思います。ご自身の心に従ったのでしょう。アウロラ様は、私の姫様はそう——一筋縄ではいかぬお方。誰の意にも従わせることのできぬ方なのです。敬愛されていた母王様に逆らい出奔されたのには、よくよくのお覚悟あってのことだと思っていました。絵師と通じたなど元より信じておりませんでした」

「ならば、もっと早くいえ！」

「解らなかったのです。やんごとなき身に生まれつき、そのことを打ち消す方法があったとは。下賤の身に貴種の悩みを思いはかるなど……無理です」

　ユン・トーヤはアウロラの傷を止血しながら云った。

「下賤の血はぼくも同じ——そういいたげだな」

「そうは申しておりません」

「その方をどうするつもりだ？」

　アウロラを抱き上げたユン・トーヤに白子は眉を吊り上げた。

「医師のもとにお運びします。タニス・リンは腕のいい外科医です、急ぎ手術をほどこせばお命に別状はないでしょう。心に抱えるものはどうあれ、お体は健やかな方だ。レンティア王女だからではなく、友としてお救いしとう存じます」

　暗い瞳に結したものを、真紅の瞳の持ち主《ラーラ》はきつく——睨みつけてから、

「勝手にしろ！　傷物の王女など、わが志に霜の精の涙ほども足しにならん」

じっさい、毀《こわ》された玩具であるかのように、あれほど執着した女から目を逸らす。つんと細いあごをそらしてから、ずるそうな目になってふり返る。

「勝手にしろとは云ったが、戒めを解くのは女医ひとりだ。後の者は鎖につないだままにしろ。王廟の島にぶじ着き、宝冠を手に入れるまで邪魔立てされたくないからな。レンティアナ号には異人兵を残し、手術が終わり次第女医を始末するよう命じておく」

「――それでは」

何か云いつのろうとする従者を白い手が制する。

「運があれば、他国の船がみつけるだろう。いい獲物《ガトウー》だと海賊船が寄ってくるかな」

「あなた様は……」

「今までぼくは女王の巣にまぎれこんだ偽のヒナだった。とりかえ子と知れれば否応もなく殺される運命だった。今や立場は逆だ。自分以外の王族を排除しようと考えるのは当然だろう？　イーゴについても国内を探し見つからなければ沿海州諸国に廻状をまわす。レンティア王を僭称するほうけ頭はいないかと」

薄くわらった少年は、胸元から鎖のついた銀細工のメダルを取りだした。

「航海のぶじを祈って、アウロラねえさまに餞別をお渡ししておこう」

「ナリス公の手紙がはいっている？　もう不要ということですか」

「クリスタル公アルド・ナリス――政治的手腕と人望は聖王をはるかにしのぐときく。

その筆跡は完ぺきにマスターした。印章も寸分たがわぬものを作らせた。今後おおいに役にたつだろう。あの遊学生には感謝しているよ」

いまだ知らぬ未来を思い描き、白い頬にあえかな血色を透かせている。奇想と策略に占められた白い才子が、アウロラの裸の胸にそれをかけた時、銀のメダルと鉄鉱石のリングが打ちあい、密やかな韻律をかなでた。

＊　＊　＊

洋上をただようレンティアナ号――。

舵とマストを破壊され、自力航行不能におちいったままでいる。

しかし、絶望的状況からは脱していた。

重傷者のふりをしていったんは海に投げ込まれたセラが、艦に泳ぎつき船尾から這いのぼって、タニスの手術を監視する異人兵を倒し他の者の戒めを解いてまわったのだ。

ぶじ手術を終え、タニスはハウゼンに云った。

「姫様の骨が太くて、不幸中の幸いでした」

レンティアナ号には衛生用品の備えもあった。包帯の巻かれたアウロラの左腕をハウゼンはけわしく難しい目でみつめていた。

「ユン・トーヤに運ばれてまいった時は、血闘で命を落とされたのかと肝が冷えた」

「なぜ、あっさりアウロラ様を返してきたのでしょう？」

「解らぬ、ライゴール船を乗っ取っていきおった」

「このまま、外洋に放っておかれたら嵐にあわなくても、食糧が尽きて全滅ですよ」

ユトは眠るアウロラの額の汗をぬぐいながら云った。手術の手伝いをした小姓は老提督以上に複雑な気分だが、いれずみのことは胸にしまって口にださない。キズから悪い風の入ることが危ぶまれるが、幸い消毒薬と化膿止めも備えられていた。

それでも小姓は不安を隠せぬ面持ちで、

「提督、ティエラ様が王廟の島で戴冠の儀をおえたら、どうなるんでしょう？」

「そのような理不尽、太王霊様たちが、わけてもヨオ・イロナ太母陛下の御霊《みたま》が許さぬ」

云い切った鬼の提督も不安を隠すことができずにいる。

霧は完全に晴れたが、船はかなり流されレンティア岬の突端さえみえなくなった。

折れまがったマストに鴎《コッカ》が二羽とまっている。

「伝書鳩がわりにして、救援船をたのむことはできぬものか」

ハウゼンの目にはつよい光がもどってきている。手詰まりは手詰まりだが、姫さまがもどってきたことは大きい。まだツキはある——ドライドン賭博を最後の最後まであきらめないのが船乗りの信条でもある。

セラがマストにのぼって確認したところ、レンティアナ号はアグラーヤも越え、ヴァラキアの領海内にはいってしまったようだ。

「ヴァラキアといえば、国をあげて海賊行為をはたらくごろつき集団だろ？　この状態を見つかったら、かっこうの餌食だよ」

不安げなユトにタムが答える。

「今のぼくたちは難民のようなものです。本当の海賊ならいざしらずヴァラキアの軍船が襲ってくるとは考えにくい。それに沿海州同盟の安全保障があるはずです。逆にこの窮状を同盟に訴えでることができるでしょう」

「そうなんだタムさん、ぼくらより沿海州諸国のこと解ってるみたい、すごいやー」

「たむさん、つきました」

バルバスは甲板で火をおこし、タムとケムリソウ花火のうちあげを準備していたのだ。急ごしらえの救難信号である。他国の領海で危険はないかと渋るハウゼンを、ヴァラキアのカメロン提督がいかに義侠心にあふれた海の男の中の男か説明し説得したのはタムだ。――すべてアルド・ナリスからの受け売りだが。

そのナリスの手紙がはいったメダルをアウロラの首にみつけた時は、（あの女騎士がはからってくれたのだろうか？）

ふしぎと云うより不可解だったが、とにかく今は救難信号を他国船に気づいてもらうことが先決だ。

「点火――ッ！」

麗らかな光のゆれるレントの海上に、ポーンポーンポーンとケムリソウ花火の音が響きわたった。

「タムさん、全部打ちつくしたよ、次はどうすれば？」

「もちろん」

タムは、沿海州の少年たちを前につよく云った。

「祈るのです、レントの神ドライドンに。心をあわせ祈れば、願いは必ずきき届けられます」

カーン・ライドーンと唱えながら、タムがだれより案じ、助かってほしいと願うのはこの海とおなじ青い瞳の持主だった。

――レントの海の神ドライドンよ、あっぱれとあなたが称えた女王の末裔を、このまま海の藻くずになどしないと信じています。つらい、時に痛みさえあたう王族の宿命という宝冠にふさわしい魂の持ち主を、見捨てはしないと――ぼくは信じます。

「レイ・ライドーン！」

タムは青い青い海原に声を張り上げた。

＊　＊　＊

暁の女神号は「王廟の島」の入り江に錨をおろしていた。

岩礁が荒波をさえぎってくれる場所に、桟橋や舫《もや》い綱《づな》をむすびつける杭を設け港がましくしたのはレンティア人だが、島民どころか王族ゆかりの墓の守り人も住まぬ大海原に浮かぶ離れ小島である。

しきたりの書によればこの島はレンティア国のものである。だが詳細な海図とてないこの時代、時化《しけ》に遭った漁船が避難したり、時には海賊船が軍船から身を隠すこともあったにちがいない。

その桟橋に、異人兵と女騎士にかしずかれて王位簒奪者は降り立った。

白子は別人のように変貌をとげていた。性別を隠していた豪華なローブは脱ぎ捨て、絹のブラウスに胴着に足通しという――いでたちが少年らしくなったのは乳白の髪が肩のところでぷっつり断ち切られているせいもある。

レンティア代々の王――太王達が眠る場所は、全周十モータッドほどの小島のほぼ中央にある。古代からの工法によって天然石を削りあげ、その深部に玄室がもうけられている。墳墓の半球状の屋根《ドーム》は、渡り鳥の糞から芽吹いた木々の緑におおわれ、盗賊たちの目から長年隠しおおされてきた。

王廟の入り口にいたる参道をさえぎるように植物が繁茂している。南方特有のつる性の樹木を異人兵に伐《き》りはらわせながら白子はつぶやいた。

「もうすぐだ。もうあとわずかで大願成就の時をむかえる」

「――ティエラ様」

真紅の瞳は守護者をかるく睨む。

「その名はこの姿には合わぬ。ティエラとは《古代レントの民》のあがめる地母神のことだがしょせん女の名前だ。これからぼくのことは、さよう――アル・ドール・レンティアと呼ぶがいい」

「アル・ドール……レンティア？」女騎士は顔をくもらせる。聖なる《アル》・暗黒神《ドール》とは忌み名ではないのか――。

「ふさわしいだろう？　母親の腹を裂いて取り出されたとりかえ子、暁の女神からも忌みきらわれた王位簒奪者には」

自嘲の笑みがしろい頬を神経質にひきつらせた。

「ここだ」

途中から下り坂になった参道がみちびくのは半地下にもうけられた玄室である。

王廟の扉は艶やかな漆黒の石でできていた。磨き上げられた面に端麗な顔がうつしとられる。あたかも古代パロの大泥棒《ゾーラス》を誘いよせた聖王の棺のように――王廟に通ずる最後の扉が、今やかれの瞳をいっぱいに占めていた。

「ついに――」

感極まったように、熱っぽい息を吐き白子は扉に手をかけた。

いかなる仕掛けからか、厚く重い石の扉はすべるように開き、少年と、ヨオ・イロナの骸《むくろ》をおさめた棺とをそれを担ぐ異人ごと迎え入れ――それ以外を受け容れる意思はないというように――女騎士の目の前でぴたりと閉ざされた。

突然のことにユン・トーヤともあろう者が悲鳴をあげた。

「ティエラ！　ティエラさまぁ――」

自分を締め出した扉を狂ったように叩く。だが体当たりしても、いったん獲物をくわえこんだ鮫《ガーヴ》のあぎとのように二度と開くことはなかった。


王廟の闇は濃く――ねっとりと、まるで塗りこめられたかのようだった。

一瞬で闇に視界を奪われた少年はあわてて従者の名を呼んだ。

「トーヤ！　灯をもて、いないのか？　トーヤ……」

呼び声を吸いとるような闇――まるでねばつく溶液のようなそれにはなにかがとけこんでいて、あやしい気配と臭いとでかれをとりこむかのようだ。

少年も気付き、ともすればパニックにかられそうな心をなだめすかそうと、

（これは、きっと……そうだ、代々の王のミイラの臭いだ。とうの昔に土くれや塵と化した者たちの。そうだ、死者が生者をおびやかすなどありえぬ。あってたまるか！　しきたりの書の後半はすべて迷妄だ。女王の子孫を保護するため、後世の者の心に禁忌という――障壁や軛《くびき》を植えつけるためことさら恐ろしげな与太話をねつ造したのだ）

（太王霊などというものは存在しない。子供だましなのだ、すべてが――厚い書物の頁に綴じ込まれただけの、王族の権威と云うが――たかが物語が、生きている者を害すなんてあるはずがない）

少年は大巻《だいかん》をパロの遊学生のようには読んでいなかった。敬虔《けいけん》な気持ちどころか、現世栄達の手段にしようと考えていた。

とりかこむ闇より色濃い恐怖の中にあって、まだかれは気づこうとしなかった。野心と傲慢に目くらまされ、聖王の棺をあばこうとしたゾーラスの運命に今まさに踏み込もうとしていることに。

（おそれるものか！）

この場にきて、恐怖はおのれの心のつくりだす幻影だと信じ込もうとした。ゆえに元きた扉ではなく、奥のほう――宝冠がまつられているだろう奥の院へと向いた。

（ぼくは自ら望んで王位簒奪者となったのだ！）

そろそろと歩みだした足の下でぱりんと乾いた音がした。何代か前の王の骨を踏み砕いたのかもしれなかったが構わずやみくもに進もうとした。

わずかな段差にけつまずき石の床に倒れ、膝と顎をしたたかにぶつける。

「ううっ……」

転んだ拍子に手をついて、床に切られた溝になにやら硬いものがはまっているのに気づく。とっさに――

（ニンフの指輪？）

手探りでほじりだしたが、指輪の形状はしていない。ただの小石のようだ。

これまで王廟には大昔の海賊が集めたような金銀財宝が蓄えられていると信じていたが、それこそ子供のみる夢だったのだろうか？　疑いが弱気の虫の目覚めをさそう。心の鏡にうつしとられる、焦がれてやまなかった青いうつくしい瞳や、異父妹と信じさせたまま地獄へつき落とした男の無念の形相……。

（アウロラ……イロン……いや、ここまできたのだ後悔などない、つけこむな！）

人がましいやわな部分に叱咤する。

（こわいと思うから怖いのだ）

だが――

ガタンッ！　という音にびくりとする。

扉のほうからだった。何か重くてかさのある物――兵士ふたりに運ばせていた太母の棺——がとり落とされた音であろうか？
つづいておそろしい断末魔の叫びと、ずるずるという何かに必死で指をたてながら崩れてゆく物音が、鈍く、遮へいごしの出来事のように聞こえてきた。
そして——
王廟がふるえた。空間が、闇全体が意思でもあるかのように。たしかに空間をみたす何ものかは存在し、意思めいた波動を闇から闇へとつたえていた。
《……き…た》
特別な知覚をそなえるかれだからこそ、翻訳できたのかもしれぬ。
《来た》
《やって来た！》
波動のひとつは、悦びを表現するかのようにさらに大きくふるえた。
闇をみたす波動には、生者の——動物のもつような性質があった。
餓えだ。あふれほとばしる飢餓——とり憑いたものをたちまちすりつぶし、塵よりこまかな霧と化して同化してしまいたいそれぐらい、つよい、欲望に忠実な——
それが落胆のため息にも似てすこしく残念そうによどむ。まるで好みすらあるように。
《……ちがう》
（なにが違うというんだ？　お前は一体なんなのだ？）

不可解な闇と恐怖の中で白子は気丈に問うた。

波動がいっとき沈滞する、まるで欲望が萎《な》え衰えたように。

《ちがう、違う、異異異異……》

《いらぬ、いらぬいらぬ、排排排排排……》

悦びがうせ、餓えの逆転した——異様な《負》の——エナジィが渦をまく。それは怒り狂っていた。狂気？　いやそれは精神の正と負にたとえられるべきではなかった。生者と死者の境界とてない、混沌の支配する空間へかれは歩みいってしまったのだ。守護する者も、ニンフの指輪のみちびきもなく。

現世の欲望にのみ取り憑かれて——

おおと、うめきが喉をついて出た、それ自体淡く発光するものに。

人の冠り物に似たかたちをしているが、人間の鋳造する金属には見えない。黄土色と白銀色が混淆した土台の真ん中にあれを嵌めこんだ——

「レントの、宿命の宝冠、これこそルヴィアタンの心臓……」

宝石では——鉱物ではありえなかった。うすい膜につつまれた中のものは流動し、脈打っていた。《負》にみたされた王廟でそれだけが生きているとしかおもえなかった。

だが——

「なんだ、赤いだけじゃないか」

騙された、というつぶやきが玄室にこだまする。

（さっき……声に聞こえたのは足音の残響なのか？）

少年は冠に手をかけ、もちあげようとした。

コソリ、古い堆積物か苔のようなものが剝がれるおちる音がした。

コソコソコソ。さいぜん踏み砕いた骨よりも微細な、もっとおびただしい何かがブーツの甲の部分にふりつもる感覚。サワサワサワ――ザワザワザワ、こんどは脛《すね》を這いのぼってくる――いとわしい感覚が産毛をさかだてる。

そのとき怪獣の心臓の深奥で、青黒い不定形の塊が輪郭をにじませ膨張をはじめていた。

ドクン、ドクン、ドクン――

それは記憶もしていない昔、胎児の時代に聞いた――愛《あや》された母なる者の心臓の音。

ドクン、ドクン、ドクンと。

同時にそれは、闇がつたえようとしてきた悦びの波動。

《負《マイナス》》ではなかった。むしろ、むしろ――

白い少年はふるえた、とめどなく。初めて知る悦びにみたされて。

「ああ、なんて……！」

恍惚ゆえに気づけなかった、王廟の闇にとけこんで何者かが近づいていたことに。棺よりいでし太母の屍蠟《しろう》のような指が、おのれの細首にまわされようとしていたことに。

ルヴィアタンの心臓の《胚《はい》》であるものがついに閾《しきい》を越えた瞬間、「ヒッ」喉をつまらせながら、それが誰なのかを王位簒奪者はようやく知った。

真紅の瞳が張り裂けるほどどみひらかれる。

「お…母さま…ぁ……」

王廟の闇の中に、かれの苦鳴が長く尾をひいた。

＊　＊　＊

陽光の下。

青い海原に傷ついた体をうかべるレンティアナ号である。

かもめの白い翼が、マストによじ登っている青年の頰をかすめて飛ぶ。

ハッと気づいて遠眼鏡《コッカ》を目に当てなおし、

「船だ！　北東に船影を発見！」

セラは声を張り上げる。

「こちらに舵を切って――接近してきてます」

「どこの船か解るか？　沿海州の国章がついているか――」

甲板でユトが叫び返す、海賊船であってくれるなとドライドンに祈りながら。

「あ――あれはヴァラキア、ヴァラキア船だ！　あのかたち、メインマストの旗にもみおぼえがある――オルニウス号！　ヴァラキア海軍提督の船だよ、ユト」

その時かなたの軍船から、勢いよく打ち上げられたのはケムリソウ花火だ。ポーン、ポーン、ポーンと、さっき上げた救難信号と同じ数だけ。

「ぼくらのこと気づいたんですよ、提督。これで助かりますよ」

「うーむ。しかし、よりによってヴァラキア提督の船とは……」

タン・ハウゼンは、さすがに複雑な表情でいる。腕組みする老武人をしり目に、タムは甲板を走りだしていた。

もう足をすべらせるようなどじは踏まない。船室の、急ごしらえの病室に飛びこむと、タニスに看取られている者にむかって叫ぶ。

「アウロラさん！　救援の船が来ました。ぼくら助かったんですよ」

元気になって――またいつかのように笑いかけて、お願いだから……

枕元に屈みこみ、祈る思いでもう一度呼びかける。

そうして何度目かに呼びかけた時、ゆっくりと、まるで深い水底《みなそこ》から浮上してきたように息を吐くと、王女は二度三度と睫毛《まつげ》を揺らし瞼をもちあげた。

「アウロラ……」

パロの学生は言葉をなくし、うつくしい瞳に見入る。

まっ青なレントの瞳にうつしとられていたのは、泣き笑いの、やっぱりすこし情けない表情だった。

あとがき

はじめまして、宵野ゆめです。

このたびは自分の初めての本を手にとって頂き、まことにありがとうございます。

こちらでは自分の経歴と、グイン・サーガの外伝である『宿命の宝冠』を書くにいたった経緯を申し上げることになっております。でも、あとがきを書くこと自体生まれてはじめてという……さて、どこからお話ししたらよいものでしょう?

物語を――「宿命の宝冠」は一般的な現代小説より、タイプはすこしクラシックかもしれません――書く、紡ぎだすことを自分が覚えたのは今をさかのぼるウン十年前、十四、五歳の頃でした。

これは、よくある経緯から始めた個人的な楽しみでした。そう、とても楽しかった。親にかくれてコッソリ……だからこそ楽しくてやめられない「密やかな遊び」でした。

密やかだからこそ、日常生活に支障をきたす習慣性と中毒性を認めるのはやぶさかではありません。

でも書くのが好きと、小説家になりたいは簡単にイコールでは結べません。なにせ本屋さんや図書館に並ぶ本はどれも教養と文章力にあふれて見え……小説の神様に愛され、特別に選ばれた人種だけが小説家と呼ばれると信じていたからです。

それでも魔がさし投稿をしたことがなかったとは申しませんが、まさか自分が一篇の小説を、しかもヒロイック・ファンタジイを送りだすとは夢にも思っていませんでした。

そんな私にとって、グイン・サーガは特別な作品でした。栗本薫先生が、と言うべきかもしれません。なにしろ高校に入ってSFマガジンを知り「ケンタウロスの子守歌」という一風かわったタイトルの連作を読んでから、それがＳＦデビュー作という栗本先生の大ファンになっていたからです。

グイン・サーガの連載第一回目にして――どう言葉をつらねてよいものかまた悩んでしまいます。なぜならこの作品は、これまで栗本先生が発表されていた作品とはいささか色調《トーン》がちがって感じたからです。前身とされる「氷惑星の戦士」と比べてさえ選ばれる言葉や文体、登場人物の陰影も示唆される運命も重厚で格調たかく描かれていました。夢中になった――というより「それ以前の栗本作品とは異質な《何か》がこめられた作品」と受け取り、姿勢をただして読みだしたように思います。

グイン・サーガ以前栗本先生が読み手に投げてきたのは——自分はソフトボールの捕手の経験があります——変化球だったり、針の穴を通すコントロールで外角いっぱいを攻めてきたりだったのが、グイン・サーガ第一巻『豹頭の仮面』のあの冒頭は「これぞ豪速球、ミットをぶち抜くかもしれないよ」だったと思うのです。それがどんなとんでもないボールか、受けとめることで精いっぱいで始めはよくわかっていませんでした。ただ、辺境ルードの森で、パロのふたごが豹頭の戦士と過ごした一夜には魅せられました。妖魅の跳梁する夜の森のあやしさに、恐怖とのみ名付けえぬ深い情動を呼びさまされたことは一生わすれないと思います。

絵の具のblackもメーカーによって微妙な差異がでるものですが、グイン・ワールドにおける「夜の闇」は均一に塗られた墨《ベタ》ではありませんでした。それが「闇に闇をぬりこくる」人間心理をマチエールとした作家の手法と知るのはもっとずっと後のことですが、豊かともいえる闇は、リンダの予知力を促し、レムスを震え戦慄《おのの》かせたように、私という読み手を物語世界と深く親和《シンクロ》させたのです。

それはすばらしい読書体験でした——なんて、栗本先生の魂魄に聞きつけられたら「ずいぶんもって回った、気取った書き方してるじゃない?」茶化されるか、笑われてしまいそうですが正直そう思うのです。現代の子達が触れる権利さえはく奪された

「闇」その復権をし――その上でそれがなんと魅惑的なものであるか、教えなおしてくれた数少ない物語ではなかったかと。『豹頭の仮面』は私にとってそんな特別な一冊でした。

特別な、と書きました。そんな特別な物語、自分にとって特別な作家であった栗本薫先生との関係がおおきく変化するのは二〇〇三年初旬でした。

インターネットを使うようになり、お気に入りのサイトには某《なにがし》か書き込むようになっていた私の目に飛び込んできたのが「中島梓小説ワークショップ開講」の文字でした。呆れる方も多いと思いますがその時不惑を過ぎておりました。悩みました、とっても……。でも一生に一度ぐらい、ほんとうに好きなことを好きな先生の許で習うことを自分に許してもいいんじゃないか？　及び腰をおしきるように「履歴がわりのショートストーリー」を送信しました。

小説教室は楽しかったです。栗本薫であるところの中島先生の教えは時にきびしく、時に教室中が爆笑の渦につつまれたほど……ほんとうに楽しかった。

毎月の授業の最後に中島先生が出される課題にどきどきし、知恵をしぼってプロットをたて、資料をもとめて都内の書店をはしごし、職場の食事時間にケータイに文章を打ち込んだこともありました。それらぜんぶ先生に読んでもらい講評をうける《舞台本番》にむけてのイベント準備だったようにも思われます。

何年もつづいた学内の祭り……。ちょうど「ビューティフル・ドリーマー」というアニメ映画のような。映画の中の永遠に繰り返されるように思われた準備期間に終わりがきたように、小説教室にもやがて終わりの日はやって来ましたが。

中島先生は難病による闘病を余儀なくされ、先生ご自身も楽しみにされていたと聞く小説教室の開催も間遠になり……ｗｅｂの先生の日記から深刻な状態が読み取れるようになり、それでも先生を間近にして旺盛なエネルギーの一端に触れたことのある方なら同じ思いを抱いたことでしょうが、中島――栗本先生がこの世界から去られるなんて信じてなかった……。けれど信じようと信じまいと、不意打ちのように悲報はやってきました。奇しくも、小説教室の開講を知ったのと同じネット上の告知によって。

私もグイン・サーガの愛読者の一人です。栗本先生が逝去され、百三十巻から先のグインやイシュトの物語を知ることはできない――当たり前のこととわかっていてもそれは二重の苦痛でした。莫迦かと思われそうですが、本屋さんの棚や、ｗｅｂの書店をあてどなく検索してみたことも二度や三度ではありません。

栗本先生のお別れ会の折り、早川書房の社長さんが「近年の通信技術の発達には著しいものがあるので、栗本先生なら霊界からでも原稿を送信してきてくれるでしょう」とおっしゃっていたのも胸に刺さっています。

どなたかがグインの続篇を書かれる可能性はあったにしても、悲しいのと打ちひしがれた状態では考える気力もでませんでした。リアルのごはんを食べても、精神《こころ》が食べたいものは食べずに過ごしていたのでした。

小説教室の生徒たちに、今岡清氏からの「グイン・サーガの外伝を書いてみたいと思う方はおられませんか？」呼びかけがあったのが、《喪失期間》の終わりごろでした。いいえ、その呼びかけが終わらせてくれたのだと思います。

とっさに私は書きたいと思いました。

グイン・サーガという巨大樹の枝のひとつとなる物語。自分の人生の半分より長い期間、栗本先生が書きつづけてくれた世界の地続きとなる物語世界をこの手で書く——えがき足す。なんと魅惑的な誘いだったことでしょう？

私は手を挙げました。二〇一〇年も暮れのことです。

桃栗三年柿八年と言いますが、小説教室に入って八年、栗本先生の三回忌の頃刊行される文庫形式の雑誌《ムック》に、グイン・ワールドを舞台にした小説を連載させていただくことになりました。毎回、原稿用紙に換算して百枚ずつです！

はじめに海の話がいいと思いました。レントの海を舞台にした物語を書こう。

プロットはお別れ会の頃に思いついたものがありました。アウロラ、ティエラ、ナイジェルのプロトタイプとなるキャラはすでに居たのです。『宿命の宝冠』と設定はいくぶん違うしタムは存在もしていなかったんですが、「王冠をめぐるお家騒動」という基本のストーリーを小説教室の——今は亡き——友人に話したことはあります。

いざ文章にしてみて難しかったのは主人公でした。何を考え、行動するのか？　予想しにくいというか制御できない暴れ馬のような姫君だと思っています。今も（性別詐称はアウロラのほうでは？）書き手も一抹の疑いを消し切れずにいます。


紙幅も尽きましたが、続篇プロジェクトの関係者に感謝を述べさせて下さい。

監修というよりいっそ総監督、今岡氏へ、ほんとうにありがとうございます。

グイン・ワールドの設定考証をして頂き、書き進めるにつれ生じる疑問や質問に毎回的確にお答えくださいました田中氏、八巻氏へ、感謝の言葉もありません。

編集担当の阿部氏へ、色々お世話になりましたが、原稿を直送しに行った際、道に迷って寒空の下探してもらったのが……やっぱり。クリスティのココア美味しかったです。

久美沙織先生、牧野修先生へ、プロジェクトを共にさせていただいたのも光栄でしたが、貴重なアドヴァイスや励ましを頂きましたのは宝物だと思っております。

丹野忍先生へ、美麗なカバーイラストありがとうございます。幸せ者です。

そして、私の初めての小説を今手にしておられる貴方へ、ほんとうにありがとうございます。この物語を楽しんでいただけたら、それに勝る幸せはありません。

結びに代えまして、小説のすばらしさを教えみちびいて下さった栗本薫先生に感謝と愛を捧げます。

宵野ゆめ　拝

GUIN SAGA

アニメ原作として読むグイン・サーガ

グイン・サーガ〔新装版〕Ⅰ～Ⅷ

（新書判並製）

栗本 薫

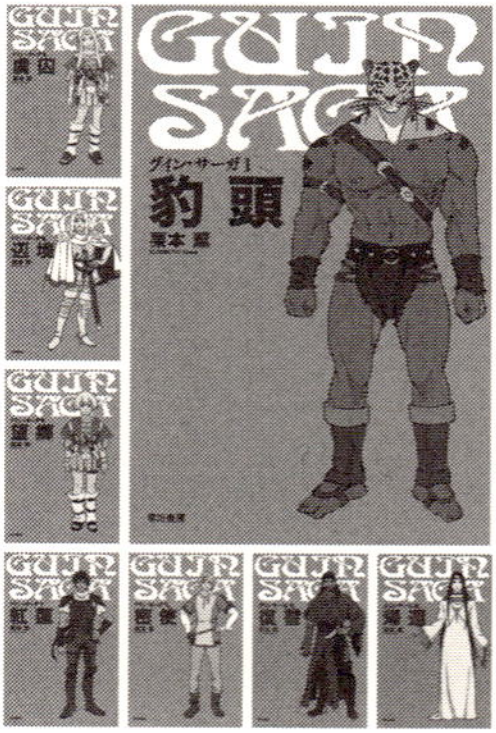

〝それは――《異形》であった〟。衝撃の冒頭から三十余年、常に読者を魅了してやまない豹頭の戦士グインの壮大な物語、アニメ原作16巻分、大河ロマンの開幕を告げる『豹頭の仮面』から、パロの奇跡の再興を描く『パロへの帰還』までを新装して8巻にまとめました。全巻書き下ろしあとがき付。

早川書房

GUIN SAGA

豪華アート・ブック

加藤直之グイン・サーガ画集

（A4判変型ソフトカバー）

それは——《異形》だった！

SFアートの第一人者である加藤直之氏が、五年にわたって手がけた大河ロマン〈グイン・サーガ〉の幻想世界。加藤氏自身が詳細なコメントを付した装画・口絵全点を始め、コミック版、イメージアルバムなどのイラストを、大幅に加筆修正して収録。

早川書房

GUIN SAGA

豪華アート・ブック

末弥純 グイン・サーガ画集

（A4判ソフトカバー）

魔界の神秘、異形の躍動！

ファンタジー・アートの第一人者である末弥純が挑んだ、世界最長の大河ロマン〈グイン・サーガ〉の物語世界。一九九七年から二〇〇二年にわたって描かれた〈グイン・サーガ〉に関するすべてのイラスト、カラー七七点、モノクロ二八〇点を収録した豪華幻想画集。

早川書房

GUIN SAGA

豪華アート・ブック

丹野忍グイン・サーガ画集

（A4判変型ソフトカバー）

集え！
華麗なる幻想の宴に――

大人気ファンタジイ・アーティストである丹野忍氏が、世界最大の幻想ロマン〈グイン・サーガ〉の壮大な物語世界を、七年にわたって丹念に描きつづけた、その華麗にして偉大なる画業の一大集成。そして丹野氏は、〈グイン・サーガ〉の最後の絵師となった……

早川書房

GUIN SAGA

グイン・サーガ外伝23

星降る草原

久美沙織

天狼プロダクション監修

（ハヤカワ文庫JA／1083）

草原。見渡す限りどこまでもひろがる果てしないみどりのじゅうたん。その広大な自然とともに暮らす遊牧の民、グル族。族長の娘リー・オウはアルゴス王の側室となり王子を生んだ。複雑な想いを捨てきれない彼女の兄弟たちの間に起こった不和をきっかけに、草原に不穏な陰が広がってゆく。平穏な民の暮らしにふと差した凶兆を、幼いスカールの物語とともに、人々の愛憎・葛藤をからめて描き上げたミステリアス・ロマン。

早川書房

GUIN SAGA

グイン・サーガ外伝24

リアード武俠傳奇・伝

牧野　修

天狼プロダクション監修　（ハヤカワ文庫ＪＡ／１０９０）

村中の人間が集まると、アルフェットゥ語りの始まりだ！　豹頭の仮面をつけたグインがゆっくりと登場する。そこはノスフェラス。セム族に伝わるリアードの伝説を演じるのは、小さな旅の一座。古くからセムに起こった出来事を語り演じるのが生業だ。しかしその日、舞台が終わると役者の一人が不吉な予感を口にして身を震わせた。それは、この世界に存在しないはずの、とある禁忌をめぐる数奇な冒険の旅への幕開けだった。

早川書房

GUIN SAGA

グイン・サーガ外伝26

黄金の盾

円城寺忍

天狼プロダクション監修

（ハヤカワ文庫JA／1177）

ケイロニア王グインの愛妾ヴァルーサ。おそるべき魔道師たちがケイロニアの都サイロンを恐怖に陥れた『七人の魔道師』事件の際、彼女はグインと出会った。王と行動をともにした〈まじない小路〉の踊り子が、のちに豹頭王の子を身ごもるに至る、その数奇なる生い立ち、そして波瀾に満ちた運命とは？　「グイン・サーガトリビュート・コンテスト」出身の新鋭が、グイン・サーガへの想いを熱く描きあげた、奇跡なす物語。

早川書房

GUIN SAGA

世界最大のファンタジイを楽しむためのデータ&ガイドブック

グイン・サーガ・ハンドブックFinal

栗本　薫・天狼プロダクション監修／早川書房編集部編

（ハヤカワ文庫ＪＡ／９８２）

30年にわたって読者を魅了しつつ、130巻の刊行をもって予想外の最終巻を迎えた大河ロマン「グイン・サーガ」。この巨大な物語を、より理解するためのデータ&ガイドブック最終版です。キレノア大陸・キタイ・南方まで収めた折り込みカラー地図／グイン・サーガという物語が指し示すものを探究した小谷真理氏による評論「異形たちの青春」／あらゆる登場人物・用語を網羅・解説した完全版事典／１巻からの全ストーリー紹介。

早川書房

GUIN SAGA

世界最大のファンタジイを楽しむためのクイズ・ブック

グイン・サーガの鉄人

栗本薫・監修／田中勝義＋八巻大樹

（四六判ソフトカバー）

出でよ！
物語の鉄人たち!!

グイン・サーガの長大なストーリーや、膨大な登場人物を紹介しつつ、クイズ形式で物語を読み解いてゆく、楽しい解説書です。初心者から上級者まで、読むだけでグイン・サーガ力が身につくクイズ全百問。完全クリアすれば、あなたもグイン・サーガの鉄人です！

早川書房

GUIN SAGA

最後のグイン・サーガ！

ヒプノスの回廊

グイン・サーガ外伝22

（ハヤカワ文庫JA／1021）

栗本 薫

百巻達成一周年記念限定パンドラ・ボックスに収録された表題作、限定アニメDVDに収録された「前夜」、それぞれ『ハンドブック1・2・3』掲載の「悪魔大祭」「クリスタル・パレス殺人事件」「アレナ通り十番地の精霊」、そして、グイン・サーガ執筆の重要な契機となった「氷惑星の戦士」。作品集未収録作品全六篇を集成し、同シリーズの多様さを一望する、これが、オリジナル・グイン・サーガ最後の巻です。 **解説＝今岡清**

早川書房

著者略歴　1961年東京生，千代田工科芸術専門学校卒，中島梓小説塾に参加，中島梓氏から直接指導を受けた，本書『宿命の宝冠』でデビュー

HM=Hayakawa Mystery
SF=Science Fiction
JA=Japanese Author
NV=Novel
NF=Nonfiction
FT=Fantasy

グイン・サーガ外伝㉕

宿命《しゅくめい》の宝冠《ほうかん》

〈JA1102〉

二〇一三年三月十五日　発行
二〇一五年十一月十五日　二刷

（定価はカバーに表示してあります）

著者　宵《よい》野《の》ゆめ
監修者　天狼《てんろう》プロダクション
発行者　早川浩
発行所　株式会社　早川書房

郵便番号　一〇一 - 〇〇四六
東京都千代田区神田多町二ノ二
電話　〇三 - 三二五二 - 三一一一（大代表）
振替　〇〇一六〇 - 三 - 四七七九九
http://www.hayakawa-online.co.jp

乱丁・落丁本は小社制作部宛お送り下さい。
送料小社負担にてお取りかえいたします。

印刷・株式会社亨有堂印刷所　製本・大口製本印刷株式会社
©2013 Yume Yoino/Tenro Production　Printed and bound in Japan
ISBN978-4-15-031102-5 C0193

本書のコピー、スキャン、デジタル化等の無断複製は著作権法上の例外を除き禁じられています。